詩裡的大唐（下）

由詩人的命運與詩作交織成的大唐史

最愛君——著

目錄

第三部　地理

第二部
事件

貞觀之治

一個被反覆追憶的時代

從盛唐到晚唐的兩百多年間，無數文人墨客通過詩歌不斷追憶同一個時代。

大半輩子無時不愁的杜甫，在〈復愁十二首〉中寫過：「胡虜何曾盛，干戈不肯休。閭閻聽小子，談話覓封侯。貞觀銅牙弩，開元錦獸張。花門小前好，此物棄沙場。」眼看著唐朝從開元盛世的巔峰滑落，在長期的戰爭中國勢日衰，杜甫不禁慨歎大唐雄師當年征戰四方的過往。

元和年間（八〇六—八二〇），白居易觀賞唐初流傳下的〈秦王破陣樂〉後，結合韻律創作了敘事長詩〈七德舞〉。詩人從「太宗十八舉義兵，白旄黃鉞定兩京」，寫到「爾來一百九十載，天下至今歌舞之」，回顧了貞觀年間的德政、功臣與戰將。遺憾的是，詩人所處的時代，世道早已變壞。

多年後，杜牧路過長安朱雀街東的魏徵故宅，想起這位敢於直諫的「諍臣」在與另一位名臣封德彝辯論時，為唐太宗指明了正確的政治路線，到了晚唐卻無如此賢臣可為帝國力挽狂瀾。杜牧感時憤世，作詩曰：「蟪蛄寧與雪霜期，賢哲難教俗士知。可憐貞觀太平後，天且不留封德彝。」

盛唐、中唐與晚唐的詩人，懷念的是大唐王朝風華正茂的青春往事。那個讓他們魂牽夢繞的治世，史稱「貞觀之治」。甚至到五代時，那仍是文人筆下重要的創作題材，史書寫道：「貞觀之風，到今歌詠。」

壹

無論詩人心中的貞觀之治多麼美好，都無法否認這段唐朝的似水年華，開啟於一場殘酷的宮廷政變。

武德九年（六二六），二十九歲的秦王李世民在與太子集團的明爭暗鬥中殺死了親兄弟太子李建成、齊王李元吉，之後逼迫其父唐高祖李淵退位，登上了原本與自己無緣的皇位。

玄武門之變的刀光劍影，爲貞觀之治拉開了序幕，也被掩蓋在盛世的光輝下。貞觀年間，唐太宗李世民有一次在玄武門大宴群臣，大臣杜正倫在宴會後寫了〈玄武門侍宴〉一詩，帝國的曙光恰似宮廷中的盛宴，正冉冉升起：

大君端扆暇，睿賞狎林泉。
開軒臨禁籞，藉野列芳筵。
參差歌管颺，容裔羽旗懸。

玉池流若醴，雲閣聚非煙。

湛露晞堯日，熏風入舜弦。

杜正倫是東宮的輔臣，負責教導唐太宗長子李承乾，他的學生多年後也捲入了一場皇位爭奪戰，而貞觀初年，李世民顯然無法預料他將來會碰上與父親相似的煩惱。

奪位之後，李世民首先要做的事是促成天下和解。他殺了兄弟，軟禁了父親，朝野上下不同派系早已炸開了鍋，尤其是各地的反對者，正準備掀起一場大動亂。

鎮守成都的益州行台僕射竇軌是李世民的死黨，而他的手下韋雲起是李建成一黨。竇軌就把一群下屬找來開會，說是朝廷的詔書到了。韋雲起眉頭一皺，發現事情沒那麼簡單，問竇軌詔書在哪兒？

竇軌沒等他反應過來，當即指責韋雲起圖謀造反，還沒等對方申辯，就把韋雲起及其親信全部抓捕，下令處死。竇軌還在成都繼續殺害許多李建成一黨的人，甚至連平時與自己鬧矛盾的無辜官員也不放過。

北邊的幽州也有人借兩黨相爭鬧事。

幽州都督廬江王李瑗是李建成的老鐵，他的部下王君廓得知李建成已經身敗名裂，打算出賣領導立功。玄武門之變後，王君廓先是教唆李瑗起事爲太子復仇，之後自己卻趁亂以平叛爲名發動兵變，煽動幽州將士將只剩下幾百名親兵的李瑗團團包圍，把他勒死後傳首長安，自己當上了幽州都督。

李世民這才知道當務之急是緩解派系之爭，否則又將天下大亂。在玄武門之變中立下大功的尉遲敬德就勸過李世民：「罪在二凶，既伏其誅。若及支黨，非所以求安也。」

於是，李世民下詔大赦天下，並派遣大臣出使各地，安定人心，原太子集團的許多成員得到赦免。李世民用他的大度化敵爲友，也因此得到了開啟貞觀之治最重要的助手之一——魏徵。

魏徵原本是東宮屬官，多次爲太子李建成出謀劃策。玄武門之變幾日後，李世民就急著召見這個危險分子，向他質問：「你爲何離間我們兄弟？」

魏徵從容不迫地答道：如果太子早些聽我的話，也不會有如此下場。

一個「罪臣」竟如此出言不遜，正當在場的人以爲魏徵必死無疑時，李世民卻不再惱怒，而是對他以禮相待，並決定重用這個仇敵。李世民欣賞魏徵的才幹，而魏徵因在貞觀年間敢言直諫，才得以青史留名。他們一笑泯恩仇，此後合作無間，成爲貞觀之治最具代表性的注腳之一。

貳

魏徵寫過一首〈賦西漢〉，有學者認爲這是寫給唐太宗的：

受降臨軹道，爭長趣鴻門。
驅傳渭橋上，觀兵細柳屯。
夜宴經柏谷，朝游出杜原。
終藉叔孫禮，方知皇帝尊。

「以漢代唐」是唐詩中的經典藝術手法，魏徵這首詩表面上寫漢高祖，實際上是勸諫唐太宗向劉邦等漢代明君學習，選賢任能，治理天下。魏徵認爲，漢高祖有滅秦、楚之武功，卻是靠儒生叔孫通爲他制定朝廷禮儀，才開漢朝文治之基業。如果沒有叔孫通，西漢開國功臣進宮議事，不是聚眾飲酒爭功，就是拔劍擊柱、狂呼亂叫，把朝廷整得跟夜店似的。

唐太宗大半生戎馬倥傯，年紀輕輕就闖過刀山火海，但他明白，馬上打天下那一套在即位後就不管用了，只有學會治國安邦之道，才能治理好天下。即位兩個月後，李世民就與封德彝、魏徵兩位大臣對政治路線進行了一次重要的討論。

封德彝是隋朝舊臣，投奔唐朝後得到重用，升任爲宰相，他是「霸道」路線的忠實擁護者。封德彝認爲，上古之後世風日下，秦用嚴刑峻法，漢以霸王道雜用之，不是無法治理好天下，而是根本做不到，也就魏徵這樣的書呆子才會相信聖人以仁政治理天下那一套。

封德彝主張對百姓實行高壓統治，即用「霸道」治理天下。

魏徵堅決反對封德彝的觀點，他認爲「易代不治」，也就是一個時代有一個時代的政策，大亂之後常有大治，百姓久經戰亂，會珍惜來之不易的和平局面，就像饑餓的人不會挑食一樣，只要施以仁政，就能國泰民安，況且聖人治理天下，上下同心，三、五年就足夠了。

魏徵的思想是施行仁政，安撫民心，與封德彝路線的區別，在於國家與人民的關係問題上。

在這場關於貞觀政治路線的辯論中，以關隴貴族爲代表的高官權貴大多不同意魏徵的觀點，他們崇尚強權，甚至認爲，國家衰亡，責任不在國家，而是老百姓的問題，仁政教化不可能解決問題，只有以法家高壓統治爲主，儒家作爲點綴，才能治理好國家。

李世民站在了歷史的十字路口，他不顧親貴的反對，與魏徵不謀而合，傾向於王道路線。

過了兩年，唐太宗問大臣王珪：「近代君臣理國多劣於前古，何也？」古人大多帶有幾分復古思想，認爲上古三代就是完美無瑕的時代。

王珪也是一個復古派，他對唐太宗說：「古之帝王爲政，皆志尚清靜，以百姓之心爲心。近代則唯損百姓，以適其欲。」

唐朝初興，爲了避免落入之前幾個朝代滅亡的陷阱，李世民吸取隋亡的教訓，採取種種以人爲本的仁政。這就是白居易在〈七德舞〉一詩中所寫的：「功成理定何神速，速在推心置人腹……不獨善戰善乘時，以心感人人心歸。」

李世民在位時推行均田，輕傜薄賦，直至「米斗三錢」，自隋末以來流離失所的百姓解決了溫飽的難題，經濟開始復甦；他釋放隋朝以來困在深宮中的宮女數千人，贖回被各少數民族擄掠的百萬人口，這是爲了獎勵婚嫁，增加因戰亂而喪失的人口；貞觀十一年，河南發生嚴重的水患，他下詔拆除部分宮殿苑囿，只爲給遭遇水災的百姓修繕房屋。

有一個故事，成爲唐太宗克己恤民的經典表演，後來還被轉移到其他帝王身上。

貞觀二年（六二八），京畿一帶發生嚴重的旱災和蝗災，李世民到禁苑視察看見很多蝗蟲，拾起幾隻就要往嘴裡塞，口中咒罵道：「人們以穀爲命，糧食卻被你們吃了，這是有害於百姓。就算有過，過錯也在我一人，你們只需食我心，不要加害百姓。」左右急忙阻止，說吞蝗是會生病的。李世民卻說，自己就是希望吞蝗移災，身體染病沒什麼好迴避的，接著就將蝗蟲吞了下去。

唐太宗重視民本思想，有自己的一套理論。

貞觀六年（六三二），唐太宗在與魏徵討論時說了一句話：「天子者，有道則人推而爲主，無道則人棄而不用，誠可畏也。」李世民這番話可不得了，相當於否認了漢代儒家君權神授的思想，認爲君主無道就是不合法的，百姓可以將其推翻。這句話，比歐洲資產階級革命早了整整一千年。

一旁的魏徵聽到領導發言，馬上點讚：「古語云：『君，舟也。人，水也。水能載舟，亦能覆舟。』陛下以爲可畏，誠如聖旨。」（《貞觀政要》）

當初反對魏徵的封德彝在貞觀元年就病逝了，他未能目睹李世民開創的治世。這才有了杜牧那一句「可憐貞觀太平後，天且不留封德彝」。

李世民並沒有因對百姓的仁德而忘記威震四夷的雄心，他對內施行仁政，對外則採用積極開放、銳意進取的政策。

貞觀年間，突厥常年侵擾邊陲。李世民即位之初，東突厥的頡利可汗親率大軍一路打到了渭水邊。面對內憂外患，李世民不得不騎馬出長安城，親臨渭水和頡利可汗談判，兩軍避免了一場軍事衝突。但是，頡利可汗也沒得意太久，四年後，李世民就派大將李靖、李勣出兵，把東突厥給滅了。

隨著東突厥、吐谷渾、高昌國等被唐軍平定，環伺中原的各少數民族逐漸臣服於李世民，並為他奉上了尊號——「天可汗」。日本、新羅（朝鮮半島東南部）、林邑（今越南中部）也紛紛派出遣唐使，漂洋過海朝見大唐天子。

正當唐軍高奏凱歌，志得意滿的李世民回到了武功（在今陝西省咸陽市）的故居。他喜不自勝，大擺筵席，飲酒賦詩，如同漢高祖當年高唱〈大風歌〉，創作了極具帝王氣象的詩歌〈幸武功慶善宮〉：

壽丘惟舊跡，酆邑乃前基。

粵予承累聖，懸弧亦在茲。
弱齡逢運改，提劍鬱匡時。
指麾八荒定，懷柔萬國夷。
梯山咸入款，駕海亦來思。
單于陪武帳，日逐衛文枇。
端扆朝四岳，無為任百司。
霜節明秋景，輕冰結水湄。
芸黃遍原隰，禾穎積京畿。
共樂還鄉宴，歡比大風詩。

這位放開眼界、胸懷四方的「天可汗」宣稱：「自古皆貴中華，賤夷狄，朕獨愛之如一。」據《唐六典》記載，唐王朝曾與三百多個國家與地區互相來往。位於絲綢之路最西端的東羅馬帝國，也在貞觀十七年（六四三）從君士坦丁堡（今土耳其伊斯坦布爾）派遣使者，將赤玻璃等西方特產運送到了長安。這兩座繁華的千年帝都曾在唐朝的青澀年華相遇。

肆

貞觀之治並非李世民一人之功，而是貞觀創業團隊的共同成就。杜甫在〈行次昭陵〉中描寫貞觀之治中的這支精英團隊：

文物多師古，朝廷半老儒。
直詞寧戮辱，賢路不崎嶇。

李世民既能唯才是用，也能虛心納諫。貞觀智囊團中最著名的組合當屬宰相房玄齡、杜如晦，他們一個善於謀劃，一個擅長決斷，被稱爲「房謀杜斷」。他們從秦王府輔佐李世民登上帝位，到後來助李世民日理萬機，執掌朝政，共同籌劃了貞觀初年的軍國大事。唐太宗曾回憶，每次議論政事，他要是拿不定主意，就等杜如晦來幫他做決定，最終都是用房玄齡之策。

房玄齡幾乎陪伴李世民度過了整個貞觀時代，他病危時，李世民特令人將宮苑的牆鑿開一門，方便派遣使者慰問房玄齡的病情。

杜如晦不幸英年早逝，死於貞觀四年（六三〇）。杜如晦去世後，李世民每次看到了什麼好東西就會想到他，一定要派人分一些賜給杜如晦的家人。久而久之，每次談到杜如晦，李世民就痛哭流涕，對一個已故大臣恩遇至此。

房玄齡和杜如晦是唐朝良相中的黃金搭檔，而李世民本人最著名的搭檔是魏徵。魏徵是一位個性鮮明的人物，身上最有名的標籤就是罵皇帝。他一生諍諫「數十餘萬言」，常將個人性命拋之腦後，敢於犯顏直諫，爭到李世民懷疑人生。

人都有喜怒哀樂，李世民從戰場上一路走來，有時脾氣暴躁。有一次，李世民被魏徵頂撞得實在受不了，回宮後怒不可遏，對長孫皇后說：「我一定要殺了那個鄉巴佬！」

長孫皇后就問，說的是誰啊？

李世民道：還不是魏徵這傢伙，他總是當著滿朝文武的面羞辱我！

長孫皇后以賢德著稱，聽到丈夫要殺忠臣，突然沉默不語，回去換上正式服飾，肅立於庭中向他行禮，笑道：「妾聞主明臣直。如今魏徵如此耿直，自然是因為陛下是明君，我豈能不向陛下賀喜。」李世民當場氣就消了，老婆的話與魏徵的話，都得聽啊。

唐太宗一輩子都忘不了這位諍臣，他說過：「貞觀之後，盡心於我，獻納忠讜，安國利人，成我今日功業，為天下所稱者，唯魏徵而已。」

魏徵的正直與自律，代表的是貞觀之治的時代精神，而這樣的精神，在當時的朝中大臣中屢見不鮮。

中書令岑文本，都做到中書省長官的位置了，自己住的房子還是狹窄潮濕。直到貞觀十九年從征遼東去世，他都沒有利用職權經營自己的產業，保持著清貧生活，平生唯一牽掛的是家中的老母。

戶部尚書戴冑也是如此，他一手掌握著戶部這一肥差與國家經濟命脈，卻窮到沒錢買房，去世的時候家中連祭祀的場所都沒有，遺體無處安置，皇帝親自下令給他修了座廟。

杜甫在另一首詩〈夏日歎〉撫今思昔，歎息道：「眇然貞觀初，難與數子偕。」詩中的是「數子」，指的正是貞觀名臣。當杜甫顛沛流離、憂國憂民時，朝中早已經沒有像魏徵、房玄齡、杜如晦等一樣的賢臣。

唐代詩人追憶貞觀之治，也是在懷念那個貞觀賢臣群星閃耀的時代。

杜甫的憂思，甚至唐代詩歌的批判現實主義都有一部分繼承自貞觀之治的風氣。唐太宗從諫如流，自稱常恐上不稱天心，下為百姓所怨，渴望正直的人進諫，讓他瞭解外面的世界，使百姓無怨無恨。

貞觀之治開唐朝言論自由之風氣，也開啟了唐詩批判現實主義的精神與政治思想。正如洪邁在《容齋隨筆》中的評價：「唐人歌詩，其於先世及當時事，直辭詠寄，略無避隱。至宮禁嬖昵，非外間所應知者，皆反覆極言，而上之人亦不以為罪。如白樂天〈長恨歌〉、諷諫諸章，元微之〈連昌宮詞〉，始末皆為明皇而發。杜子美尤多，如〈兵車行〉、前後〈出塞〉、〈新安吏〉、〈潼關吏〉、〈石壕吏〉、〈新婚別〉、〈垂老別〉、〈無家別〉……今之詩人不敢爾。」

這段話什麼意思呢？就是說，唐詩敢於批判當下，直面現實。到了後來大興文字獄的朝代，言論自由的風氣早已蕩然無存，挺直腰桿的文人自然也就成了鳳毛麟角。

伍

貞觀後期唐太宗的悄然轉變，成爲這個治世不容忽視的另一面。

在太平盛世的景象與萬國來朝的歡呼中，晚年的唐太宗變得志驕意滿，有一次還當著群臣的面自誇道：「朕之功業大小，竹帛豈能盡載。」驕傲的李世民開始不願接受勸諫，大臣們也就不敢再直言進諫。

只有魏徵發現了這一變化，他上疏跟李世民表達意見：「陛下欲善之志不及於昔時，聞過必改少虧於曩日，譴罰積多，威怒微厲。」魏徵這是對李世民說：陛下啊，您現在越來越不愛聽臣等的諫言了，還經常發脾氣，這樣不行啊。

更狠的話還在後面。魏徵說：「安危之理，皎然在日。昔隋之未亂也，自謂必無亂；其未亡也，自謂必無亡。故賦役無窮，征伐不息，以至禍將身而尚未之寤也。」李世民一直是以表叔隋煬帝作爲反面教材，現在魏徵卻諷刺他堵塞言路，不知悔改，像極了隋煬帝。

唐太宗完全聽不進去。他老了，開始迷戀上驕奢淫逸的生活。

貞觀初年，李世民是愛民如子的帝王，到了後期，他大興土木，驅使兵丁，甚至說：「百姓無事則驕逸，勞役則易使。」這句話是說，老百姓都是賤骨頭，容易無事生非，必須長期當牛做馬。於是，洛陽、驪山、宜春、汝州，一座座宮殿相繼拔地而起，只爲了滿足李世民的虛榮心。隨著建築的規模不斷擴大，有的百姓甚至砍掉自己的肢體，試圖逃避繁重的徭役，爲此李世民特意下詔：「自今有自傷殘者，據法加罪，仍從賦役。」

李世民去世的原因可能與他晚年荒誕的生活有關。隨著身體日漸衰老，他更加恐懼死亡，寄希望於方士的所謂長生之術，開始在宮中煉製丹藥。這些丹藥不僅沒讓他的身體好轉，反而使他的健康每況愈下。

一代名相房玄齡輔佐李世民二十多年，到了貞觀後期，也不得不看李世民的臉色辦事，以此在宦海沉浮中獨善其身。當時，房玄齡奉命監修國史。李世民明知帝王不可觀看當朝起居注，這是歷朝歷代的優良傳統，可他偏要看，一提出要求，就有官員極力反對。

諫議大夫朱子奢上疏阻止，說：「以此開後世史官之禍，可懼也。史官全身畏死，則悠悠千載，尙有聞乎？」朱子奢痛批道，陛下這種做法要是讓後世學了，史官爲了避禍都給當朝帝王飾非護短，那還有什麼信史可言？

房玄齡卻不敢得罪此時的唐太宗，他放棄原則，將「起居注」刪爲「實錄」呈給唐太宗，以此掩人耳目，也開了惡例。

靡不有初，鮮克有終。

貞觀十七年（六四三），魏徵未能看到唐太宗自我反省，善始善終，就永遠離開了他。出殯之日，李世民登上高樓，目送這位功臣的靈車遠去，寫了一首詩，哀歎：

望望情何極，浪浪淚空泫。
無復昔時人，芳春共誰遣。

李世民遭受了巨大打擊，他回憶起魏徵悵然若失，說出了那段經典的名言：「夫以銅爲鏡，可以正衣冠；以古爲鏡，可以知興替；以人爲鏡，可以明得失。朕常保此三鏡，以防己過。今魏徵殂逝，遂亡一鏡矣！」

在魏徵去世六年後，貞觀二十三年（六四九），唐太宗李世民也走到了生命的盡頭。晚年的李世民失去了這面鏡子，身陷兒子們的儲位之爭、遼東的遠征，以及對功臣的猜忌之中。魏徵是李世民的鏡子，而貞觀之治也像是歷史的鏡子，照出了君明臣賢的政治風氣，照出了大唐盛世的赫赫功業，也照出了一代明君的漸不克終。

永王之亂

李白的最後五年，以及被遮蔽的真相

大唐詩人李白（七〇一－七六二），被命運扼住了喉嚨。

自從在潯陽登上永王李璘的樓船，他的理想和抱負在兩、三個月內就被迅速燃盡，餘生抱著一堆灰燼，四顧茫然。他一遍遍地解釋，一次次地找人，落筆皆是苦澀的詩句。

他早些年被公認爲「謫仙人」，爲人瀟灑，詩風豪逸。但到此時，那口「仙氣」已然離他而去，他像個掉落凡間的孩子，驚恐無措。

權力與輿論強加給他的罪名，以及由此帶來的牢獄之災和聲名受辱，讓他在最後的年月裡痛苦不堪。他的處境，正如他的「小迷弟」杜甫當時所寫的——「世人皆欲殺」。

他，李白，大唐盛世的狂士與歌者，在生命的最後階段，變成了一個國人皆曰可殺的叛國者。

他無數次執筆寫詩申冤和抗辯，一次次還原被權力篡改的眞相。但大唐的子民，以及後世每一個時代的人們，都只願意誦讀他喝酒吹牛時豪情四溢的詩句，沒有人願意去讀他晚年那些悲苦、泣血、隱晦的詩行。

每個人只當這個眞實的詩人，沒了人生的最後五年。即便有，也是狗尾續貂的五年，聲名敗壞的五年。

歷史就這樣書寫了一個人生斷裂的李白。直到宋代，直到現在，李白參加永王李璘起兵的經歷，仍被當作叛國謀亂的汙點，「文人之沒頭腦」的體現。根本沒有人在乎他本人在乎的眞相。

壹

至德元載（七五六）十二月，在廬山避亂的李白，迎來了一個神秘人物。

來人叫韋子春，身分是永王李璘的重要謀臣，任務則是遊說李白出山加入李璘的幕府。

李白說韋子春「三顧茅廬」，他終於答應出山了。但實際上，他極有可能一下子就爽快地答應了。他在〈贈韋秘書子春〉一詩中，記錄了這次志同道合、相見恨晚的謀面會談過程：

斯人竟不起，雲臥從所適。
苟無濟代心，獨善亦何益。
惟君家世者，偃息逢休明。
談天信浩蕩，說劍紛縱橫。
謝公不徒然，起來為蒼生。

……

氣同萬里合，訪我來瓊都。

披雲睹青天，捫虱話良圖。

留侯將綺里，出處未云殊。

終與安社稷，功成去五湖。

韋子春確實有辯才，一下子就說到李白的心坎上。他看出李白表面是一個隱居的高士，內心卻放不下濟世情懷，還是想學東晉名士謝安，關鍵時刻出來救蒼生、建功業。

韋子春將永王李璘的「良圖」——平定叛亂、收拾河山的計畫，向李白和盤托出。李白聽完，直接感慨說「披雲睹青天」，平定中原亂軍，好像就是分分鐘的事情。他已經在想著，自己在跟隨李璘建立不世之功後，像范蠡一樣功成身退，深藏功與名。

當時，李璘率軍從江陵（今湖北荊州）東下，趨廣陵（今江蘇揚州）。李白告別妻子宗氏，登上了李璘的樓船，一路東下。在給妻子的詩中，他對前景充滿了信心，跟妻子調侃了一下將來自己佩相印歸來的情景：

出門妻子強牽衣，問我西行幾日歸？

歸時倘佩黃金印，莫學蘇秦不下機。

這時候，五十六歲的李白感覺人生煥發了第二春。一生中，除了四十二歲那年，他奉唐玄宗之詔入長安供奉翰林，恐怕再沒有如此時這般意氣風發的記憶了。那年，他寫下〈南陵別兒童入京〉，是多麼的狂放，一點兒也不想掩飾內心的狂喜：

會稽愚婦輕買臣，余亦辭家西入秦。
仰天大笑出門去，我輩豈是蓬蒿人。

那年，這個一直以「大鵬」和「鳳凰」自我期許的詩人，以為扶搖直上、青雲展翅的機會來了。那年，唐玄宗給了這個狂傲的詩人最大的面子，「降輦步迎」，「以七寶床賜食，御手調羹以飯之」。那年，他以為自己是「帝王師」，不承想自己只是君王用來點綴升平、以誇耀於後世的文學侍從。兩年後，天寶三載（七四四），李白的首次從政之旅在理想幻滅中宣告結束。唐玄宗將他「賜金放還」，理由是「非廊廟器」。用現在的話來說，績效考核不達標，他被裁員了，拿了N+1的賠償金走人。這次打擊太沉重了，離京時，他寫下了著名的〈行路難〉：

金樽清酒斗十千，玉盤珍羞直萬錢。
停杯投箸不能食，拔劍四顧心茫然。
欲渡黃河冰塞川，將登太行雪滿山。
閒來垂釣碧溪上，忽復乘舟夢日邊。
行路難，行路難，多歧路，今安在？
長風破浪會有時，直掛雲帆濟滄海。

儘管「行路難」，但他還是在詩中給自己留下了一條足夠光明的尾巴。他依然相信，自己會是姜尙、伊尹、諸葛亮、謝安那樣的大才，只是還缺少一個「直掛雲帆濟滄海」的機會。

之後，他與杜甫、高適在梁宋之地有過一段三人行的暢遊時光。

再後來，他開始了如早年一般的南北漫遊，喝最豪氣的酒，賞最寂寞的月，寫最好的詩，只是爲了擺脫「大道如青天，我獨不得出」的現實處境。他的詩寫得再好，名氣再大，對於建功立業、兼濟天下的理想而言，終歸只是一個手段而已。他的內心深處，從不因自己能寫出盛唐最好的詩行而滿足。

恰恰相反，隨著時間的流逝，他爲自己未能找到眞正的用武之地而流露出越來越強烈的焦灼感。他的「愁」越來越多，越來越亂：

將進酒

君不見，黃河之水天上來，奔流到海不復回。
君不見，高堂明鏡悲白髮，朝如青絲暮成雪。
……
主人何為言少錢，徑須沽取對君酌。
五花馬，千金裘，呼兒將出換美酒，與爾同銷萬古愁。

宣州謝朓樓餞別校書叔雲

棄我去者，昨日之日不可留；
亂我心者，今日之日多煩憂。
……
抽刀斷水水更流，舉杯消愁愁更愁。
人生在世不稱意，明朝散發弄扁舟。

秋浦歌

白髮三千丈，緣愁似個長。

不知明鏡裡，何處得秋霜。

自從被「賜金放還」後，整整十三年，詩名滿天下的李白，無所用於世。直到一個亂世來臨。自古亂世出英雄，李白也想在安史之亂爆發後，遊說江南的李唐宗室起兵勤王，但最終無所成，才上了廬山隱居。

現在，韋子春的到來，永王李璘的邀約，就像把他從廢棄的深井裡撈了上來，他毫不猶豫地投入了自己的第二次、也是最後一次從政生涯。

他不知道，自己將要掉入一個更深的深淵。

貳

李白跟隨李璘的軍隊東下的時候，早已在靈武稱帝的唐肅宗李亨，偷偷將自家兄弟當成了打擊對象。一場影響大唐國運的同室操戈，一觸即發。

在至德二載（七五七）開年，大唐帝國內部實際上進行著兩場戰爭：一場是唐王室與安史叛軍的戰爭，另一場是唐王室內部的戰爭。兩場戰爭看似毫不相關，其實錯綜複雜，糾纏不清。

事情起源於安祿山叛軍攻陷潼關後，唐玄宗倉皇奔蜀途中的一個重大人事安排。在逃亡路上，太子李亨與禁軍首領陳玄禮操縱「馬嵬兵諫」，又派人唆使當地父老攔住唐玄宗，要其留下太子抗擊叛軍，並分去大半人馬。天寶十五載（七五六）七月初九，李亨到達靈武（今寧夏靈武市），很可能經他本人授意，三天後，他被隨從諸臣擁立爲皇帝，是爲唐肅宗。

李亨擅自稱帝的消息，整整一個月後，即八月十二日才傳到蜀中。獲悉消息的唐玄宗，這才知道自己早已從皇帝變成了太上皇。

正史記載，毫不知情的唐玄宗在七月十五日以皇帝身分下詔，部署了平定安祿山叛亂的重大決策——以皇子代替邊鎮將領典兵，具體安排如下：太子李亨充任天下兵馬元帥，仍都統朔方、河東、河北、平盧等節度採訪等都使，與諸路及諸副大使等，南收長安、洛陽；永王李璘充山南東道、江南西道、嶺南、黔中等節度採訪等都使，江陵大都督如故；盛王李琦充廣陵郡大都督；豐王李珙充武威郡大都督……

由於其他皇子並未到府就任，只做了掛名一把手，實際到任的僅有李亨和李璘。兩人一個獨撐北方戰局，一個寄希望於南方後盾。而在唐玄宗的算盤中，自己則坐鎮蜀中統籌南北全域。

但讓唐玄宗始料未及的是，到了靈武的李亨在朔方軍的全力支持下登基稱帝。鑒於朔方軍當時是朝廷碩果僅存的最強軍隊，偏居蜀中的唐玄宗無力掌控，更無力對抗，只好在表面上承認了李亨即位的既定事實。但他並不甘心自己淪爲太上皇，於是對李亨展開了權術反制：第一，宣稱軍國大事先由皇帝（唐肅宗）處理，但應奏報太上皇（唐玄宗），太上皇保留發「誥」（以區別於皇帝的「詔」）的權力，仍可號令天下，等到收復兩京，太上皇才不問政；第二，派親信大臣韋見素、房琯、崔渙等人到唐肅宗身邊，希望加強對唐肅宗的控制；第三，希望在南方建立一支足以與朔方軍抗衡的武裝力量，從而加強太上皇的話語權。

我們都知道，槍桿子裡面出政權，所以第三點是尤其重要的一點。唐玄宗把希望寄託在李璘身上，任命李璘出鎮江陵後，又二次任命他爲江淮兵馬都督、揚州節度大使。這次任命之後，自山南東路（治江陵）沿長江東至江南西路（治洪州）、江南東路（治蘇州）、淮南路（治揚州）之軍事，皆受永王李璘節制。

李璘也領會到父皇的用意，因此在江陵招募了數萬將士，再利用江南的經濟優勢，企圖在南方建立反擊安史叛軍的基地。一旦軍隊建立起來，並在對付叛軍方面取得戰果，那麼，唐玄宗在與唐肅宗爭奪實權的鬥爭中就有了足夠的籌碼。

在唐玄宗與唐肅宗兩個政治中心並存的前提下，李璘作爲唐玄宗的籌碼，成爲震懾唐肅宗的一股勢力。這引起了唐肅宗的警覺。

之前向唐玄宗面諫、反對諸王分鎮的高適，此時獲得唐肅宗召見，於是從蜀中跑到靈武，跟新君陳述「江東利害」，並說永王李璘「必敗」。唐肅宗對高適的見解很滿意，遂在江淮地區安排親信，做好對付李璘的準備。

在李白決定加入李璘幕府任江淮兵馬都督從事的時候，高適獲得唐肅宗任命，出任淮南節度使，領廣陵等十二郡。這意味著，這對昔年共遊河南的好友，此時分屬不同的陣營，他們的關係即將破裂。

與此同時，唐肅宗以名將來瑱爲淮南西道節度使，領汝南等五郡。加上江東節度使韋陟，唐肅宗完成了三名親信共同對付李璘的人事布局。

而在李璘這邊，他對唐肅宗已將自己列爲對手的事實，完全蒙在鼓裡。他的任命來自父皇唐玄宗，在南北兩個朝廷並存的情況下，他選擇聽命於蜀中的唐玄宗朝廷。所以，當唐肅宗害怕李璘的勢力擴張會威脅到自己，命令他返回蜀中的時候，他違抗了唐肅宗的命令，繼續率軍東進。

根據學者鄧小軍的分析，李璘水軍下廣陵的目的，是從廣陵出發，走海路直取安史叛軍的大本營幽州。這從李白寫於李璘幕府的〈永王東巡歌〉中，也可以得到佐證：

王出三山按五湖，樓船跨海次揚都。
戰艦森森羅虎士，征帆一一引龍駒。
……
祖龍浮海不成橋，漢武尋陽空射蛟。
我王樓艦輕秦漢，卻似文皇欲渡遼。

加入李璘幕府後，李白肯定獲悉了李璘集團的作戰計畫，因而在詩中明確以唐太宗對高句麗渡海登陸作戰的歷史，作爲李璘水軍出海北伐的比附。

可是，不等李璘到達廣陵，受到唐肅宗支持的南方地方勢力，紛紛向李璘發起了挑戰。在潤州（今江蘇鎮江），李璘水軍雖然擊敗了挑釁的地方勢力，但當唐肅宗派出的宦官使者出現在江對岸時，李璘集團內部軍心崩潰——唐帝國的共同敵人是安史叛軍，而唐肅宗竟然以「討逆」之名將矛頭對準了永王李璘，這一波政治宣傳和軍事鎮壓，讓李璘的部下覺得失去了合法性和正義性，於是紛紛倒戈。

至德二載（七五七）二月十日，李璘兵敗潤州。十天後，逃至大庾嶺的李璘被江西採訪使皇甫侁擒殺。

這場由唐肅宗發動的內訌權鬥，最終以勝利者的意志，定性爲「永王之亂」。太上皇唐玄宗在李璘兵敗已成定局的情況下，失去了賴以制衡兒子唐肅宗的唯一勢力，無奈只能發誥，宣布將李璘廢爲庶人。但當唐玄宗獲悉李璘遇害的消息，他才眞情流露，「傷悼久之」。

而唐肅宗，再次以他的表演，洗脫他才是害死李璘的眞凶這一事實。史載，唐肅宗在得知李璘死亡的消息後，責備皇甫侁「既生得吾弟，何不送之於蜀而擅殺之」，並做出「廢（皇甫）侁不用」的決定。皇甫侁成爲唐肅宗的替罪羊，而唐肅宗則在歷史上繼續營造孝悌的君王形象。

所謂「永王之亂」，因爲關乎勝利者唐肅宗的歷史形象，事後被篡改和掩蓋的眞相很多。特別是當唐肅宗付出了巨大代價，在同年九月收復長安，並迎回太上皇唐玄宗，最終「取締」了蜀中朝廷、實現大權在握之後，永王李璘連同他的同黨，更是被塑造成爲帝國的叛亂者。

李白加入李璘幕府不到三個月，人生就從高峰跌入了谷底，不僅是朝廷的囚犯，還是「世人皆欲殺」的罪人。

別人不知道或假裝不知道「永王之亂」的眞相，但他李白知道呀。

他要說出來。

參

李白捲入的這場皇室內鬥，使得原本兩、三年可以平息的安史之亂，一拖拖了八年，大唐盛世由此徹底轉衰，再無復興之日。

重新審視「永王之亂」，唐肅宗才是最應該站上歷史審判席的那個人。他爲了搶班奪權，不惜引入回紇軍隊，許諾後者收復長安後可以搶走財物和女人；他爲了證明自己即位的合法性，放棄謀臣李泌提出的直搗安史叛軍老巢的計謀，只想著收復僅有象徵意義的長安；他爲了消除皇位的潛在爭奪者，再次將李璘走海路奇襲叛軍老巢的計畫扼殺，並將其定性爲「謀亂」……他的皇位保住了，但國家卻陷入了更長久的戰亂。

這是事件的眞相，也是李白認定的、需要告訴世人的眞相。最後的幾年，他咀嚼苦澀，吐露悲情，在詩裡一遍遍述說李璘之事，就是爲了申冤和抗辯，跟被篡改的事件眞相做鬥爭。

在李璘兵敗之時，李白跟隨潰散的士兵死裡逃生，當時的情形，他在〈南奔書懷〉中有這樣的描述：

主將動讒疑，王師忽離叛。
自來白沙上，鼓噪丹陽岸。
賓御如浮雲，從風各消散。

部將們相互疑神疑鬼，永王的軍隊頃刻七零八落，來到白沙洲一帶時，丹陽岸邊戰鼓雷鳴，而幕僚們就像天上飄浮的雲朵一樣，隨風不知消散到哪裡去了。

李白沿江西逃，先平安地逃到舒州（今安徽潛山），再躲藏到西邊的司空山，但是不久他被抓住了，囚禁在潯陽的監獄中。

即便如此，他仍然感激李璘邀請他加入北伐叛軍的隊伍。他從未埋怨李璘，更未學別人對著落敗的李璘踩上一腳以示割裂。最痛苦的時候，他曾違心說自己是被脅迫入了李璘幕府，但也是到此爲止。他不說李璘的任何壞話。在史書將李璘醜化成一個蠢貨的時候，他還在感念李璘的知遇之恩：

秦趙興天兵，茫茫九州亂。
感遇明主恩，頗高祖逖言。
過江誓流水，志在清中原。
拔劍擊前柱，悲歌難重論。

我李白是要學祖逖北伐，志在消滅安史叛軍平定中原，現在竟然被人當成了亂臣賊子，天理何在呀？

他向帝國的官員、認識的老朋友求助，希望能夠洗脫罪名。他甚至對身爲討伐李璘軍隊總統帥的高適，發出過乞求救援的信號，寄希望於他們曾一起漫遊所建立的友誼，能夠抵抗政治立場的侵蝕。

他在潯陽獄中，託要去廣陵拜謁高適的張秀才帶去了他的一首詩。在詩裡，他談古論今，將高適比爲張良，並大加讚賞。沒有說出來的一層意思，則是希望高適伸出援手，爲他洗脫罪名。

送張秀才謁高中丞

高公鎮淮海，談笑卻妖氛。
采爾幕中畫，戡難光殊勳。

我無燕霜感，玉石俱燒焚。
但灑一行淚，臨歧竟何云。

高適對李白的求助，沒有任何回應。相反，從高適的詩文集來看，這名依靠打敗李璘軍隊而仕途平步青雲的詩人，為了與對立者李白切割，將李白的名字從他的詩文集中徹底刪掉了。天寶三載（七四四）以後，他和李白、杜甫同遊梁宋間的詩文題目，但凡出現李、杜之名，都被他改為「群公」。

只有仕途同樣困頓的杜甫，依然那麼膜拜和相信李白。從陣營來看，杜甫算是最早投奔唐肅宗的元老級臣子，但後來因為替房琯求情而被唐肅宗疏遠，斷了前途。但作為忠臣的杜甫，聽說李白的遭遇後，並沒有抹除他們的記憶，也沒有像高適那樣做出切割的舉動。相反，他寫下了許多懷念李白的詩作，這些詩作雖然無助於身處困境的李白，但至少說明，李白的痛苦和落寞，有人懂。

不見／杜甫

不見李生久，佯狂真可哀。
世人皆欲殺，吾意獨憐才。
敏捷詩千首，飄零酒一杯。

匡山讀書處，頭白好歸來。

夢李白二首（其二）／杜甫

浮雲終日行，遊子久不至。
三夜頻夢君，情親見君意。
告歸常局促，苦道來不易。
江湖多風波，舟楫恐失墜。
出門搔白首，若負平生志。
冠蓋滿京華，斯人獨憔悴。
孰云網恢恢，將老身反累。
千秋萬歲名，寂寞身後事。

最終是御史中丞宋若思、前宰相崔渙等人，認定李白無罪，將他從獄中撈了出來。宋若思還直接把李白請到軍中，讓他加入幕府。這似乎表明，朝廷高層對「永王之亂」的定性有不同意見，所以才會認爲李白入獄是冤案，並還他清白之身。

李白在潯陽監獄蹲了半年左右，出獄後入了宋若思的幕府。但不久，李白即離開宋若思幕府，估計是宋若思受到了某些壓力，風向又有變化。

這時，大概是唐肅宗收復長安，而唐玄宗被從蜀中接回長安，「上皇（唐玄宗）御宣政殿，授上（唐肅宗）傳國璽」。至此，唐玄宗、唐肅宗的權力交替全面完成，太上皇成了唐肅宗任意擺布的對象。唐肅宗重啟針對唐玄宗舊臣的清洗行動，對「永王之亂」遺留問題的處置，力度趨嚴。因此，在帝國慶祝收復帝都的喜悅氛圍裡，本已出獄的李白突然接到了流放夜郎的處理決定。

乾元元年（七五八）春，李白才姍姍由潯陽出發赴流放地夜郎，此時他寫有〈流夜郎至西塞驛寄裴隱〉，詩中有句：

> 鳥去天路長，人愁春光短。

流放途中，李白的悲憤仍盈溢在字裡行間，經過漢陽時，他寫〈望鸚鵡洲懷禰衡〉，借禰衡的遭遇寫自身的不幸：

> 魏帝營八極，蟻觀一禰衡。
>
> ……
>
> 才高竟何施，寡識冒天刑。

至今芳洲上，蘭蕙不忍生。

第二年，他遇赦放還，寫了〈流夜郎半道承恩放還兼欣克復之美書懷示息秀才〉一詩。詩中，他隱晦地重提帝國曾有唐玄宗和唐肅宗兩個政治中心的事實，說明永王李璘的任職和行動，皆出自於唐玄宗，具有正當性和合法性，不應被定性爲謀亂叛國。

「大駕還長安，兩日忽再中」，暗指從唐肅宗靈武即位，到唐玄宗返還長安期間，唐帝國二主並存，如天有二日。「一朝讓寶位，劍璽傳無窮」，這是說到至德二載（七五七）十二月，唐玄宗授傳國玉璽給唐肅宗，帝國二主狀態才宣告結束。言外之意，唐肅宗在至德二載（七五七）年初，二主體制尚存的情況下，發動了鎮壓永王李璘的戰爭，誰是誰非，不言自明。可是，這段歷史現在卻被掩蓋了，死去的永王李璘卻沉冤莫白。

隨後，李白在江夏又寫了帶有生平自述性質的長詩〈經亂離後天恩流夜郎憶舊遊書懷贈江夏韋太守良宰〉，其中，重提二主體制，再次替李璘申辯，說「帝子」李璘的統兵征討之權是唐玄宗授予的，絕非作亂：

二聖出遊豫，兩京遂丘墟。
帝子許專征，秉旄控強楚。

總之，餘生反反覆覆，李白都在糾纏爲永王李璘平反，也爲自己申冤這件事。他的詩風變了，在多數作品裡，豪情頓減，氣勢轉弱，從以前的高調飄逸、痛快淋漓，轉爲沉淪落魄、晦澀難懂的風格。

這些詩，有他最在意的東西，對個人名節的守護，對知遇恩人的仗義，對歷史眞相的堅持。但是，人們不願讀，也不願聽這個絮絮叨叨的老詩人在痛苦什麼，在執著什麼，在期待什麼。

人們只需要一個「十步殺一人，千里不留行，事了拂衣去，深藏身與名」的俠客，一個「花間一壺酒，獨酌無相親，舉杯邀明月，對影成三人」的酒徒，一個「安能摧眉折腰事權貴，使我不得開心顏」的狂士……

人們不需要深入歷史眞相，不需要一個不符合自己心理預期的偉大詩人。如同朝廷屏蔽了「永王之亂」的眞相，人們屏蔽了一個執著於眞相的詩人。

一生中最後的日子，李白流寓在當塗縣令、族叔李陽冰處。

即便經歷了九死一生的命運戲弄，他依然不改初衷，夢想著做一個建功立業之人。上元二年（七六一），年屆六十的詩人聞知名將李光弼出征東南，又想從軍報國，無奈半道病還。

第二年，李白卒於當塗，享年六十二歲。人們相信他是捉月而死，不願意相信他是醉酒病死。

他在絕筆〈臨終歌〉中歎道：「大鵬飛兮振八裔，中天摧兮力不濟。」

他大鵬終於無力了，詩人承認了自己的失敗。

同一年，唐肅宗死，唐代宗繼位後，第一時間爲永王李璘平反昭雪。

李白生前可能得知這一重要的歷史資訊，但更大的可能是，他並不知道平反的詔令。這或許是他一生中最大的遺憾。

自遣

對酒不覺瞑，落花盈我衣。
醉起步溪月，鳥還人亦稀。

寂寞無邊無際，醉酒的老詩人，他神遊到另一個時空去了。

安史之亂

杜甫的詩，比歷史還真實

安史之亂爆發三年前，天寶十一載（七五二）的秋天，杜甫與高適、岑參、儲光羲等詩人一起登上慈恩寺塔（大雁塔）。

每人賦詩一首。其他人的詩寫景都是天朗氣清，大好河山，只有杜甫看到的是：

同諸公登慈恩寺塔（節錄）

秦山忽破碎，涇渭不可求。
俯視但一氣，焉能辨皇州。

從上往下一眼望過去，一片空濛濛，哪裡還分辨得出帝都長安在何處。這實際上是詩歌寫作的一種隱喻手法，包含了詩人的政治憂慮，他隱約有一種不祥的預感：長安可能要面臨一場大亂啊。

壹

杜甫在世時，只是一個小官員和小詩人。但並不妨礙他在窮困潦倒的一生中，孜孜不倦地書寫和反思帝國盛世的衰亡，從而成為一個時代最真實而堅定的歷史記錄者。

希臘古哲亞里斯多德說過：詩比歷史還真實。我們將在杜甫的詩中，讀懂這句名言。

杜甫趕上了偉大而不幸的時代。唐玄宗即位的先天元年（七一二），杜甫降臨人世，到唐代宗大曆五年（七七〇）病逝，他經歷了大唐由盛而衰的全過程。

杜甫比李白小十一歲左右，但在後世看來，他們的詩像是兩個時代的產物。

李白的詩，大氣磅礴，想像奇詭，縱橫無邊，確實是大唐盛世才能催生出來的鬼才作品。現實也是如此，安史之亂爆發後，李白在生命最後的幾年經歷悲情，鮮有好詩問世。而杜甫，整個的詩歌寫作重心都在安史之亂爆發後，之前雖然也有著名的傳世作品，但沉鬱頓挫、感時憂世的整體風格尚未形成。

現代詩人馮至說杜甫是兩個世界的親歷者：「杜甫生在唐代封建社會發生巨大變化的時代。他青年時期經歷的『開元之治』和他中年以後、也就是安史之亂爆發以後社會秩序相比，儼然是兩個截然不同的世界。國家的危機和人民的痛苦通過種種難以想像的、聳人聽聞的事實呈現在他的面前。他面對許多殘酷的事實，既不惶惑，也不逃避，而給以嚴肅的正視。他既有熱情的關懷，也能作冷靜的觀察，洞悉時代的癥結和問題的核心所在。」

亂世苦難，以及勇敢面對和書寫亂世苦難的態度，塑造了一個偉大的詩人。

也正因此，杜甫的成名之路十分坎坷。終其一生，他幾乎默默無聞，聲名不顯。天寶三載（七四四），三十三歲的杜甫在洛陽遇到被唐玄宗賜金放還的李白，兩人一見如故。此時還有高適，三人結伴同遊。第二年，杜甫又跟李白見了一面，兩人互贈詩篇。從此卻再沒機會見面。

不過，杜甫後來給李白寫了許多詩，而李白再也沒爲杜甫寫過一首詩。這段關係幾乎已成爲一個學術八卦，一種可能的解釋是，兩人在世時的聲名明顯不對等，李白是曾經大紅大紫到轟動長安城的大詩人，杜甫更像是一個粉絲偶然結交到了自己的偶像，自然有全情的膜拜流露在許多詩裡。

美國漢學家宇文所安分析，杜甫的詩在他生前雖然也得到一些高度評價，但基本上可以肯定是社交場合的禮貌用語和客套而已。一直到九世紀初，在杜甫死後三、四十年後，由於中唐詩人領袖如韓愈、白居易、元稹等人對杜詩的推崇和不斷模仿，才使得杜甫的名聲越來越大。宋代以後，杜甫最終奠定了史上最偉大現實主義詩人的地位。

所以，我們現在認識的杜甫，與杜甫在世時的樣子和際遇，是截然不同的。這麼說吧，杜甫如果看到宋代以後世人對他的追捧，估計他自己都會被嚇死。

眞實的杜甫，生前除了年少時過過一段優裕的快樂時光，一輩子都在盛世的底層掙扎，在亂世的途中歌哭。

他的朋友，李白是名噪天下的大詩人，高適後來做了大官。只有他，一生終了，僅是一個小詩人，一個小官員。

貳

有史學家以張九齡罷相的開元二十四年（七三六）作爲盛唐的分水嶺，這是有道理的。因爲，盛世的衰亡，總是從政治的敗壞開始的。

一個在位多年、志得意滿的皇帝，身邊圍繞著一群爭權奪利、不顧世道人心的臣子，這個王朝基本就在變亂的邊緣不斷溜達了。

盛世久了，也總會有一些烏七八糟的事情來終結盛世。在權相李林甫掌權的十多年間，帝國氣脈的衰微被獨裁和謊言掩蓋了。

天寶六載（七四七），唐玄宗詔天下「通一藝者」到長安應試，杜甫參加了考試。由於李林甫編導了一場「野無遺賢」的鬧劇，參加考試的士子全部落選。

那個曾經寫過「會當凌絕頂，一覽眾山小」，希望「致君堯舜上，再使風俗淳」的中年求職者，客居長安整整十年（七四五—七五五），鬱鬱不得志，過著極其困苦的生活。

他一直試圖建立在朝廷中任職的必要關係，但未獲成功。他最後奔走獻賦，爲唐玄宗獻上三篇賦，終於再獲得一次考試機會，通過後，被通知等待授予官職。

這一等卻又是沒有盡頭。

史學家推測，杜甫和他的交際圈可能都是讓權相李林甫感到不爽的人，所以卡住始終不給他安排官職。到了李林甫的繼任者楊國忠當權，杜甫仍然未得到任命。

天寶十三載（七五四），四十二歲的杜甫希望追隨高適的腳步，向名將哥舒翰請求入幕，卻未得到理睬。

也就是在這一年，關中出現了被楊國忠捂住不報的大暴雨和饑荒。爲了生存，杜甫被迫帶領全家北遷到了奉先縣（今陝西蒲城縣）。

或許是命運的刻意安排，杜甫在長安的十年辛酸生活，打開了他觀察帝國盛世眞相的一扇窗戶。當其他精英詩人沉湎醉鄉之時，他穿著粗布短衣，和京城貧民排隊購買低價糧食。他從盛唐那群浪漫的詩人群體中游離出來，開始以清醒的目光審視這個社會。

在哭聲震天的咸陽橋頭，他聆聽過征夫的怨憤訴說，瞭解到唐玄宗好大喜功，輕啟邊釁，而楊國忠趁機邀功，出兵南詔掩蓋敗績的背後，是帝國無數家庭的生死離散，以及國家經濟的凋敝破壞：

兵車行（節錄）

邊庭流血成海水，武皇開邊意未已。
君不聞漢家山東二百州，千村萬落生荊杞。

縱有健婦把鋤犁，禾生隴畝無東西。

在仕女如雲的曲江池畔，他遠遠地冷眼觀看楊國忠兄妹的遊春排場，帝國的財富支撐起這個外戚家族的揮霍豪奢，京城長安成了他們肆無忌憚的極樂世界，而這背後是誰在縱容楊氏一手遮天，已經不言而喻了：

麗人行（節錄）

楊花雪落覆白蘋，青鳥飛去銜紅巾。
炙手可熱勢絕倫，愼莫近前丞相嗔。

帝國政壇籠罩在謊言編織的歌舞昇平之下，杜甫的詩，成了那個時代最勇敢、最眞實的話語。

當杜甫孤身一人從奉先返回長安後，他的任命終於下達了。朝廷授予他河西尉的小官，他拒絕了：「不作河西尉，淒涼爲折腰。」朝廷遂改派他出任太子府的一個官職——兵曹參軍，類似於武庫看守人的低階職務。迫於生計，他接受了這個離理想很遠很遠的官職。

天寶十四載（七五五），年末，杜甫赴奉先探望妻兒。一進家門，就聽到哭泣聲，原來他的小兒子餓死了。個人的悲苦境遇，讓他想到了帝國底層人民正在經歷的艱難歲月，他拿起筆，寫下了著名的史詩：

自京赴奉先縣詠懷五百字（節錄）

老妻寄異縣，十口隔風雪。
誰能久不顧，庶往共饑渴。
入門聞號咷，幼子饑已卒。
吾寧舍一哀，裡巷亦嗚咽。
所愧為人父，無食致夭折。
豈知秋禾登，貧窶有倉卒。
生常免租稅，名不隸征伐。
撫跡猶酸辛，平人固騷屑。
默思失業徒，因念遠戍卒。
憂端齊終南，澒洞不可掇。

他在詩中說：作爲父親，竟然沒本事養活孩子，眞是慚愧至死！今年的秋收還算不錯，可誰能料到，窮苦人家仍然有餓死的意外發生。我還算是個小官兒，也免不了這樣悲慘的遭遇，那平民百姓的日子，就更加苦不堪言啊——想想失去土地的農民，早已傾家蕩產；想想遠戍邊防的士兵，還不是缺吃少穿。一想起這些，我的憂愁就千重萬疊，高過終南山，浩茫無際……

就在這首詩中，他寫出了千古名句，深刻揭示了大唐帝國貧富懸殊的社會現實：

朱門酒肉臭，路有凍死骨。

當杜甫寫下這些詩句的時候，帝國之病終於捂不住了。

安史之亂爆發了。

參

安祿山是在天寶十四載（七五五）十一月九日起兵叛亂的，這次叛亂成為唐朝歷史的一條分界線。但在當時，朝中那些狂傲而顢頇的君臣，都沒有意識到一個新的歷史階段已經到來。

數日後，叛亂消息傳到長安，宰相楊國忠向唐玄宗保證：不用十天，安祿山的人頭就會送到陛下面前。

只有安西節度使封常清是清醒的。安祿山起兵三十三天後，天寶十四載（七五五）十二月十二日，洛陽失陷。封常清因戰敗被唐玄宗派人就地處死，他在臨終上表中告誡唐玄宗：我死之後，望陛下不要輕視安祿山這個叛賊。

唐玄宗君臣沒有接受封常清的忠告。

名將哥舒翰堅守潼關長達半年，叛軍久攻不下。唐玄宗不斷派宦官催促哥舒翰出關決戰。哥舒翰再三向皇帝奏明，此時我軍輕出，必定落入叛軍圈套，到時追悔莫及啊。

唐玄宗又不聽。

天寶十五載（七五六）六月四日，哥舒翰「慟哭出關」，五天後，兵敗被俘。

噩耗傳來，唐玄宗和楊氏集團卻跑得比誰都快。

六月十三日夜，唐玄宗帶著楊氏集團倉促逃離長安。過了整整十天，沒有任何防禦的長安才被叛軍攻陷。

逃亡路上，太子李亨與禁軍首領陳玄禮操縱「馬嵬兵諫」，又派人唆使當地父老攔住唐玄宗，要其留下太子抗擊叛軍，並分去大半人馬。

七月初九，李亨到達靈武（今寧夏靈武），很可能經他本人授意，三天後，他被隨從諸臣擁立為皇帝，是為唐肅宗。從此時起，李亨掌握了帝國抗擊叛軍的權力。

安史之亂是唐玄宗後期惡政橫行、奸人當道導致的結果，它敲響了帝國衰亡的喪鐘。安祿山起兵的旗號，是要誅殺奸臣楊國忠，以此為自己的反叛行為爭取正當性。馬嵬兵諫中，憤怒的士兵首先殺掉了楊國忠，繼而逼迫楊貴妃自盡。可見，楊氏當政的短短幾年間，已經觸怒了所有的社會階層。

從本質上講，這場戰爭是朝廷高層權鬥引發的，但是，最終爲戰爭買單的，卻是帝國的所有人，不分官位，不分身分，不分貧富。

在長安淪陷之前的半年裡，隨著戰況加劇，杜甫帶著家人避亂，先從奉先北遷到了白水（今陝西白水縣），又從白水繼續北遷到了鄜州羌村（今陝西富縣南）。一路輾轉，十分狼狽。

至德元載（七五六）八月，杜甫再次告別妻兒，從鄜州羌村投奔唐肅宗。途中，他被叛軍俘獲，並押解到長安。在叛軍占領的長安城中，杜甫度過了大半年時間。他寫詩悲歎唐軍的一次次失利，以及這座偉大城市的衰敗。

史書載，安祿山占領長安後，對未能逃出長安的王侯將相及其家人，「誅及嬰孩」，連小嬰兒都不放過。這是一場針對皇室成員和朝廷大臣的大屠殺。身陷長安的杜甫，遇見了在這場大屠殺中僥倖逃脫的一名皇孫：

哀王孫（節錄）

金鞭斷折九馬死，骨肉不得同馳驅。
腰下寶玦青珊瑚，可憐王孫泣路隅。
問之不肯道姓名，但道困苦乞為奴。
已經百日竄荊棘，身上無有完肌膚。

唐玄宗逃奔成都，留下王公貴族被滿門滅族，只有一個倖存者流落市井，體無完膚，乞求爲奴。在杜甫的眼裡，長安城的血雨腥風，誰也難以逃避，不論昔日如何錦衣玉食。這就是亂世的縮影。

至德二載（七五七）的春天，杜甫想念家人，好久沒有妻兒的消息，生死未卜，憂愁滿懷。戰亂時期，所有倖存者的共同心理，被他用一首詩寫了出來：

春望

國破山河在，城春草木深。
感時花濺淚，恨別鳥驚心。
烽火連三月，家書抵萬金。
白頭搔更短，渾欲不勝簪。

後來，宋朝人說，這是第一等好詩，但想起當時亂世，就「不忍讀也」。

肆

至德二載（七五七）正月，安祿山被其子安慶緒所殺，形勢向對唐王朝有利的方向扭轉。四月，杜甫趁亂逃出長安，穿過兩軍對峙之地，到達鳳翔（今陝西寶雞）投奔唐肅宗。

杜甫已經半年多沒有妻兒的消息，但他沒有第一時間奔赴鄜州羌村的家。這是因爲，他此時仍是朝廷官員，趕緊到鳳翔政府報到是他的職責所在。

唐肅宗授予他左拾遺的官職，雖然仍是一個八品小官，但可以向皇帝直接諫言了。杜甫忠於職守，報到後仍未返家，只是在詩裡擔憂家中的情況：

述懷（節錄）

寄書問三川，不知家在否。
比聞同罹禍，殺戮到雞狗。
山中漏茅屋，誰復依户牖？
摧頹蒼松根，地冷骨未朽。
幾人全性命？盡室豈相偶？
嶔岑猛虎場，鬱結回我首。
自寄一封書，今已十月後。
反畏消息來，寸心亦何有？

他發出無奈的疑問，這年頭有幾個人活著，希望全家團聚豈非做夢？正因如此，他盼望家信，又怕家信到來，因到來的可能是壞消息。

但很快，身在鳳翔的左拾遺杜甫，就感受到了戰亂當前，而新皇帝唐肅宗卻把鞏固帝位擺在了第一位。

唐肅宗連走了三步棋，每一步都充滿帝王權術：首先，唐肅宗發兵，消滅其弟永王李璘的「反叛」，李白因為追隨李璘，遭到流放，境遇淒涼。其次，清除唐玄宗舊臣，宰相房琯因為是父親唐玄宗所用之人，被認為是太上皇黨而遭貶。杜甫本是局外人，但他上疏替房琯說話，雖未治罪，卻被唐肅宗視為「房黨」，從此被疏遠，失去了參與朝政的機會。最後，唐肅宗急欲收復長安、洛陽二京，以證明他的能力和正統性。為了收復兩京，他決定孤注一擲，不惜撤空西北邊防，把精銳部隊調入中原與叛軍對陣，甚至以「克城之日，土地、士庶歸唐，金帛、子女皆歸回紇」為代價，請求回紇出兵助戰。他寧願引狼入室，讓城中百姓再遭劫掠，也要奪回長安。

至德二載（七五七）九月，收復長安。但也錯失了著名謀臣李泌建議直搗叛軍老巢范陽的時機，導致安史之亂又拖延了好幾年才被平定。

人間又無故多了好幾年的生離死別。

兩京收復後，杜甫寫了長詩〈洗兵馬〉，暗諷皇帝和帝都官員不反思戰禍，而沉浸在一時的勝利中。戰爭還沒結束，但唐肅宗已經顯示了他的權威和能力，於是朝臣爭獻祥瑞，開始唱讚歌了：

洗兵馬（節錄）

寸地尺天皆入貢，奇祥異瑞爭來送。
不知何國致白環，復道諸山得銀甕。
隱士休歌紫芝曲，詞人解撰河清頌。

此情此景，憂國憂民的小官員無力阻止，只能發出最微弱的歎息，但願戰爭真的早點結束，「淨洗甲兵長不用」。

此時，杜甫早已被貶出長安，到華州（今陝西渭南）任司功參軍。皇帝的身邊，果然容不下一個說真話的人。

伍

開始於乾元元年（七五八）九月的鄴城之戰，最終以唐軍的詭異潰敗，而再次昭示著大唐帝國的無可救藥。此戰過後，杜甫對王朝前景徹底失望，對帝國中興不再抱有任何幻想。

鄴城（今河南安陽附近一帶）是通往河北的門戶，這場戰役，朝廷和安史叛軍誰都輸不起。唐軍以六十萬大軍圍攻只有七萬人的鄴城，長達半年而不能克。史思明以十三萬兵馬來救，與城內安慶緒叛軍合共亦僅占唐軍的三分之一。然而，唐軍終遭慘敗。

復盤此役之敗，其實無關叛軍的強大與否，一切皆由唐肅宗猜忌功臣所致。在名將郭子儀平復兩京之後，唐肅宗曾對郭子儀說：「吾之家國，由卿再造。」表面是對平亂功臣的感激之辭，但他內心實則十分忌憚郭子儀、李光弼等名將功高震主，權重難制。命令郭子儀、李光弼等九個節度使圍攻鄴城之後，唐肅宗所考慮的，依然不是怎麼打勝仗，結束戰亂，而是怎麼分散這些名將的權力，避免一家獨大。這個本性陰暗狹隘的皇帝，做出了一個匪夷所思的決定——任命宦官魚朝恩爲觀軍容宣慰處置使，去指揮六十萬大軍。

唐軍最終陷入混亂，猶如一盤散沙，以極大的優勢兵力卻被叛軍擊潰了。

唐肅宗只顧玩政治平衡術以固帝位，不把天下百姓之生死放在眼裡，故而一次次錯失了徹底平息安史之亂的機會，任由這場戰爭拖延長達八年之久。當他在寶應元年（七六二）四月病死的時候，安史之亂仍未得到平息。

安史之亂的八年間，唐朝全國人口銳減三千六百萬。但百姓和士兵的死，對於心中只有權力的皇帝而言，只是一個個冰冷的數字。

殊不知，數字的背後，是一個個活生生的家庭慘劇。正如日本導演北野武所說，災難並不是死了兩萬人這樣一件事，而是死了一個人這件事，發生了兩萬次。

在這場影響大唐國運的戰爭中，杜甫幾乎是唯一一位從頭到尾關注個體命運與生死悲劇的記錄者。

乾元元年（七五八）年底，當朝廷軍隊圍攻鄴城之時，杜甫從華州出發，前往洛陽探望故舊、故居。第二年二月以後，唐軍大敗，損失慘重，杜甫正好從洛陽返回華州，一路上都是朝廷爲了擴充兵力拉夫抓丁、無數家庭妻離子散的情景。安史之亂的巨大浩劫，朝廷全部轉嫁到了老百姓頭上。杜甫沿路自新安—石壕—潼關，耳聞目睹無不是戰亂的哭泣和死亡的陰影。他以目擊者的身分，記錄下一路的所見所聞，寫出了震撼千古的災難史詩——「三吏三別」。

在他這組詩中，戰爭給人民造成的創傷，不再只是冰冷的數字，而是一個個可以感知的家庭悲劇。

老翁、中青年人和未成年人，這些不同年齡層次的男子，被拉夫推上戰場。他們在戰場上大量死亡後，留下了大批獨寡孤幼，有苦守荒村的老寡妻，有懷抱乳嬰的年輕寡婦，還有剛剛新婚就要準備守寡的小媳婦。老母無子送終，乳孩無父照應。所謂盛世，不用幾年，就淪爲了人間荒原。

看到新安縣吏抓壯丁，把未成年男子都拉走了，沿路都是一個個家庭生離死別的哭聲。杜甫無能爲力，只好安慰他們說：

新安吏（節錄）

莫自使眼枯，收汝淚縱橫。
眼枯即見骨，天地終無情。

把你們的眼淚收起吧，不要哭壞了眼睛，徒傷了身體。天地就是這麼無情啊！

傍晚投宿石壕村，看見差役半夜來拉夫，這家人的老頭子趕緊翻牆逃走了，杜甫只聽得一個老婦人開門對著差役哭訴：

石壕吏（節錄）

聽婦前致詞：三男鄴城戍。
一男附書至，二男新戰死。
存者且偷生，死者長已矣。
室中更無人，惟有乳下孫。
有孫母未去，出入無完裙。
老嫗力雖衰，請從吏夜歸。
急應河陽役，猶得備晨炊。

這是一個爲國家做出巨大犧牲而貧窮至極的家庭啊，三個兒子有兩個戰死在鄴城，剩下唯一的兒子還在軍中。即便如此，官府也沒有放過這個家庭，嚇得老頭子連夜躲起來，而老婦人還要被拉去做後勤。

沿路又經過一個寂寞荒涼的村子，這個村子百餘戶人家，因世道亂離都各奔東西。活著的沒有消息，死了的已化爲塵土。剛從鄴城戰場下來的老兵，回到村子，舉目無親，還來不及悲歎，縣吏又要趕著他去服役了。而他，臨走前，連一個可以告別的人都沒有：

無家別（節錄）

人生無家別，何以為烝黎？

人活在世上卻無家可別，這世道，當個老百姓怎麼就這麼難呢？這些具體的悲劇，杜甫看得見，而帝國的決策者，看得見嗎？看見了，在意嗎？

杜甫在寫這些悲慘的個案時，內心懷著深深的矛盾和痛苦。一方面，他知道這一個個家破人亡的人間慘劇，是帝國高層無視民間疾苦，肆意釀成戰爭導致的，是赤裸裸的人禍。但另一方面，在戰爭膠著已成定局的前提下，儘快平息叛亂，才能解除叛軍的劫掠和朝廷的拉夫強加給百姓的災難，而要儘快結束戰爭，則只能由百姓繼續付出代價上戰場。

面對這對矛盾，杜甫唯有一邊批判朝廷的黑暗無道，一邊含淚讚美百姓的愛國精神。他感到極端的痛苦，寫出來的「三吏三別」是那樣的悲涼，而又悲壯。

回到華州後，四十七歲的杜甫修訂完「三吏三別」，內心悲愴而又無力，隨即棄官而去，徹底告別了這個腐爛的朝廷。

正如那句名言所說，時代的一粒灰，落在個人頭上，就是一座山。

帝國那麼多底層平民，喘不過氣來，向來憂國憂民、感同身受的杜甫，也已喘不過氣來。

陸

唐朝的一些詩人選擇棄官，過起隱居生活，基本都有雄厚的家產和莊園別墅做後盾。杜甫顯然沒有這樣的資產。他的棄官，便註定了是一個痛苦的決定，並且，這種痛苦將持續影響他和他的家人。

史書記載杜甫棄官的原因說：「關輔饑，輒棄官去。」因爲京畿地區鬧饑荒，所以就辭官而去。現在看來，這種解釋很難說得通，杜甫官階低微，俸祿雖薄，但總比棄官之後沒了收入來源強呀。

而杜甫寧願帶著家人困苦潦倒，四處覓食，也不願再做著他的小官員，可見內心對朝局已經失望透頂了。這或許才是他下定決心棄官的眞實原因。

棄官的這一年，乾元二年（七五九），杜甫一家就遷移了三、四次。從華州遷到秦州（今甘肅天水），再到同谷（今甘肅隴南），直到年底遷到四川成都才算暫時安定下來，可謂顚沛流離，漂泊無根。他當初決定去同谷，是因爲得到同谷縣令的信，說此地盛產一種薯類，吃飯問題好解決。

可是，杜甫去後，卻發現情況並不那麼樂觀，他在〈同谷七歌〉中寫道：

同谷七歌（節錄）

有客有客字子美，白頭亂髮垂過耳。
歲拾橡栗隨狙公，天寒日暮山谷裡。
中原無書歸不得，手腳凍皴皮肉死。
嗚呼一歌兮歌已哀，悲風為我從天來。

手腳凍僵的杜甫苦苦尋找的「橡栗」，是一種極其難吃的苦栗子。莊子〈齊物論〉中，那個養猴子的狙公，正是拿這個橡栗給猴子選擇要「朝三」還是「暮四」。可見詩人的生活是相當饑寒交迫、狼狽不堪的。所以杜甫在同谷住了一個多月就只好離開，輾轉到了成都。

在劍南西川節度使嚴武的幫助下，杜甫出任節度參謀，並在城西浣花溪畔建了一座草堂，住了下來。著名的〈茅屋爲秋風所破歌〉，就是寫這座草堂在八月被大風暴雨破壞的情景，詩人徹夜難眠，心中所念，卻仍是整個家國的憂愁：

茅屋為秋風所破歌（節錄）

安得廣廈千萬間，大庇天下寒士俱歡顏，風雨不動安如山。
嗚呼！何時眼前突兀見此屋，吾廬獨破受凍死亦足！

自從寄寓成都以後，杜甫生命中的最後十年，一直在川湘多地漂泊，再未回到中原。雖然遠離政治中心，但他其實沒有放下對家國天下的關注。

唐代宗廣德元年（七六三），當蔓延八年的安史之亂終於以史思明之子史朝義的自殺宣告結束時，杜甫表現出一生中難得一見的異常興奮，手舞足蹈，放歌縱酒，並寫出他最歡快的一首詩：

聞官軍收河南河北

劍外忽傳收薊北，初聞涕淚滿衣裳。
卻看妻子愁何在，漫捲詩書喜欲狂。
白日放歌須縱酒，青春作伴好還鄉。
即從巴峽穿巫峽，便下襄陽向洛陽。

他謀劃好了還鄉的路線，可是短暫的興奮過後，殘酷的現實直刺過來。安史之亂是結束了，但中原戰火長期未能停息，藩鎮割據和此起彼伏的爭鬥，讓詩人回歸到沉鬱頓挫的生存狀態。

根據宇文所安的分析，寄居成都之後，杜甫的詩日益與自我有關，他是一位關注基本問題的詩人，如同他早年曾詢問「雄偉的泰山似什麼」（〈岱宗夫如何〉），在沿長江而下時他轉向「我似什麼」的問題，並反覆從大江的各種形態和生物中尋求答案：

旅夜書懷（節錄）

名豈文章著，官應老病休。
飄飄何所似，天地一沙鷗。

他一生經歷了兩個斷裂的時代，以至於後來只能從歷史的巨變中體味人生的悲涼，又從人生的悲涼中觀照歷史的巨變。開元盛世年間，他交往和見識過的許多文人藝術家，爲了逃離亂世，都像他一樣，漂泊在西南天地間的小城裡。他用詩歌寫他們，也寫自己的飄零，爲一個逝去的時代留下極爲沉重而蒼涼的篇章。

大曆五年（七七〇），人在潭州（今湖南長沙）的杜甫，竟然遇到了開元年間皇家梨園中的著名樂師李龜年。當年，杜甫曾在岐王李範、殿中監崔滌府內聽過李龜年的演奏。舊人相見，同病相憐，感慨萬千，杜甫遂寫下〈江南逢李龜年〉相贈：

岐王宅裡尋常見，崔九堂前幾度聞。
正是江南好風景，落花時節又逢君。

詩中繁華消歇，物是人非，讀來令人黯然神傷。一個時代都這樣被摔壞了，遑論個人！一切盡在不言中。

杜甫已經老了，常年貧苦，心力交瘁，各種疾病纏身，更容易在詩中落淚。這一年的冬天，他在潭州往岳陽的一條小船上病逝，結束了五十八年的生命歷程。至死，流落湖湘間，未曾還故鄉。

「二流的詩人，以詩爲生命；一流的詩人，以生命爲詩。」杜甫至死都是被埋沒的一個小詩人，但接下來的時代，將發現這個在七七〇年冬天離世的苦命人，不僅是「一流的詩人」，而且是「中國最偉大的詩人」。

史學家洪業在他的書《杜甫：中國最偉大的詩人》中說，杜甫是孝子，是慈父，是慷慨的兄長，是忠誠的丈夫，是可信的朋友，是守職的官員，是心系家邦的國民。

世間已無杜子美。

二王八司馬事件

政治風潮中的柳宗元與劉禹錫

八〇五年是一個多事的年分。這一年，大唐兩度換了新主人。正月，在位二十七年的唐德宗駕崩，太子李誦躺在床上（身體不好）當了皇帝，即唐順宗。八月，唐順宗「內禪」爲太上皇，他的兒子李純即位，是爲唐憲宗。

權力轉移的背後，是朝廷精英的起起落落。在這短短的幾個月間，一場被稱爲「永貞革新」的新政旋起旋滅，卻對參與其中的人施加了畢生的影響。

劉禹錫和柳宗元，這對當時政壇最有名的新星，似乎一夜之間，就從熠熠生輝、奮發有爲的年紀，邁入了黯淡哀愁的中年。他們的苦難，剛剛開始。

但是，對於中國歷史而言，大唐墜落了兩顆政壇新星，卻升起了光耀千年的文壇雙子星。

壹

人們喜歡說，天才成群結隊地出現。對於中唐來說，更顯著的特徵則是：雙子星成群結隊地出現。

現在最著名的兩對唐代雙子星——白居易和元稹，以及劉禹錫和柳宗元——他們都是八世紀的「七〇後」。

劉禹錫生於七七二年，白居易也生在這一年。柳宗元比他們小一歲。元稹生於七七九年，後來人稱「詩奴」的賈島也生在這一年。

還有個韓愈，比他們稍大一些，生於七六八年，是個「六〇後」。而更大的是「五〇後」的孟郊，七五一年出生。

中唐是盛唐之後的又一個詩歌高峰，主要表現爲流派紛呈。上面點到名的人物，都是中唐詩壇的「扛把子」，在他們中間，至少形成了三個迥然有別的流派：元白一派，韓孟一派，劉柳也算一派。

單說劉禹錫和柳宗元，兩人合稱「劉柳」，是各種文學排行榜的常客：

劉禹錫的文學成就主要體現在詩歌方面，他有一個霸氣的名號，人稱「詩豪」，此外他與韋應物、白居易並稱「三傑」，與白居易合稱「劉白」。

柳宗元的文學成就則主要在文章方面，他是「唐宋八大家」之一，「千古文章四大家」之一，與韓愈並稱「韓柳」；他的詩其實也非常好，走陶淵明這一派的，與王維、孟浩然、韋應物並稱「王孟韋柳」。

但趕上一個唐詩發展的新時代，劉禹錫和柳宗元，當然包括其他任何一個詩人，他們的初衷並不是要做一個好的文學家，而是夢想著做一個好的政治家。

對於古代讀書人而言，詩人並不是一個職業，做官才是。

貳

劉禹錫和柳宗元的經歷太像了，以至於許多人讀他們的傳記，往往會把他們搞混。像到什麼程度呢？像到讓人懷疑上帝有意在他們身上做一個實驗：同一段人生，賦予不同性格，會開出怎樣不同的花。

他們在同一年考中進士。那一年，劉禹錫二十二歲，柳宗元二十一歲，兩個意氣風發的年輕人就像兩塊磁石互相吸引。此後他們雖然聚少離多，但心是黏在一起的。

他們都是家中的獨子。

他們的父親在大致相同的年分去世，他們分別返鄉丁憂。

他們分別經過了朝廷的授官考試。

他們分別在京兆府下面的縣做官。

他們一起進了御史台。

在御史台時期，他們一起結識了比他們大四、五歲的韓愈，三人過從甚密。他們本有可能從兩人組合，發展成三人天團，最終因爲不同的選擇，韓愈與劉、柳雖仍保持終生的友誼，但中間有過誤會，人生也完全錯開。

這次選擇，實際上就是一次政治站隊。

在唐德宗暮年，圍繞在太子李誦身邊，逐漸形成了一個以東宮侍讀王叔文、王伾（即史書所說的「二王」）爲核心的政治集團，蓄勢準備輔佐新君進行改革。劉禹錫和柳宗元均加入了二王集團，備受賞識。在李誦（唐順宗）繼位後，兩人一個被任命爲屯田員外郎，一個被任命爲禮部員外郎，成爲「永貞革新」的核心成員。而韓愈並不反對政治革新，只是因爲對王叔文這個人素無好感，或者早已預見到這個政治團體不可能成功，所以沒有選擇站隊到二王集團這一邊。

在唐順宗繼位前一年，韓愈由監察御史被貶爲陽山縣令。關於這次貶官的緣由，別人怎麼說不重要，重要的是韓愈自己怎麼看。

韓愈在詩中寫過這樣的話：

同官盡才俊，偏善柳與劉。
或慮語言洩，傳之落冤仇。
二子不宜爾，將疑斷還不。

也就是說，他嚴重懷疑，自己遭貶，是因爲劉禹錫和柳宗元把自己平時非議王叔文的言論，洩露給了對方，從而引來了對方的報復。

後世史家認爲，韓愈被貶時，王叔文並未掌權，這是韓愈對劉、柳二人的誤會。但這次誤會，顯然在他與劉、柳二人中間製造了隔閡。

雖然多年後消除了誤會，但韓愈與劉、柳已經不能站在同進退的陣營裡。當二王集團掌權的時候，劉、柳也沒有把韓愈召回朝廷。

劉、柳最終建立起最鐵的友情，是因爲他們不僅共事過，還選擇了相同的站隊。他們有一樣的政治理念，一樣的政治遭遇，一樣的政治目標。他們的友情，是革命同志式的、牢不可破的友情。

參

「永貞革新」是一場短命的政治改革，歷時一百多天即宣告失敗，跟衰病纏身的唐順宗的上台與退位相始終。

王叔文和王伾在領導改革之前並無豐富的政治實踐背景，只是在各方勢力鬥爭的空隙中找到了躋身要職的機會。唐順宗身體每況愈下之時，二王集團在擁立太子問題上又出現了重大失誤，他們並不擁護後來的唐憲宗李純繼承帝位。所以當永貞元年（八〇五）八月，唐憲宗繼位後，這個革新集團的政治生命就徹底宣告終結了。

至於「永貞革新」的具體內容，反而不那麼重要了，無非就是施仁政、發布赦免令、奪取宦官的禁軍指揮權、打擊藩鎮勢力等針對中唐政治困境的舉措。這些事情，換了皇帝也依然會做下去。正如唐史大家黃永年所說，唐憲宗雖然收拾了王叔文集團，用人上「一朝天子一朝臣」，但在行政上有好些地方卻是順宗朝的延續。

由於「永貞革新」的失敗來得太快，傳統史書對兩名主要領導者王叔文和王伾進行了汙名化書寫，譏諷他們為「小人」，導致後世絕大多數人對這場革新的成員並無好感。而深陷其中的劉禹錫和柳宗元，令後世歎息。王安石、蘇軾等人都說，劉、柳二人是天下奇才，高才絕學，如果「不陷（王）叔文之黨」，前途無量，一定是唐代名臣。

但放在現在，我們大可不必歎息劉禹錫和柳宗元的選擇。他們當時是三十出頭的熱血官員，懷著「致大康於民，垂不滅之聲」（柳宗元語）的雄心壯志，滿懷熱情地投入到政治革新之中。事實雖然證明他們還是太理想主義了，但至少他們努力過，奮鬥過。我們的歷史一直習慣於以成敗論英雄，殊不知，行動比結果更寶貴。

「永貞革新」的失敗，演變成唐史中著名的「二王八司馬事件」。唐憲宗上台後，王叔文被貶為渝州司戶，次年被賜死；王伾被貶為開州司馬，不久病死；劉禹錫、柳宗元等革新集團的八個核心成員，通通被貶為邊遠之州的司馬。

他們開始了苦難的人生旅程。

肆

柳宗元被貶到了偏遠的永州，一個盛產蛇蟲野獸的地方，那裡再往西南就是廣西了。他是抱著痛苦赴任的，名義上是任司馬之職，其實是作爲朝廷官員的貶謫處置，限定不能離境罷了。他天生是一個憂鬱氣質明顯的詩人，心思細密，爲人內向，常常想著自己的人生際遇就會落淚。

早年，他父親柳鎮得罪權臣被貶官，他去給父親送行，父親對他說：「吾目無涕。」雖然受了委屈，但父親一滴淚也不流。父親或許希望以自己剛直的精神來影響自己的孩子。長大後的柳宗元改變不了自己的憂鬱和悲觀，但他學到了父親的剛直和勇敢。

他是一個正直、有骨氣、有膽氣的人。「永貞革新」那幾個月，他仕途通暢，想投靠他做官的人很多，但他從未利用手中的權力去做交易。

當王叔文失勢後，大難臨頭，原先趨附革新集團的那些人巴不得趕緊做切割。而柳宗元非常「不識時務」地站出來，借著替王叔文之母寫墓誌的機會，大膽地讚頌王叔文，謳歌革新。

人在順境中，在有利可圖的時候，我們是看不到他的眞實品性的；但在逆境中，在大難降臨的時候，我們很容易看清楚一個人的品性。這就是孔子所說的，「君子固窮，小人窮斯濫矣」。君子即使窮途末路，依然固守節操和本分，小人身處逆境，就容易想入非非，胡作非爲。

柳宗元雖然憂鬱和悲觀，但他是一個眞正的君子。

到了永州之後，他暫住在當地的龍興寺。

他開始寫一些寓言詩，在詩中塑造褪羽的蒼鷹、跛腳的烏鴉、待烹的鷓鴣等形象，它們都在現實的壓迫下陷入窘境。明眼人都知道他真正在表達什麼。

籠鷹詞

淒風淅瀝飛嚴霜，蒼鷹上擊翻曙光。
雲披霧裂虹蜺斷，霹靂掣電捎平岡。
砉然勁翮剪荊棘，下攫狐兔騰蒼茫。
爪毛吻血百鳥逝，獨立四顧時激昂。
炎風溽暑忽然至，羽翼脫落自摧藏。
草中狸鼠足為患，一夕十顧驚且傷。
但願清商復為假，拔去萬累雲間翔。

他有時候會反思自己在「永貞革新」中的站隊到底對不對。他給友人寫信，承認自己「年少氣銳，不識幾微，不知當否，但欲一心直遂，果陷刑法」，意思是自己年輕氣盛太單純了，才導致今天的下場。但他只是想不開的時候自責，從未責備當年一起踐行政治理想的同志們。

在永州的第二年，他在一場罕見的大雪中匆匆趕回寄居的龍興寺，提筆寫下了一首千古名詩：

江雪

千山鳥飛絕，萬徑人蹤滅。
孤舟蓑笠翁，獨釣寒江雪。

這是一首越咀嚼越有味的小詩，很多人讀出了柳宗元的清高，而我讀出了他的孤獨。他太孤獨了，理想破滅之後，只能偏居在遠離帝都的小地方。或許只有來自朗州（今屬湖南常德）的劉禹錫的書信，能給他帶來一些慰藉和溫暖。

很快，傳來了他昔日的同志、「八司馬」之一的凌准的死訊，加劇了柳宗元的愁苦。他寫了一首很長的詩懷念凌准，最後坦誠地說「我歌誠自慟，非獨爲君悲」：我寫這首詩不僅爲你傷悲，也爲自己傷悲：

哭連州凌員外司馬

恬死百憂盡，苟生萬慮滋。
顧余九逝魂，與子各何之？

他「樂死而哀生」，羡慕凌准一死而得到了解脫，自己則還要在人間被萬千憂愁與孤獨包圍。

接下來的打擊，是他的母親和女兒在四、五年內相繼於永州病逝。他的女兒叫和娘，死時只有十歲，臨死時抓著父親的手，請求不要把她葬在山上，她害怕那裡有蛇蟲野獸。那一刻，柳宗元淒涼而絕望。三十多歲的年紀，柳宗元已經衰病纏身，老氣橫秋。這也埋下了他後來早逝的病根。他常常半夜失眠，或被噩夢驚醒，只好起來走啊走啊，走到了天亮。

中夜起望西園值月上

覺聞繁露墜，開戶臨西園。
寒月上東嶺，泠泠疏竹根。
石泉遠逾響，山鳥時一喧。
倚楹遂至旦，寂寞將何言。

直到在永州待了五年後，他才放棄了返回長安的奢望。

冉溪

少時陳力希公侯，許國不復為身謀。

風波一跌逝萬里，壯心瓦解空縲囚。
縲囚終老無餘事，願卜湘西冉溪地。
卻學壽張樊敬侯，種漆南園待成器。

他開始流連於當地的山水。他從龍興寺搬出來，在冉溪邊築室而居，有在此終了餘生的意思。他將冉溪改名為「愚溪」，並用於自稱。也許是自嘲，也許是希望自己能做到大智若愚。

伍

當柳宗元來到永州的時候，劉禹錫被貶到了朗州，一個跟永州一樣僻遠蠻荒的地方。

如果說柳宗元是一個憂鬱詩人，那麼，劉禹錫就是一個豪邁詩人。他的性格恰好與柳宗元形成了互補。

雖然都是遭遇政治前途的毀滅性打擊，但在一樣的苦難面前，柳宗元的悲觀映襯出了劉禹錫的樂觀。

這個「沒心沒肺」的刺頭，在離開長安之前就寫詩表達他的心情，哪怕政治革新失敗了，他也不會向任何人低頭：

詠史二首（其一）

驃騎非無勢，少卿終不去。

世道劇頹波，我心如砥柱。

詠史以明志，他在詩裡讚賞了漢代那位不願拋棄舊主、趨附新主的任少卿，實際上是向世人昭示，他自己也是一個「心如砥柱」、絕不會趨炎附勢的人。

跟柳宗元一樣，身在貶謫地的劉禹錫寫起了寓言詩。不同的是，柳宗元的寓言詩，處處在吐露和舔舐自己的傷痕，而劉禹錫的寓言詩，卻像是一個永不言敗的戰士，依然舉著長矛對準了他所厭惡的小人。

在他的筆下，革新集團的政敵變成了夏夜喧囂的蚊子、飛揚跋扈的飛鳶、巧言善變的百舌鳥。

聚蚊謠

沉沉夏夜蘭堂開，飛蚊伺暗聲如雷。

嘈然歘起初駭聽，殷殷若自南山來。

喧騰鼓舞喜昏黑，昧者不分聽者惑。

露花滴瀝月上天，利觜迎人著不得。

我軀七尺爾如芒，我孤爾眾能我傷。
天生有時不可遏，為爾設幄潛匡床。
清商一來秋日曉，羞爾微形飼丹鳥。

別看這些蚊子現在叮人吸血鬧得歡，等到天氣一涼，就要被象徵光明火種的螢火蟲（丹鳥）吃光光了。

其實，像柳宗元一樣，劉禹錫在朗州的日子也不好過。清苦貧寒不說，他的妻子薛氏在到朗州的第八個年頭病逝，他只能一個人吞咽生活的苦澀，照顧八十多歲的老母親和三個幼小的子女。

他只有在給妻子的悼亡詩中，卸下他的鎧甲，流下他的眼淚。

謫居悼亡二首

悒悒何悒悒，長沙地卑濕。
樓上見春多，花前恨風急。
猿愁腸斷叫，鶴病翹趾立。
牛衣獨自眠，誰哀仲卿泣？

鬱鬱何鬱鬱，長安遠如日。
終日念鄉關，燕來鴻復還。
潘岳歲寒思，屈平憔悴顏。
殷勤望歸路，無雨即登山。

短暫的低落和悲哀，不會掩蓋他豪情萬丈的生命底色。他又昂起了頭。像蒼鷹等待搏擊長空，像孤桐撐起一方天地。

秋詞二首（其一）

自古逢秋悲寂寥，我言秋日勝春朝。
晴空一鶴排雲上，便引詩情到碧霄。

自古以來，世人眼中的秋天都是蕭瑟寂寥的。但他劉禹錫的秋天不一樣，是孤傲的，是倔強的，是比春天更美的，是詩情畫意的。這個不屈的靈魂，就這樣在朗州撐了十年。

陸

整整十年之後，劉禹錫和柳宗元相逢於返回帝都的路上。

元和十年（八一五），在宰相韋貫之等人的爭取下，朝廷解除了對「八司馬」的嚴苛禁令，將劉禹錫、柳宗元等五人召回長安。只用了一個月時間，他們就回到了魂牽夢縈的長安。

柳宗元寫下了他一生中最歡快的詩之一：

詔追赴都二月至灞亭上

十一年前南渡客，四千里外北歸人。
詔書許逐陽和至，驛路開花處處新。

然而，來不及慶祝，柳宗元和劉禹錫就遭遇了更爲致命的打擊。他們回到長安正值春天，桃花盛開，遂相約赴長安城南的玄都觀賞花。向來心高氣傲的劉禹錫借賞桃花之事，寫詩諷刺當朝權貴：

元和十年自朗州承召至京，戲贈看花諸君子

紫陌紅塵拂面來，無人不道看花回。
玄都觀裡桃千樹，盡是劉郎去後栽。

詩的表面是說，玄都觀裡這麼多穠豔的桃樹，都是我老劉離開長安的十年間新栽的。實際上，劉禹錫是把滿朝新貴比作玄都觀的桃花，諷刺他們是在排擠自己出朝的情況下才被提拔起來的。這下捅了馬蜂窩。朝中大多權貴本來就竭力阻撓「八司馬」還朝，便抓住劉詩「有怨憤」的把柄進行新一輪打擊。可憐劉禹錫、柳宗元等人回到長安還不到一個月，又同時被調任爲邊遠之州的刺史，「官雖進而地益遠」，實際上遭到了比十年前更爲沉重的打擊。

對於衝動惹禍的劉禹錫，柳宗元沒有半句怨言，收拾行囊就準備前往柳州。當他得知劉禹錫要去的播州（今貴州遵義）比自己的柳州更遠、更蠻荒時，心思細密的他立即上奏，請求與劉禹錫對調任所，「以柳易播」。理由是，他不忍看到摯友帶著八十多歲的老母親顛簸於西南絕域，希望能夠稍移近處，讓老人家少受點苦。

唐憲宗起初對柳宗元表現出來的朋友義氣很生氣。幸好御史中丞裴度從中斡旋，好說歹說，終於使皇帝同意改授劉禹錫爲條件好一些、距離近一些的連州（今屬廣東清遠）刺史。

而柳宗元爲了摯友，「雖重得罪，死不恨」的精神，至今仍十分感人。數年後，韓愈爲死於柳州的柳宗元寫墓誌銘時，專門提到這件事並無比感慨地說：

柳子厚墓誌銘

嗚呼！士窮乃見節義。今夫平居里巷相慕悅，酒食遊戲相征逐，詡詡強笑語以相取下，握手出肺肝相示，指天日涕泣，誓生死不相背負，真若可信；一旦臨小利害，僅如毛髮比，反眼若不相識。落陷阱，不一引手救，反擠之，又下石焉者，皆是也。此宜禽獸夷狄所不忍為，而其人自視以為得計。聞子厚之風，亦可以少愧矣。

有些朋友，平時吃喝玩樂，指日賭咒說絕不背棄對方，說得跟眞的一樣。一旦面臨利害衝突，哪怕僅僅可能會損害自己的一點點小利益，便翻臉不認人，落井下石。爲朋友兩肋插刀，說說而已；爲利益插朋友兩刀，眞的如此。這個世界都是這樣的人啊。

韓愈感歎，這些人聽到柳宗元的節操和義氣，應該會感到一絲慚愧吧？

柒

患難朋友才是眞正的朋友。劉禹錫與柳宗元結伴離開了長安，奔赴各自的貶所。到衡陽分別時，兩個飽經憂患的老友老淚縱橫。

一般人臨別，互相寫一首贈別詩就算情深義重了。而劉、柳分別給對方寫了三首贈別詩。

兩人在詩裡約定：如果有一天皇帝恩准咱們歸田隱居，咱倆一定要成爲鄰居，白髮相伴，共度晚年。

重別夢得／柳宗元

二十年來萬事同，今朝岐路忽西東。
皇恩若許歸田去，晚歲當為鄰舍翁。

重答柳柳州／劉禹錫

弱冠同懷長者憂，臨岐回想盡悠悠。
耦耕若便遺身老，黃髮相看萬事休。

時間最終殘酷地剝奪了他們的約定，衡陽一別，竟成永訣。

四年後，元和十四年（八一九），在柳州種柳樹、行仁政、有口皆碑的柳宗元，再次等來了皇帝的大赦，但召他還京的詔書尚未到達柳州，他已經病逝了。半生淒苦，年僅四十七歲。

同年，護送老母親靈柩還鄉的劉禹錫，在衡陽接到了柳宗元的訃告和遺書。他「驚號大哭，如得狂病」。這個一生剛強的人，徹底崩潰了。

餘生，他有一大半的原因是爲柳宗元而活著。

柳宗元在遺書中，將他最看重的兩件事——他的子女和他的著作——都託付給了劉禹錫。劉禹錫將柳宗元的子女視如己出，撫養成人，多年後，其中一個兒子考中進士。他還將柳宗元的詩文編纂成集，讓那些光芒萬丈的文字得以流傳千古。完成這些的時候，劉禹錫也垂垂老矣。

五十三歲時，他寫下了經典名篇〈陋室銘〉。五十六歲那年，他再次收到回京的聖旨。途經揚州，在一場宴席上，他與白居易不期而遇，頓時老淚縱橫。

酬樂天揚州初逢席上見贈

巴山楚水淒涼地，二十三年棄置身。
懷舊空吟聞笛賦，到鄉翻似爛柯人。
沉舟側畔千帆過，病樹前頭萬木春。
今日聽君歌一曲，暫憑杯酒長精神。

人老了，淚點低了，但他的倔強和精氣神還在。或許他只是在熱鬧的場合，想起了死去多年的老友。

回到長安，劉禹錫又去了玄都觀：

再游玄都觀
百畝庭中半是苔，桃花淨盡菜花開。
種桃道士歸何處，前度劉郎今又來。

以前他不怕寫諷刺詩，現在他更不怕了。若是再遭貶，他亦不後悔，不平則鳴，他依然是那個直來直去的劉禹錫。他堅信，柳宗元若還在，也會毫無怨言地開始收拾行囊一起走。

又兩年，劉禹錫第三次被排擠出朝廷，或者說，是他自請外任蘇州刺史。

史書說，劉禹錫晚年「雖名位不達，公卿大僚多與之交」。他一輩子不得重用，卻憑藉詩名，與朝廷大僚唱和往來，率性自爲。

他一直活到了七十一歲，熬過了唐憲宗，熬過了唐穆宗、唐敬宗、唐文宗，熬到了唐武宗會昌二年（八四二）。

在臨死前一年，他獲得了檢校禮部尚書的虛銜，但他還是常常唸叨他的老友：

歲夜詠懷
彌年不得意，新歲又如何？

念昔同遊者，而今有幾多？
以閒為自在，將壽補蹉跎。
春色無情故，幽居亦見過。

年輕的時候，他和他一生的摯友柳宗元，被認爲是大唐最有前途的政治新星。然而很快就被殘酷的政爭遮蔽了光芒。

儘管大半生顛沛流離，但他們都沒有。他們重新燃燒，用詩歌和文章，發出了更亮的光。

西塞山懷古／劉禹錫

人世幾回傷往事，山形依舊枕寒流。

寄許京兆孟容書／柳宗元

賢者不得志於今，必取貴於後。

什麼是永恆的，什麼是速朽的，他們知道。我們也知道。

八一五年，宰相被刺殺以後

壹

清晨，大唐長安城。狀元宰相武元衡像往常一樣騎著馬，走在上朝的路上。但他不知道，潛伏在不遠處的刺客，正在醞釀一起針對他和大唐帝國的驚天陰謀。

這是唐憲宗元和十年（八一五）六月初三。這一天，狀元出身的宰相武元衡帶著兩名僕人，主僕三人像往常一樣，從長安城靖安坊家中出發趕赴早朝。然而剛出靖安坊坊門不遠，從街邊水溝的樹後突然躥出一名刺客，刺客先是一箭射倒了武元衡的一名僕人；與此同時，另外一名刺客則先用大棒猛擊武元衡的左腿，並將另外一位馬夫擊倒。隨後，刺客將武元衡掀下馬來，直接將其殺害，並割下武元衡的頭顱揚長而去。

帝都長安城中，宰相當街遇害，凶手還殘忍割去首級示威，隨著武元衡僕人呼救聲的傳開，這個消息迅速震撼了整個長安城。獲悉消息後，唐憲宗立馬下令取消當日早朝，並迅速召集其他宰相商議對策。

但事情還沒完。

緊接著，又一個消息傳來，御史中丞裴度也在長安城的通化坊外遇刺。遇刺過程中，裴度被刺客共擊砍三刀，所幸裴度的隨從王義捨身掩護，刺客在砍斷王義的右手後，看到裴度跌入路邊的水溝，以爲裴度已死，於是迅速離去。

帝都長安城內，刺客竟然在同一時段，對朝廷兩位重臣武元衡和裴度同時發起刺殺，一時間人心惶惶。唐憲宗下令封閉各個城門實施戒嚴，並出動禁軍護衛其他宰相出入。爲了以防萬一，長安城中其他官員也紛紛帶著家僕和武器出行護衛。坊間流言四起，唐憲宗面臨著空前壓力。

貳

作爲宰相武元衡遇刺案的現場目擊者，詩人白居易也被捲入其中。

武元衡遇刺當天，白居易剛好要去上朝，就走在武元衡主僕後面。武元衡被殺後，武的僕人大聲哀叫，驚睹慘狀的白居易義憤塡膺，於是緊急向唐憲宗寫了封奏摺，請求儘快緝捕凶手，以告慰宰相武元衡在天之靈。

詭異的是，無論是唐憲宗還是滿朝文武大臣，都紛紛對白居易的仗義執言投以白眼。在白居易看來，宰相武元衡爲人清廉正直，不僅是建中四年（七八三）的進士狀元和蜚聲朝野的著名詩人，而且主政四川七年政績斐然，自擔任宰相以來更是竭心盡力，協助唐憲宗平定藩鎮之亂，這樣一位傑出政治家無端枉死，豈能不爲他痛心惋惜。

然而以宰相韋貫之、張弘靖爲首的滿朝官員卻保持著沉默。在他們看來，刺客敢於在天子腳下、皇城之中行刺當朝宰相，不僅來勢洶洶、來歷更是絕對不凡。而遇刺者武元衡和裴度的共同特點就是，都站在大部分主和派官員的反面，力主出兵平定藩鎮割據，是朝內著名的主戰派。

聯想到朝廷已經進行了一年多，卻沒有太大進展的征討淮西藩鎮之戰，滿朝文武大臣隱隱察覺到了一點，就是武元衡和裴度的遇刺，與兩人力主削藩消滅割據勢力，存在著某種必然的聯繫。而此刻敢於在皇城行刺，說明凶手早已遍布整個長安城，所以眼下還是沉默保命爲妙。

另外在主和派官員們看來，前朝唐代宗、唐德宗等皇帝削藩多年卻沒有效果，相反還造成了七八三年的涇原兵變等內亂，使得叛軍一度攻占了長安城，大量皇族和官員被殺，惹來了一身膻。所以，主和派官員們平日裡過慣了太平日子，最討厭的就是武元衡、裴度等主戰派。

當白居易全力主張緝凶的時候，爲求自保而沉默的滿朝文武，不僅不討伐凶手，反而群起攻擊白居易以太子左贊善大夫的閒職，竟然敢來僭越干預朝政發表議論，實在可惡至極。

而在唐憲宗看來，此前擔任翰林學士、左拾遺的白居易就是因爲敢於進諫，「多話」惹人心煩，才被踢到一邊擔任太子東宮的左贊善大夫這種閒職。眼下宰相被刺，滿朝文武詭異般地沉默，白居易卻獨起進奏，在本來就看白居易不順眼的唐憲宗眼裡，這傢伙就是個試圖謀取名聲的典型投機分子。

對此，白居易後來喊冤說，宰相被刺，滿朝文武卻各懷鬼胎，反而將敢於呼籲緝凶的人當成了攻擊對象：「朝廷有非常之事，即日獨進封章，謂之忠，謂之憤，亦無愧矣！謂之妄，謂之狂，又敢逃乎？」

由於被誣陷妄議朝政、僭越進言，白居易最終被貶爲江州司馬。江州就是今天的江西九江，也就是在這裡，失意的白居易寫下了著名的〈琵琶行〉：

我聞琵琶已歎息，又聞此語重唧唧。
同是天涯淪落人，相逢何必曾相識！

對於自己的「忠而被謗」，有感於政治險惡，白居易也進行了深切的「反思」。此後，他變得圓滑世故，從「兼濟天下」轉向「獨善其身」，在詩歌中他歎息道：「宦途自此心長別，世事從今口不言。」「面上減除憂喜色，胸中消盡是非心。」

以宰相武元衡遇刺案爲分界線，白居易從一個忠直敢言的官員，蛻化成了一位世故圓滑、甚至有些耽於安樂的詩人。

然而，不管唐憲宗如何憎惡白居易，白居易請奏的事仍是最關鍵的要點，即眼下的要務就是緝凶以查清眞相、安撫人心。但滿朝文武各懷鬼胎不願表態，唐憲宗對此暴怒。一年前（八一四），他力主出兵征討割據叛亂的淮西節度使吳元濟，滿朝文武應之者寥寥，只有武元衡和裴度等極少數人始終支持唐憲宗，並出謀劃策、籌備軍務。但眼下武元衡被殺、裴度重傷生死未卜，悲從中來的唐憲宗在孤獨中，爆發出了帝王的暴怒，並下令全城戒嚴緝拿元凶。

畏於唐憲宗的施壓，禁軍和京兆府等各路機構開始全力搜捕，但刺客卻膽大妄爲，反而在長安城中散發字條，威脅查案人員稱：「毋急捕我，我先殺汝！」

文武百官的沉默和忌諱，以及凶手的肆無忌憚，讓查案人員也感覺到了某種詭異，於是他們紛紛敷衍拖延、以觀後變。長安城中，到處瀰漫著恐慌不安的氣氛。

參

話說起來，武元衡對自己的遇刺，冥冥之中或許也有某種預感。

武元衡是唐德宗建中四年（七八三）的科考狀元。他的曾祖父武載德是武則天的堂兄弟。作爲武則天的侄孫，武元衡天資聰穎、才華橫溢，是中唐時期的著名詩人，才情、文學更是被同時代的韓愈、白居易、元稹等詩人交口稱讚。

儘管出身貴戚家族，但武元衡剛正不阿。唐德宗時期，武元衡遷升御史中丞，掌管監察執法，經常與唐德宗商議國事。有一次，唐德宗私下跟近侍說：「這人眞是有宰相的才能啊！」唐憲宗即位後，才華出眾的武元衡最終升任門下侍郎、平章事（宰相）。

在被刺殺的前一天，武元衡在皇宮中和唐憲宗商討淮西戰事。當時，平定淮西割據的戰事已經進行了一年多，但是圍攻淮西的十幾萬中央軍和地方軍卻玩寇自重，希望能得到朝廷更多賞賜。而作爲各路軍隊統帥的宣武節度使韓弘更是心懷鬼胎：「（韓弘）常不欲諸軍立功，陰爲逗撓之計。每聞獻捷，輒數日不怡。」（《舊唐書．韓弘傳》）

在韓弘等將帥和兵士看來，只要淮西戰役繼續打下去，就可以繼續拿到朝廷的豐厚俸祿和賞賜。而且藩鎮不平，則藩鎮之間可以結成一種默契的均衡來對抗中央、維持分裂的局勢，否則蕩平一個藩鎮後，誰能保證下一個目標不會是另外一個藩鎮呢？

對於朝廷主和派的阻撓，以及前線軍隊將帥的鬼胎，全力主持削藩戰事的武元衡知道自己觸犯的利益面之廣。但作爲政治家的一往無前，讓這位試圖協助唐憲宗實現大唐中興偉業的狀元詩人和鐵血宰相，始終以毅然決然的態度在推進平叛戰爭。

就在遇害前一天，武元衡的宰相府中，也來了一位成德進奏院的說客。

當時，各個藩鎮在長安城和東都洛陽都有自己的辦事處，史稱進奏院。成德進奏院就是位處河北的藩鎮成德鎮的駐京辦事處。

作爲與淮西毗鄰的藩鎮，在成德鎮節度使王承宗看來，成德鎮與淮西唇齒相依，如果朝廷剿滅淮西割據的吳元濟，那麼中央的下一個目標，很有可能就是成德鎮。儘管在八〇九—八一〇年對抗唐朝中央軍的戰爭中取得了勝利，但王承宗明白，想要長期持久對抗中央軍是很困難的。

因此，王承宗通過駐紮在長安城進奏院中的各路人馬四處賄賂打點，遊說各級官員應該主和停戰。但儘管多次試圖賄賂遊說武元衡，清廉剛直的武元衡就是「油鹽不進」，不為所動，始終力主應該削藩平叛。對此，王承宗對武元衡恨得牙癢癢。

武元衡被害前一天，王承宗又派出下屬尹少卿前往宰相府進行遊說，想讓武元衡勸說唐憲宗停戰講和。在受到武元衡的訓斥後，尹少卿臨走前還惡狠狠地出言威脅武元衡。

或許是有感於削藩大業的艱難，就在遇害的前一夜，武元衡寫下了一首很有讖緯意味的詩〈夏夜作〉：

> 夜久喧暫息，池台惟月明。
> 無因駐清景，日出事還生。

寫下這首詩後，第二天清晨，前往早朝路上的武元衡最終遇害。

肆

宰相被殺，除了白居易奮起直言，其他百官和緝捕機構卻畏縮觀望，對此，兵部侍郎許孟容流著眼淚對唐憲宗說：「自古以來，從來沒有宰相遇害橫屍街頭，卻抓不到凶手的，這實在是朝廷之恥！」

而在重傷昏迷數日後，堅決主戰的御史中丞裴度甦醒後的第一句話，就是讓人傳話給唐憲宗說：「淮西，腹心之疾，不得不除！」

許孟容和裴度的話，讓幾日來一直被文武百官的畏縮阻撓所困擾的唐憲宗終於下定決心：「我用裴度一人，足平惡賊！」

隨後，唐憲宗下令將裴度晉升為宰相，接替武元衡一職繼續主持削藩戰爭。唐憲宗還下詔追捕凶手，並懸賞稱誰能捕得凶手，可授五品官，賞錢一萬貫。

隨後，長安城展開了全城大搜捕。元和十年（八一五）六月初七，也就是武元衡遇害後第四天，有人奏稱，在事發前曾經威脅宰相武元衡的成德進奏院中，有一位名叫張晏的吏卒跟事發當天凶手的身型很相似。儘管沒有明確證據，但唐憲宗還是命人火速將張晏緝拿下獄拷問，對此，刑事部門回饋的結果是，張晏經過審訊，已經承認自己就是殺害宰相武元衡的凶手。

真相似乎已水落石出：與淮西鎮毗鄰的成德節度使王承宗擔心淮西被平定後唇亡齒寒，所以在多番誣陷、賄賂、威脅武元衡和裴度不成後，最終痛下殺手，指使成德進奏院的吏卒張晏等人行刺武元衡和裴度。

然而案情似乎並沒這麼簡單。儘管部分朝臣要求繼續徹查此案，但有鑒於連日來的大搜捕和戒嚴使得整個長安城中人心惶惶，為了儘快恢復秩序、安撫人心，於是，在武元衡被刺後第二十五天，元和十年（八一五）六月二十八日，唐憲宗最終下詔，將張晏等人以凶手名義公開處死。

案件似乎就此了結，長安城中的人心也開始回穩。而在唐憲宗看來，儘管證據仍顯不足，但他想要的「凶手」是成德節度使王承宗。自從八〇五年即位後，唐憲宗先後平定了試圖作亂四川的劉辟，以及為亂陝西靖邊一帶的楊惠琳，隨後又揮兵出征，平定了盤踞今江蘇鎮江一帶的鎮海軍節度使李琦，但唯獨在八〇九年至八一〇年征討成德鎮的戰爭中，唐朝官軍接連失敗、最終無功而返，使得唐憲宗一度顏面掃地。

所以，無論是從平定藩鎮割據、恢復大唐偉業，還是彌補帝王尊嚴的角度，他都一定要拿下成德鎮，緝捕成德節度使王承宗。而眼下，成德鎮節度使王承宗最符合他想要的「凶手」定義，況且，王承宗也確實是狡猾凶悍，不僅割據在外，還賄賂滿朝文武，阻止國家平亂大業。

但鑒於征討淮西的戰爭仍然僵持不下，為避免雙線作戰，唐憲宗在裴度和群臣的建議下，放棄了立即征討成德鎮的想法，在對外頒布的〈絕王承宗朝貢敕〉中，唐憲宗指出：「（王承宗）潛遣奸人，竊懷兵刃，賊殺元輔，毒傷憲臣……但絕朝貢，未加討除。」

在唐憲宗和裴度等君臣心中，朝廷目前暫且隱忍不發，但削藩大業終將步步推進。

伍

儘管張晏等人被處死，但真凶並未落網。一場針對大唐帝國的更大陰謀，也醞釀待發。

武元衡遇害前一年，元和九年（八一四），唐憲宗發起了討伐淮西節度使吳元濟的戰爭，這也讓當時跟淮西毗鄰的成德節度使王承宗、平盧淄青節度使李師道心急如焚。有感於唇亡齒寒，王承宗四處出擊，通過賄賂、恐嚇、威脅等各種手段，試圖迫使唐朝中央放棄削藩戰爭。

與此同時，李師道秘密派出軍士，燒毀了唐朝中央儲存江淮財賦的河陰轉運院，燒掉錢財布帛三十多萬緡匹，穀物三萬多斛，使得征討淮西的唐朝官軍軍心震動。但即使遇到這樣的困難，唐憲宗也不肯放棄征討淮西的戰爭。

一計不成，李師道又開始醞釀更大陰謀。李師道通過長期準備，在東都洛陽附近準備了幾千人馬，準備趁著唐朝官軍主要集中在淮西前線、後防空虛時進攻東都洛陽，希望「釜底抽薪」，瓦解淮西前線官軍的軍心。

就在這場陰謀即將發動之際，沒想到事有不巧，李師道下屬中有位士卒因為受到處罰，於是轉而投降官軍，並供出了李師道這個醞釀已久的驚天陰謀。洛陽留守呂元膺隨後開始緊急平叛，並捉獲了李師道屬下的兩個軍將訾嘉珍和門察。訾嘉珍和門察在供認計畫襲擊洛陽的同時，還供出了當初指使刺殺武元衡和裴度的幕後眞凶，正是平盧淄青節度使李師道。

眞凶意外曝光。獲悉消息後，唐憲宗再次隱忍不發。因爲他知道，無論眞凶是成德節度使王承宗，抑或是平盧淄青節度使李師道，在淮西沒有平定之前，朝廷只能是隱忍不發，以避免多線作戰。

但唐軍當時也是困難不少，平定淮西的戰爭從元和九年（八一四）一直打到元和十二年（八一七），四年間唐朝的財政負擔越發沉重。但各個將領之間，以及中央軍與地方軍之間始終互相觀望、繼續玩寇自重，以致戰爭進展甚微。在此情況下，元和十二年（八一七），裴度向唐憲宗請求親自前往前線督戰。臨行前，裴度對唐憲宗說：「臣若順利破賊，必有面聖之日，如果不能成功，定無歸闕之期。」

裴度以必死決心請求督戰，唐憲宗當場流下了眼淚。與遭遇挫折後蛻變世故的詩人白居易不同，大難不死的裴度始終初心不改，並且不顧個人安危，一直奮戰在削藩戰爭的第一線。

在裴度的統領下，原本一盤散沙的唐朝官軍開始相互配合，而唐朝名將、忠武節度使李光顏有感於裴度的知遇之恩，也對淮西吳元濟的軍隊發起了猛烈進攻，迫使吳元濟將軍隊主力調往北線應戰，導致南線防守空虛。

元和十二年（八一七）十月初十，名將李愬親率九千精兵，冒著風雪連夜挺進淮西南線老巢蔡州（今河南汝南），一舉擒獲淮西節度使吳元濟，終結了淮西三十多年的割據叛亂。

淮西的平定，也極大震動了全國各地藩鎮。懾服於唐朝中央的威力，各個藩鎮紛紛表態願意歸順唐朝中央。橫海節度使程權奏請聽從朝廷任命、入朝為官，並獻出了滄州、景州（今河北景縣）；幽州（今北京）節度使劉總也上表請求歸順，劉總自己甚至削髮為僧，掛冠而去；見到各個藩鎮紛紛歸順，成德節度使王承宗也上表請求改過自新，並向朝廷獻出了德州、棣州（今山東惠民東南），還將兩個兒子王知感、王知信作爲人質送到了長安。

元和十三年（八一八）七月，唐憲宗命令各路唐軍共同討伐平盧淄青節度使李師道。一年後，迫於唐朝官軍壓力，平盧淄青發生內亂，李師道父子被部下斬殺，父子兩人首級均被傳送長安。至此，這名下令刺殺武元衡和裴度的囂張軍閥，終於遭到了報應。

李師道被殺後，唐朝自安史之亂以後持續六十多年的藩鎮割據，一度基本消失，「垂六十年，藩鎮跋扈河南北三十餘州，自除官吏，不供貢賦，至是盡遵朝廷約束」。而從唐憲宗在元和元年（八〇六）即位發動削藩開始，歷經唐朝中央十多年努力，終於一度平定了藩鎮割據，史稱「元和中興」。

甘露之變

天降祥瑞之後，一千多顆人頭落地

大唐，冬日長安城，一個看似平常的上午。

掌握禁軍軍權的大宦官、左神策中尉仇士良像往常一樣參與早朝，他沒有想到的是，一場針對他和整個宦官群體的刺殺行動，即將在腥風血雨中展開。

這是唐文宗大和九年（八三五）十一月二十一日，剛剛列班排定、正準備早朝的百官，此時突然聽到金吾衛將軍韓約上奏，說大明宮內的後院，有石榴夜降甘露。

天降甘露，在古人看來是一種祥瑞。

於是，宰相李訓隨即率領百官向唐文宗道喜「稱賀」，並勸唐文宗前往觀看。「欣然同意」的唐文宗於是先派出宰相等人前往查看。過了很久，宰相李訓等人返回通報說，「臣與眾人查驗，恐怕不是眞甘露，不可馬上向眾人公布」。

按照唐文宗與宰相李訓等人事先排練好的戲劇情節，假做驚訝的唐文宗於是馬上發話，命令掌握禁軍的左神策中尉仇士良、右神策中尉魚弘志等人率領宦官們前去查驗。

宦官們前腳剛走，宰相李訓急忙召喚已經準備好的邠甯節度使郭行余和太原節度使王璠。沒想到王璠臨時退縮不敢進內，只有郭行余和幾百名河東鎮的兵卒入宮領命。

刺殺行動即將展開。

千鈞一髮之際，大宦官仇士良等人按照唐文宗的命令，來到了號稱「夜降甘露」的金吾衛仗院。面對大批宦官，事先準備好的金吾衛將軍韓約突然臉色劇變，流汗不止，對此仇士良還奇怪地問道：「將軍爲何如此？」

此時，突然一陣風起，將金吾衛仗院的帷幕吹開，仇士良等人驚訝地發現，帷幕後竟然埋伏著一大幫手持兵器的士兵。見狀不妙，仇士良急忙向外狂奔，把門的士兵想要關閉大門，卻被仇士良一頓怒斥嚇呆了。於是，士兵們不敢再關大門。

宦官們集體逃出。

仇士良等一大幫宦官一度很糊塗，此時，他們還不知道唐文宗正是此次刺殺行動的總導演，於是急忙奔到含元殿，向皇帝報告說有兵變發生，並抬起唐文宗直奔後宮。宰相李訓急忙上前阻止，卻被宦官打倒在地。

此時，參與誅殺宦官行動的幾百名士卒也湧入含元殿，打死打傷了十幾名宦官，沒想到宦官們卻手腳俐落，一下子就將唐文宗擁入了後宮，還關上了大門。

作爲刺殺總導演的唐文宗，卻被宦官們控制了。見狀不妙，作爲刺殺行動總指揮的宰相李訓，急忙換了一套普通小吏的衣服，騎馬狂奔出城逃命。

總導演和總指揮一個被宦官控制，一個拋下隊伍出城逃命，於是，參與刺殺行動的其他朝官和幾百名士卒頓時群龍無首，亂成一團。

仇士良此時突然反應過來，醒悟到扭扭捏捏的唐文宗正是此次「兵變」的總導演。於是，惱怒的仇士良一邊對唐文宗破口大罵，一邊馬上聯合魚弘志，各出動五百名左右神策軍，全副武裝殺向文官們辦公的南衙等各部門。

大屠殺開始了。

當時，很多官員並未參與刺殺行動。不明白發生了什麼事的百官們，此時還集中在南衙各個部門，沒想到禁軍突然殺到，神策軍在仇士良等掌兵宦官的授意下，不分青紅皀白見人就殺。沒有來得及逃出皇城的六百多名朝官和吏卒慘遭屠殺。

但宦官們並未停手，他們又命令神策軍關閉各個城門，在長安城內大肆搜捕各位朝臣，此後，又有一千多名官員和家人相繼遇害。整個大唐帝國在京的官員們，幾乎被集體斬殺一空，而四位宰相李訓、王涯、舒元輿、賈餗，以及重要朝官李孝本、王璠、郭行余、韓約等人則被滅族示眾。

長安城內一些亂兵和流氓惡少也乘機到處殺人搶劫，甚至相互攻殺。長安城中亂成一團。

試圖誅殺宦官的文官集團謀事不成，反而幾乎被斬盡殺絕，此後，大唐帝國上至皇帝、下至宰相群臣，生殺廢立大權全部被宦官掌握，「天下事皆決於北司（宦官），宰相行文書而已」，而「迫脅天子，下視宰相，陵暴朝士如草芥」的宦官們，則在這場被後世稱爲「甘露之變」的劇變以後，幾乎全面掌控了大唐帝國的朝政，並開啟了中國歷史上最爲驚心動魄的宦官掌權時代。

而在這場腥風血雨的劇變之後，如果說大唐帝國的週邊是藩鎮掌控的世界，那麼在長安城內，發號施令者，儼然已經是宦官的世界了。

壹

作爲刺殺行動的總導演，唐文宗並非沒有想到這個結局。

此前，唐文宗的爺爺唐憲宗李純，以及唐文宗的哥哥唐敬宗李湛相繼被宦官所殺，而宦官劉克明等人在刺殺唐敬宗後，又與宦官王守澄等人發生內訌，導致本來計畫接位的絳王李悟被亂兵所殺，於是，作爲唐敬宗李湛的弟弟，江王李昂才在稀裡糊塗中登上了帝位，是爲唐文宗。

儘管自己也是被宦官擁立，但熟讀史書的唐文宗李昂明白，從中唐時期開始不斷坐大的宦官們，已經到了任意刺殺、廢立皇帝的驕橫跋扈地步，因此，唐文宗也一直在謀劃著，如何才能剷除宦官——這顆危害大唐帝國的頑固毒瘤。

但說起來，宦官們的坐大，正是唐朝皇帝們一步步縱容扶持的結果。

早在安史之亂以前，宦官高力士就已經參與政事，當時，甚至連太子、後來的唐肅宗李亨，都要稱呼高力士爲「二兄」；而諸王和公主們，則稱呼高力士爲「阿翁」；駙馬們則稱呼高力士爲

「爺」。

而導致安史之亂發生根本逆轉的前奏，就是作為前線監軍的宦官邊令誠，因為私怨誣陷潼關守將高仙芝和封常清，導致兩位名將同日被處死。此後，接替高仙芝和封常清守衛關中門戶潼關要塞的哥舒翰，迫於宦官的中傷和唐玄宗的壓力，不得已倉促出兵迎敵，從而導致潼關失守、關中門戶大開和長安淪陷。

唐玄宗從長安出逃後，宦官李輔國慫恿太子李亨分兵北上自立稱帝，是為唐肅宗。此後，擁立唐肅宗的宦官李輔國被唐肅宗「委以心腹」，還被任命為兵部尚書，統管軍隊大權，以致連出身山東士族的宰相李揆見了他都要行弟子禮，稱之為「五父」。

唐肅宗死後，李輔國甚至殺掉張惶後和越王李系等人，改而擁立唐代宗李豫，仗著自己有「定策之功」，李輔國甚至驕橫地命令唐代宗說：「大家但內裡坐，外事聽老奴處置。」

唐代時，也稱皇帝為「大家」，儘管唐代宗「怒其不遜」，但也只能對李輔國等宦官忍氣吞聲，並且被迫將李輔國「尊為尚父，政無巨細皆委參決」。

從安史之亂的李輔國開始，唐朝宦官們此後開始掌握軍權。為了奪回禁軍大權，唐代宗發動反擊，誅殺了繼李輔國後掌握禁軍的宦官魚朝恩。此後，唐代宗和唐代宗的兒子唐德宗一度禁止宦官掌兵。

但唐德宗建中四年（七八三），當時涇原鎮的士兵受命前往前方平叛，他們路過長安時原本希望受到賞賜，結果唐廷不僅沒有賞賜，反而以粗茶淡飯打發這些將士，涇原鎮軍士一怒之下發動兵變，攻入長安。唐德宗在倉皇之下召集禁軍禦敵，沒想到典兵的白志貞平時經常收受賄賂、吃空餉，很多名義上的禁軍士兵，竟然根本沒在皇城當差，由此導致涇原鎮士兵攻入長安時，根本沒有禁軍禦敵。

狼狽不堪的唐德宗倉皇逃出長安，此後，唐德宗對將領們失去了信任，並再次起用作為「家奴」的宦官統領禁軍。由宦官們統領的神策軍作為禁軍不斷崛起，當時，駐守外地的軍隊衣服糧食多有不足，但神策軍的待遇卻特別好，起碼是普通軍隊的三倍，於是各個邊地駐軍也紛紛依附宦官，改名為神策行營，以致宦官們掌握的軍隊，高峰時達十五萬人之多。

唐代時的禁軍不僅掌控著長安等京畿地區的禁衛、戍守，而且承擔著討伐藩鎮、四處征戰等多重職能，憑藉著軍權的護衛，宦官群體開始扶搖直上，進而掌握政權。

從唐憲宗時代開始，唐廷又開始設置左、右樞密使，並不斷侵奪宰相的行政權力。此後，由宦官們專任的掌控軍權的左神策軍中尉、右神策軍中尉，以及宦官們掌控政權的左樞密使、右樞密使四個要職，被合稱為「四貴」。這「四貴」分別掌控軍權和政權，任意擁立皇帝、任免宰相、處理軍國要務，成為此後整個大唐帝國的實際最高決策者。

而從唐順宗開始的唐朝最後十一任皇帝中，有八人是因為宦官的擁立才得以登上帝位，另外唐憲宗、唐敬宗都是被宦官所殺。還有研究者認為，唐順宗，以及策劃甘露事件的唐文宗也是被宦官所密謀殺害。

貳

宦官勢傾帝國，甚至左右皇帝的廢立和生死。一想到自己的爺爺唐憲宗李純和哥哥唐敬宗李湛都是被宦官所殺，再聯想到自己也是在宦官的血腥屠殺和弄權下才偶然登上帝位，唐文宗李昂這個皇帝當的，也是膽戰心驚。

唐德宗建中四年（七八三）涇原兵變以後，在唐德宗的扶持下，宦官們再次執掌禁軍大權。貞元二十一年（八〇五）正月，唐德宗病死，長子李誦即位，是爲唐順宗。唐順宗上位後，隨即起用王叔文、王伾、柳宗元、劉禹錫等人進行改革，並試圖打擊宦官勢力，但宦官們隨即發動反擊，使得唐順宗在位僅僅八個月就被迫「內禪」退位。隨後，「二王」王叔文、王伾，以及柳宗元、劉禹錫等八人，統統被貶到各個偏僻州郡，擔任閒官司馬，史稱「二王八司馬事件」。

四十五歲的唐順宗反擊宦官失敗，幾個月後也莫名其妙死去。

考慮到前車之鑒，唐文宗於是更加謹慎謀劃。當時，唐朝內部以李德裕爲首的士族門閥，以及以牛僧孺爲首的代表進士出身的寒族新貴，紛紛依託不同的宦官勢力，在唐朝內部鬥得不可開交，史稱「牛李黨爭」，以致唐文宗哀歎「去河北賊易，去朝中朋黨難」。

鑒於朋黨官員與宦官們有著千絲萬縷的聯繫，於是，唐文宗又將眼光轉移到翰林學士宋申錫身上，並與宋申錫密謀如何剷除宦官勢力。爲了回應唐文宗的計畫，宋申錫在被提拔爲宰相後，聯絡了一批朝官壯大勢力，以求暗中抗衡宦官。

宋申錫聯絡的朝官中，就有吏部侍郎王璠。

而正是王璠的兩次出賣，導致用人不慎的唐文宗，計畫一再落空。

在知曉唐文宗和宋申錫的計畫後，王璠轉身就向統領禁軍的宦官王守澄告密，王守澄密不聲張，轉而誣陷宋申錫密謀擁立唐文宗的弟弟、漳王李湊爲帝。缺心眼的唐文宗很快中計。他原本怒火中燒之下想殺掉宋申錫，由於部分朝臣發覺異常堅決阻止，這才改而將漳王李湊貶爲巢縣公，宋申錫則被貶爲開州司馬，牽連此事被處死和流放的有一百多人。宋申錫最終死在開州（今重慶開縣）。

本來想依託宋申錫等大臣剷除宦官的唐文宗，沒想到卻被宦官施了反間計，但他並沒有長記性，此後，他又開始起用鄭注等人對抗宦官勢力。

江湖遊醫出身的鄭注，曾經治好過雪夜取蔡州的名將李愬的病，由於宦官王守澄曾經在李愬軍中作爲軍隊監軍，鄭注又因緣際會認識了王守澄，並被王守澄引爲親信帶到了長安。

鄭注雖然是遊醫出身，但醫術確實有一套。當時，唐文宗突然中風口不能言，御醫們都治不好，沒想到吃了鄭注的藥以後卻頗有療效。於是，鄭注又從大宦官王守澄的心腹，轉身成了唐文宗的寵臣。

鄭注還與唐肅宗時的宰相李揆的族孫李訓交好。李訓精通《易經》，經常爲唐文宗講學。因此鄭注和李訓都被唐文宗引爲心腹，並秘密授以剷除宦官的重任。

當時，鄭注等人依託大宦官王守澄的勢力，經常爲非作歹，因此外界都將鄭注、李訓等人當作宦官勢力，沒有想到兩人竟然是唐文宗的暗樁。

在鄭注、李訓的謀劃和配合下，唐文宗先是提拔宦官仇士良爲左神策中尉，來分解王守澄的軍權，隨後又將王守澄明升暗降，最終派人毒殺了王守澄。

儘管大宦官王守澄被殺，朝野內外歡呼，但朝官們對於鄭注和李訓作爲宦官親信反覆無常的陰險狡詐也感到不寒而慄。這爲後來甘露之變中李訓和鄭注因爲勢孤力單最終失敗，埋下了伏筆。

王守澄死後，宦官仇士良的勢力又開始坐大，於是，唐文宗又與鄭注和李訓密謀，計畫徹底剷除宦官勢力。在此情況下，謀求宰相一職不成的鄭注，被唐文宗外派到毗鄰長安的軍事重鎮鳳翔，出任鳳翔節度使，當時，鳳翔鎮擁有強大的軍力，唐文宗試圖以此作爲剷除宦官勢力的外部屏障。

鄭注出任鳳翔節度使後，李訓被唐文宗任爲宰相，有了內外勢力的依託，唐文宗於是決定孤注一擲發起兵變，徹底絞殺宦官勢力。但在當時，禁軍中的左神策軍被宦官仇士良掌控，右神策軍又被宦官魚弘志掌控，面對遠水救不了近渴的局面，唐文宗與鄭注、李訓等人本來可以像對付王守澄一樣，慢慢分解宦官勢力，但急功近利的唐文宗和鄭注、李訓等人等不及了，他們決定，要迅速發起反擊。

鄭注與李訓商定，由鄭注從鳳翔鎮率領五百親兵趕赴長安城郊，趁著王守澄下葬、宦官們集體送葬的時機，將宦官們集體剷除。
沒想到計畫商定後，李訓卻覺得如果此事成功，功勞就全歸了鄭注一人，於是李訓決定召集朝中同官，搶先發動兵變。
倉促上陣的李訓聯合唐文宗，搶先在朝中動手，這才有了本文開頭的甘露之變。
謀誅宦官不成後，作爲總指揮的李訓隨後逃到終南山，投奔僧人宗密。宗密本想爲李訓剃髮，將其裝扮成僧人藏在寺院中躲避，但由於宗密的弟子們堅決反對，李訓無奈下只好出山，打算逃亡鳳翔投奔鄭注，沒想到半路上被逮捕押送京城。
當走到昆明池時，不甘心被宦官毒打侮辱的李訓對押送他的人說：「現在無論誰抓住我，都可以得到重賞。聽說禁軍現在到處在搜捕我，他們肯定會在半路把我劫走，你們不如直接把我殺了，將首級送到京城謀求富貴。」
押送他的人聽後，立即同意了李訓的建議。隨後，李訓的人頭被割下送往長安。
甘露之變發生時，鄭注正率領五百名親兵趕赴長安，得知兵變失敗後，鄭注又率兵返回鳳翔。隨後，鄭注被軍中監軍宦官和叛將聯合謀殺，所率領的親兵也被斬殺殆盡。
至此，唐文宗的計畫全部失敗。而仇士良等掌軍宦官則在甘露之變後「氣益盛，迫脅天子」，還動輒引用李訓和鄭注的事訓誡宰相和朝臣。此前，文官集體在長安城內的南衙辦公，宦官們在長安城內的北司辦公，南衙北司之間經常明爭暗鬥，而在甘露之變後，代表文官集體的南衙最終在政治鬥爭中全面落敗，並在朝中淪落成為北司宦官們的附庸。

事變發生後，唐文宗則被宦官們軟禁，經常流露出苦痛的心情。在一次緬懷甘露之變中罹難的重臣時，唐文宗寫詩道：

輦路生春草，上林花滿枝。
憑高何限意，無復侍臣知。

唐文宗經常飲酒求醉，賦詩遣懷。在一次與當值學士周墀對話時，唐文宗哀歎說，「朕眞是比周赧王和漢獻帝還不如啊，他們只是被列強諸侯所挾持，我卻淪落到被家奴控制！」說完，唐文宗潸然淚下，周墀也伏地痛哭流涕。此後，唐文宗不再上朝，甘露之變五年後，八四〇年，史書記載唐文宗抑鬱而終。而有研究者則指出，唐文宗應該也是被宦官所謀殺。

參

在甘露之變中，被稱為「茶仙」的詩人盧仝（約七九五—八三五）也慘遭毒手。

作為普通詩人，盧仝當時恰好在宰相王涯家中做客。當宦官派出的神策軍衝進王涯家中搜捕同黨時，盧仝大聲喊冤，說自己只是「山人」匹夫而已。對此宦官怒斥說：「山人何用見宰相？」

當時，跟朝中四位宰相有關聯的各個受害者，頭髮都被反綁在柱子上，然後雙手雙腳被釘上釘子方才行刑。盧仝由於沒什麼頭髮，竟然被歹毒的宦官下令在腦後釘入一顆釘子，「人以爲添釘之讖」。

盧仝無辜慘死後，好友、詩人賈島寫下了〈哭盧仝〉爲他鳴冤：

賢人無官死，不親者亦悲。
空令古鬼哭，更得新鄰比。
平生四十年，惟著白布衣。
天子未辟召，地府誰來追。
長安有交友，托孤遽棄移。
塚側志石短，文字行參差。
無錢買松栽，自生蒿草枝。
在日贈我文，淚流把讀時。
從茲加敬重，深藏恐失遺。

與盧仝同爲布衣詩人的賈島，在好友盧仝遭遇橫禍後，經常拿出盧仝寫給他的詩，在淚眼模糊中賞讀。而甘露之變中宦官幾乎盡誅長安朝臣的恐怖政策，也震撼了整個文官集團。此後，文官們自宰相以下，幾乎全仰宦官鼻息，在恐懼中明哲保身，不敢妄議朝政。

當時年過六旬、居住在東都洛陽的詩人白居易，更是在〈贈客談〉中寫道：

上客清談何亹亹，幽人閒思自寥寥。
請君休説長安事，膝上風清琴正調。

此前的八一五年，宰相武元衡因為力主削藩，而被藩鎮派遣刺客殺害，白居易由於目睹了現場，並上書請求緝捕眞凶，而被另有想法的唐憲宗貶黜為江州司馬。此後，白居易日益明哲保身。武元衡之死後二十年，八三五年，朝堂中又發生了宦官血洗文官集團的甘露之變，人生中兩次遭遇巨變，幸運躲過禍害的白居易，日益消沉，在尋樂中遠離政治朝堂，在〈看嵩洛有歎〉中他寫道：

今日看嵩洛，回頭歎世間。
榮華急如水，憂患大於山。
見苦方知樂，經忙始愛閒。
未聞籠中鳥，飛出肯飛還。

在殘餘文官幾乎集體噤聲的沉默中，只有當時年僅二十多歲的年輕詩人李商隱（約八一三—約八五八），直白地寫下了〈有感二首（乙卯年有感丙辰年詩成二詩紀甘露之變）〉：

敢云堪慟哭，未免怨洪爐。

……

古有清君側，今非乏老成。

……

誰瞑銜冤目，寧吞欲絕聲。

長安朝官飛來橫禍、幾乎被掃蕩一空，但宦官們卻大多善終。例如在甘露之變中指揮大肆屠殺文官的宦官仇士良，在唐文宗死後頒發僞詔廢掉太子李成美，改立潁王李瀍爲帝，是爲唐武宗。

唐武宗上位兩年後，最終施計剝奪了仇士良的兵權，改而任命其他宦官，而當年作爲屠夫的仇士良此後告老還鄉，竟然得以善終。

在離開長安前，仇士良向送行的宦官們傳授秘訣說，「大家想聽聽我怎麼控制皇帝嗎？」宦官們紛紛點頭，於是仇士良說：「不能讓皇帝太閒，皇帝閒了一定會看書，見儒臣，然後納諫，智深慮遠，減少遊玩和親近女色，所以各位一定要以侈靡和漁獵聲色來蠱惑皇帝的心神，則必斥經術，闈外事，萬機在我等控制之中。」

宦官們聽後紛紛點頭稱讚，說仇公公眞是深得精髓啊。於是，宦官們還集體作揖，「眾再拜」，感謝仇士良的口授秘訣。

但宦官們的好日子即將走到盡頭。到了天復三年（九〇三），軍閥、鳳翔節度使李茂貞挾持唐昭宗到了鳳翔，引來另外一位大軍閥、黃巢的叛將朱溫進攻鳳翔，並迫使李茂貞送出唐昭宗。回到長安後，朱溫聯合宰相崔胤，將以第五可範爲首的七百多名宦官全部斬殺，只留下幾十名小太監灑掃庭院。隨後，朱溫又以唐昭宗之命，傳命各地藩鎮，將在各地監軍的宦官全部就地殺掉。至此，困擾大唐王朝一百多年的宦官之禍終於被徹底根除。

宦官的集體毀滅之日，也是藩鎮日益坐大之時。朱溫盡誅宦官後，又在第二年（九〇四）強迫唐昭宗遷都洛陽。此後，朱溫下令誅殺唐昭宗，在得知唐昭宗已死的消息後，朱溫還假惺惺地倒地大哭說：「奴輩負我，令我受惡名於萬代！」

九〇七年，朱溫逼迫唐哀帝「禪位」於他，並建國號爲梁，唐朝至此滅亡。唐朝滅亡的第二年，唐哀帝被朱溫下令殺害，時年僅十七歲。

在宦官與藩鎮的交替禍害中，大唐帝國最終走向毀滅的深淵。歷史的車輪，滾滾進入了五代十國時期。

「仙丹帝國」

唐朝五個皇帝，死於長生不老藥

壹

當自稱已有二百歲高齡、懂得長生不老術的天竺方士那邇娑婆寐出現時，喜出望外的唐太宗李世民不知道的是，他的催命鬼到了。

這是他生命的倒數第三年，貞觀二十一年（六四七）。當時，率眾出使天竺的王玄策，竟然帶領一千二百吐蕃兵和七千泥婆羅（今尼泊爾）騎兵大破中天竺，並俘虜了那邇娑婆寐獻給李世民。

李世民相信，這是將帶領他走向長生不老的下凡神仙。

此前，李世民的父親唐高祖李淵、妻子長孫皇后相繼去世，至親相繼去世，就在不勝悲痛之時，李世民的第五子齊王李祐又企圖叛亂奪位，在審訊齊王叛亂案的過程中，又無意中牽連出了太子李承乾以及李世民的弟弟漢王李元昌的聯合謀反案。

此後，李世民的四子、魏王李泰為了奪取儲君大位，又對一干兄弟威逼恐嚇，以致被李世民廢爲庶人。

儘管自己就是通過玄武門之變、屠殺兩個同父同母的親兄弟和十個侄子血腥奪位，但當自己也肘腋生變時，李世民還是感覺到了人生的幻滅，因此在貞觀十七年（六四三），內心苦痛的他，甚至一度在心腹重臣長孫無忌、房玄齡、李勣等人面前試圖拔刀「自殺」。

君王生命中的苦痛無人可以安慰，或許只有鬼神和永生，才可以給他絲絲的慰藉。

當時，李世民對東北的高句麗久攻不下，在返回路途中生了一場重病，在眾多人生的重挫下，他相信，天竺方士那邇娑婆寐或許可以給他想要的安慰。

於是，他開始命令那邇娑婆寐爲他配製長生不老藥。歷經兩年，丹藥終於煉製而成。

爲了獲取丹藥的神效，並表示虔誠，貞觀二十三年（六四九）四月，李世民還特地來到位處終南山上的翠微宮。

但服下丹藥後不久，貞觀二十三年（六四九）五月，他暴斃於終南山上的翠微宮含風殿。

對此，李世民的兒子唐高宗李治時的東台侍郎郝處俊說，「昔貞觀末年，先帝（李世民）令婆羅門僧那邇娑婆寐依其本國舊方合長生不老藥……歷年而成。先帝服之，竟無異效，大漸之際，名醫莫知所爲」。

後來，唐憲宗時的朝臣李藩也說，「文皇帝（李世民）服胡僧長生藥，遂致暴疾不救」。

但服用丹藥而亡，李世民在唐朝皇帝中只是開了先例而已。此後，他還將有四個子孫在當上皇帝後，服用丹藥以致暴斃或被殺。

長生不老和丹藥，將是此後困擾唐朝皇帝的毒藥。

貳

在李世民以前，服用丹藥的歷史由來已久。

此前，秦始皇和漢武帝都長期著迷於追尋長生不老術，以致被方士騙得團團轉。而東晉哀帝司馬丕，因為長期服用丹藥，二十五歲就中毒病逝。北魏道武帝拓跋珪也因為長期服用寒食散，以致精神失常，「或數日不食，或達旦不寢」，並開始胡亂殺人，最終自己被刺身亡。

儘管丹藥毒性猛烈，但經歷戰國和兩漢時期的推崇，到了魏晉南北朝時期，這股服藥的風氣廣泛蔓延至權貴階層。魏晉時人喜歡服用一種用丹砂、雄黃、雲母、石英和鐘乳石等礦物質混合而成的丹藥，稱為寒食散，也稱五石散。

五石散雖然毒性猛烈，但好之者還是前仆後繼。唐朝建立後，時人繼承秦漢和魏晉南北朝的風氣，對於丹藥信之彌篤，並堅信這是通往永生的玄秘法門。由於唐高祖李淵將道教鼻祖李聃攀附為同姓始祖，使得道教在唐代進入鼎盛時期，也因此，道教的讖緯神術和丹藥堂而皇之地走進了皇庭宮苑，成了唐代歷代帝王的至愛。

當時，五石散的毒性由於逐漸為人所知、其配方逐漸沒落，但道教的金丹術卻繼之而起，受到了狂熱追捧。而道士們以鉛和汞（水銀）這兩項劇毒物質提煉而成的「金丹」，更是受到了唐朝人的熱捧。唐朝人信奉東漢道士魏伯陽提出的理念，認爲「（鉛和汞）此之二寶，天地之至靈，七十二石之尊……服者永生」。

在這種背景下，儘管唐太宗李世民因服用丹藥暴斃，但他的子孫們還是不以爲戒，繼續追捧「金丹」。據史書記載，唐高宗曾於開耀二年（六八二）服食丹藥，武則天在晚年也曾服用道士胡慧超配製的「神丹」，唐玄宗李隆基甚至在安史之亂退位後，仍然念念不忘煉製丹藥。

在這種時代風氣下，詩仙李白對尋仙煉丹保持著終生的興趣。他在〈廬山謠寄盧侍御虛舟〉中寫道：

> 遙見仙人彩雲裡，手把芙蓉朝玉京。
> 先期汗漫九垓上，願接盧敖遊太清。

李白詩中的盧敖，就是曾經忽悠秦始皇尋訪長生不老藥的燕國人盧生。但在李白看來，盧生顯然是傳說中的神奇人物。

在這種朝野一致的價值觀中，唐憲宗李純也走入了丹藥的迷魂陣裡。

安史之亂（七五五—七六三）後，帝國內部一度藩鎮割據、四分五裂，唐憲宗在八〇五年上位後，歷時十四年削藩，最終在八一九年基本平定了藩鎮割據，使得大唐帝國一度出現了中興一統的「元和中興」局面。但創下不世功業的帝王，也往往志得意滿。

在元和十四年（八一九）基本平定藩鎮割據後，四十二歲的唐憲宗開始自我放鬆下來。歷經十幾年緊張勞累的削藩生涯，這位中興雄主逐漸忘記了再創偉業的艱辛，並一頭紮進了佛道和仙丹的迷蠱之中。

唐憲宗曾經很感興趣地問宰相說：「世上果眞有神仙嗎？」

自從八〇五年即位後，唐憲宗就一直處於緊張激烈地與藩鎮的鬥爭和戰爭之中，這種高度緊張的精神壓力，使得他經常陷入對於生命和死亡的思考，也因此對宗教產生了深厚的興趣。

到了八一九年，迷信佛教的唐憲宗更是出動禁軍，將法門寺的佛骨舍利迎接到京師長安供奉，引發長安全城百姓瘋狂膜拜，「老幼奔波，棄其生業」。時任刑部侍郎的韓愈直言進諫，被貶任潮州刺史。

除了佛教，唐憲宗還瘋狂迷信道教。他下詔廣徵天下術士，並命令術士柳泌爲他煉製仙丹。在服用柳泌等人煉製的丹藥後，唐憲宗感到燥熱焦渴，極爲不適。

《資治通鑑》記載道：「上服金丹，多躁怒，左右宦官往往獲罪，有（因此）死者，人人自危。」

由於左右宦官人人自危，太子李恒最終利用了這個機會，指使宦官王守澄和陳弘志，將四十三歲的唐憲宗刺殺於大明宮中，對外則宣稱唐憲宗是服用丹藥導致暴崩。

隨後，李恒即位，是爲唐穆宗。

在丹藥的作用下，一代中興雄主唐憲宗竟然被殺，此後，藩鎮割據逐漸死灰復燃。而繼位的唐穆宗，則成爲唐朝第三位因爲丹藥而死的皇帝。

參

由於對外宣稱唐憲宗是服用丹藥以致暴斃，因此唐穆宗在上位後，隨即下令將爲唐憲宗煉製丹藥的道士柳泌和僧人大通亂棍打死，其他的方士則全部流放嶺南，另外還將曾經向唐憲宗推薦方士的左金吾將軍李道古，貶到廣東擔任循州司馬。

儘管先祖李世民和父親唐憲宗都因爲丹藥直接或間接而死，但唐穆宗李恒，也一頭紮進了丹藥的迷圈。

按照史書記載，唐朝皇帝前仆後繼地迷戀丹藥，也與李唐家族有一種遺傳病叫「風疾」有關。以今天的觀點來看，「風疾」就是涉及心血管疾病的中風，在唐朝歷代皇帝中，唐高祖、唐太宗、唐高宗、唐順宗、唐穆宗、唐文宗和唐宣宗都患有「風疾」，例如唐高宗李治就是因爲患有風疾，長期風眩頭重、目不能視，難以操持政務，這才有了後面武則天的弄權和崛起。

在這種家族遺傳病的困擾下，唐穆宗就多次因爲風疾不理朝政，當時，方士柳泌等人雖然被殺，但唐穆宗還是非常相信服用丹藥可以治病，只是因爲父親唐憲宗生前服用丹藥以致慢性中毒、脾氣暴躁的原因，唐穆宗對外才沒有宣揚自己服用丹藥的事。

但天下沒有不透風的牆。大唐長慶四年（八二四）正月，當時，朝野上下都知道了唐穆宗偷偷服用丹藥，以致身體日益虛弱、經常不能處理朝政，爲此，一位名叫張皋的布衣甚至直接上書唐穆宗說：「然則藥以攻疾，無疾不用藥也……故《禮》稱：『醫不三世，不服其藥。』庶士猶爾，況天子乎？先帝（唐憲宗）晚節喜方士，累致危疾，陛下所自知，不可蹈前轍、迎後悔也。」

張皋上書後不久，長慶四年（八二四）正月，唐穆宗最終因爲服用丹藥以致重疾不治，死於長安寢殿，年僅三十歲。

肆

但李唐帝國的丹藥之癮，仍未終止。

唐穆宗死後十六年，八四〇年，唐穆宗的第五子李炎繼位爲帝，是爲唐武宗。儘管三位先帝唐太宗、唐憲宗、唐穆宗先後因爲丹藥死於非命，但唐武宗也不能免俗。這位對內再次平定藩鎮、對外擊敗回鶻，一度在祖父唐憲宗之後，再次讓大唐帝國迴光返照的雄才英主，也頗爲喜好神仙之術。

即位後，唐武宗就下令將大哥唐敬宗李湛所崇信的道士又請入長安宮中，並修建了九天道場，還封道士趙歸眞爲左右街道門教授先生，崇信一時無雙。

由於信奉道教，加上道士趙歸眞和劉玄靖等人在面前一再遊說詆毀，唐武宗逐漸對佛教心生厭惡，而在現實中，當時佛教在唐代也發展至巔峰鼎盛時期。由於寺院占有大量田園和奴婢，而僧尼則可免於賦稅和雜役，這就使得很多人都以遁入空門爲念，極大損耗了唐朝的財政歲收和兵源稅源。

安史之亂以後，唐朝朝政日益困窘，但寺院則繼續輝煌鼎盛，以致唐武宗的二哥唐文宗曾經對宰相說：「古者三人共食一農人，今加兵、佛，一農人乃爲五人所食，其間吾民尤困於佛。」

當時，唐武宗正重新發起針對藩鎮的戰爭，財政一度難以爲繼，但寺院卻以祖宗法制爲由拒絕繳納賦稅，在國家的現實困境和個人的憎惡下，於是，從會昌二年（八四二）開始，唐武宗開始下令進行毀佛，並在會昌五年（八四五）達到高峰。

在唐武宗以前，北魏太武帝和北周武帝都曾進行毀佛，而在唐武宗以後，五代十國時期的後周世宗柴榮也曾經下令滅佛，史稱「三武一宗」滅佛事件，由於北魏太武帝、北周武帝、後周世宗都是區域政權，因此毀佛雖然劇烈，但仍然有區域性。大唐作爲統一帝國，其滅佛運動波及也最爲廣泛。

根據唐武宗時期資料記載，到了會昌五年（八四五），整個大唐帝國境內共有四千六百多所寺院被拆毀，二十六萬僧尼被勒令還俗，此外，當時已經流行中國多年的景教、摩尼教、拜火教等教堂也被勒令拆毀，教士也被勒令還俗。

在沒收大量寺院土地，擴大中央政府稅源和兵源的同時，唐朝中央的勢力也得以部分恢復，這有力支援了唐武宗平定藩鎮的戰爭。儘管滅佛，但篤信道教的唐武宗也不能免俗，對道家的丹藥非常信奉。據史書記載：「（唐武宗）上餌方士金丹，性加躁急，喜怒不常。」

與自己的祖父唐憲宗一樣，長期服用丹藥以致慢性中毒、性格愈加焦躁的唐武宗，身體開始一天天垮了下去，到了滅佛運動最爲激烈的會昌五年（八四五）秋天，眼見自己越來越虛弱，唐武宗於是詢問道士這是爲什麼，道士們則忽悠他說，這是「換骨」的徵兆，不用擔心。

唐武宗深信不疑。於是，這位精力充沛、一度喜歡到處遊獵的皇帝，開始減少各種活動。會昌六年（八四六）新年伊始，唐武宗竟然虛弱到連坐朝接受朝賀都受不了了。朝臣們這才知道，皇帝因爲吃仙丹，吃出大事來了。

從會昌六年（八四六）正月到三月，唐武宗的身體甚至虛弱到無法與宰相商議朝政。到後來，他連宰相都不想見了，滿朝文武人心惶惶。

由於丹藥中毒太深，臨死前十幾天，唐武宗口不能言。會昌六年（八四六）三月二十三日，年僅三十三歲的唐武宗因爲長期服用丹藥，崩於長安。

伍

從六一八年唐高祖李淵建國，到八四六年唐武宗病逝，大唐開國才二百多年，卻已有四位皇帝因爲服用丹藥死亡。然而，李唐王朝的悲劇並未結束。

唐武宗死後，唐武宗的叔叔、唐憲宗的第十三子李忱繼位，是爲唐宣宗。

在從八四六年至八五九年爲期僅十四年的執政生涯中，唐宣宗對內整頓吏治，對外擊敗吐蕃、收復河湟，又安定塞北、平定安南，使得唐朝再次迴光返照，進入了「大中之治」時期，唐宣宗也因此被稱爲「小太宗」。

但與父親唐憲宗一樣，唐宣宗也非常迷信佛道兩教。在即位的第二年，西元八四七年，唐宣宗就下令復興佛教，並且要求「應會昌五年（八四六）四月所廢寺宇，有宿衛名僧，復能修創，一任住持，所司不得禁止」。

在唐宣宗的鼓勵下，佛寺重建運動再次轟轟烈烈展開，以致唐宣宗時期的佛寺數量甚至比唐武宗滅佛前還要多，而正是在唐宣宗時期，佛教禪宗發展逐漸進入鼎盛時期。而篤信佛教禪宗的唐宣宗，甚至將僧人從晦幾次請入皇宮，與其高談闊論。

也就是在這種風雲變幻的時代風氣中，一生受困於牛李黨爭、一直掙扎在政治底層的李商隱，寫下了諷喻詩〈賈生〉：

宣室求賢訪逐臣，賈生才調更無倫。
可憐夜半虛前席，不問蒼生問鬼神。

李商隱以漢文帝深夜與賈誼密談，詢問鬼神的歷史為隱喻，對唐宣宗的「大中之治」提出了深刻質疑。

而唐宣宗也即將毀於丹藥。

儘管在上台後，下令杖殺和流放了多位用金丹毒害唐武宗的道士，但到了晚年，唐宣宗也開始迷信起道家丹藥。他以七十萬錢的高薪，將自稱擅長配製長生不老藥的方士李玄通聘為太醫。李玄通進宮後，又與道士虞紫芝、山人王樂三等人閉門搗鼓，折騰出了一個「神丹」進獻給唐宣宗。

大中十三年（八五九）五月，唐宣宗在吃下李玄通等人進獻的「神丹」後出現了中毒症狀，史載其「病渴且中燥」，連續一個多月不能上朝，背上長了個毒瘡。此後唐宣宗又拖了兩個多月，一直到當年（八五九）八月七日，因丹藥中毒，最終不治身亡，時年五十歲。

至此，大唐帝國在建國兩百多年間，前後相繼有五位皇帝因為丹藥而死。而在唐宣宗死後，大唐帝國也失去了最後復興的可能，由於此後繼位的唐懿宗與唐僖宗荒淫放縱，大唐帝國江河日下。

到了乾符元年（八七四）和乾符二年（八七五），王仙芝和黃巢先後起兵，掀開了唐末大亂世的序幕。天祐四年（九〇七），曾是黃巢部將的朱溫最終逼迫唐哀帝李柷「禪位」，並改國號為梁。

一代丹藥帝國，星隕消沉。

為權力祈禱

唐朝的佛教與政治

唐太宗李世民，決定拿不聽話的老和尚法琳開開刀。

這是大唐貞觀十一年（六三七），此前，李世民的老爸、唐高祖李淵為了給皇族臉上貼金，宣稱道教鼻祖、老子李耼是李家的先祖。而這次李世民則直接尊道抑佛，宣布道教的地位凌駕於佛教之上。

出生於陳朝，已經經歷過陳、隋、唐三代的老和尚法琳於是挺身而出。挾持著一點南北朝時期佛教至尊的餘威，法琳自信地宣稱，皇族李家本是鮮卑胡人血統，祖先並非隴西李氏出身，尊道抑佛也全無道理。

李世民家族確實是漢人混雜鮮卑血統，但老和尚法琳的自以為是，卻讓精心包裝自己家族血統的李世民勃然大怒。李世民下令將法琳打入大牢，並且宣稱，聽說口誦觀世音菩薩的人刀槍不入，因此先讓法琳唸誦七天觀音，七天後再來試試刀。

七天後即將行刑，主審官再次提審法琳。主審官問道，觀音到底靈不靈？

法琳的回答是：我已經不唸觀音了，這七天，我唸的都是皇帝陛下。

主審官好奇老和尚有了「改變」，法琳又接著解釋說，因爲皇帝就是觀世音菩薩。

李世民聽聞後，大概會心一笑，於是下令將法琳從死刑改爲流放益州（成都）。

儘管如此，試圖倚賴皇權上位的佛教徒們大概膽戰心驚，南北朝佛教至尊無上的好日子，是不是快到頭了？

壹

和尚法琳差點被殺後的七年，貞觀十八年，歷經磨難、終於從西天取來佛經的玄奘，在位處今天新疆的于闐國，向大唐皇帝發出了一封奏章，誠惶誠恐地解釋自己當初違背禁令偷渡出國，到天竺（印度）求取佛經的良苦用心。

此前，玄奘於貞觀三年（六二九），從位處今天河西走廊的涼州出發，經玉門關西行五萬里赴天竺，並在那爛陀寺求學，成長爲一代高僧。

但即使載譽歸來，面對尊道抑佛的祖國大唐，玄奘依然心中惶恐。好在志在建立四方霸業的李世民不以爲然，表態歡迎玄奘回國，因爲李世民需要的，是玄奘爲他帶來開疆拓土的第一手歷史地理資訊。

相對於玄奘從天竺帶來的六百五十七部佛經和一百五十粒如來肉舍利，以及七座金、銀或檀刻佛像，李世民更關心的，是催促玄奘早日寫出《大唐西域記》。

日後，這部以玄奘西行爲背景的歷史地理名著，在不經意間成就魔幻小說《西遊記》的同時，在當時最主要的意義，是爲大唐帝國和李世民帶來了有關開疆拓土的第一手資訊。

所以，李世民選擇寬恕當年偷渡出國的玄奘，不是因爲他是個歷經劫難、求取眞經的僧人，而是因爲在他看來，玄奘帶回的資訊有著非凡的軍事地理意義。

因爲在皇權看來，宗教假如不能服務於皇權和政治，那麼僧侶只是隨時可以拿來開刀的祭品而已。

玄奘懂得這一點，終其一生，他在唐太宗李世民和唐高宗李治手下，都活得小心翼翼。

儘管從東漢年間就已傳入中國，但佛教在中國四百多年的發展歷程，卻一直只是一個舶來品，始終未完成中國化的進程，所以在統治者看來，佛教顯然不如本土化的道教來得懂事和貼心。而且，佛教寺院在南北朝時期占有大量土地和勞動力，不僅不繳納貢賦，而且還隱隱約約向皇權發起挑戰，例如東晉高僧慧遠甚至寫下了〈沙門不敬王者論〉，試圖爲自己爭取類似古印度婆羅門一樣的地位。

這自然讓堅持「普天之下莫非王土，率土之濱莫非王臣」的皇權心存疑慮。

早在魏晉南北朝時期，北魏太武帝拓跋燾、北周武帝宇文邕就先後發起過毀佛運動。

佛陀並不能讓老和尚法琳和高僧玄奘免於屠刀和膽戰心驚。就在生命最後的日子，爲了避免皇權的猜疑，玄奘甚至向唐高宗李治上表，請求自貶到位處今天陝西銅川的玉華寺譯經以求自保。最終，麟德元年（六六四）二月，玄奘在玉華寺圓寂。

李治在玄奘已經去世後，才假惺惺地派出御醫趕往玉華寺。

從西天歸來的玄奘不能讓皇權放心，但在玄奘生前，一個年輕人卻即將從嶺南北上求法，他的到來，即將改寫中國的佛教史和文學史。

貳

玄奘遠涉萬水千山歸來，在貞觀十九年（六四五）正月進入大唐長安城，受到全城達官百姓瘋狂膜拜的時候，出生在嶺南新州（今廣東新興縣）的慧能（六三八—七一三），還只是一個八歲的小孩子。

在玄奘主持翻譯《心經》，眾生唸誦「舍利子，色不異空，空不異色，色即是空，空即是色」的時候，俗姓盧氏、當時還未出家的慧能，決定從嶺南的廣東北上學習佛法。

慧能的父親本在范陽（今河北涿州）做官，後來被貶遷流放到新州。三歲時，慧能的父母就都已去世，這個孤兒長大後以砍柴、賣柴謀生。有一天，他聽到有人在唸誦《金剛經》，心有所動，於是，這個目不識丁的小夥子經人指點，決定北上位處今天湖北黃梅的憑墓山，聽從弘忍大師講解佛經。

弘忍是佛教禪宗五祖，自從天竺僧人菩提達摩在梁朝時傳入禪宗，這個佛教的教派，在當時已經流傳一百多年，但並未顯赫於人間和政界。

見到這位賣柴的孤兒，弘忍發問說：你從哪裡來？

慧能回答：嶺南。

弘忍問道：你想幹什麼？

慧能回答：求法作佛。

弘忍又問：嶺南蠻荒之地，人民野蠻，怎能學佛？

慧能於是反問說：我聽說人有南北，難道佛性也有南北嗎？

這番對話或許讓弘忍心生一顫，於是，他指派慧能去到碓房踏碓舂米，平日裡也跟著門眾一起聽法。八個月後，弘忍宣布自己要授傳衣缽，選擇禪宗的下一代法嗣。按照當時的規則，傳法要作偈以見高低，於是，弘忍座下的首席弟子神秀作偈說：

> 身是菩提樹，心如明鏡台。
> 時時勤拂拭，莫使惹塵埃。

不識字的慧能則口誦偈句說：

菩提本無樹，明鏡亦非台。
本來無一物，何處惹塵埃。

這位目不識丁的勤雜人員，隨口誦出的眞經，即將在此後改寫中國的思想史。

五祖弘忍知道，他的傳人來了。

於是，弘忍來到慧能舂米的碓房，用法杖在石碓上敲了三下。

慧能讀出了本意。

半夜三更時分，慧能悄悄進入了弘忍的方丈臥室，聽取弘忍傳授眞經。

大概幾天後，弘忍決定在夜間，偷偷授予慧能作爲禪宗傳嗣的法物——據稱來自禪宗入華初祖達摩祖師的缽盂和袈裟。

當時，在弘忍門下和大唐國內，對禪宗衣缽野心勃勃的大有人在，而以弘忍門下首座弟子神秀爲首的眾僧，更是對禪宗衣缽虎視眈眈。當夜授傳衣缽後，弘忍立馬對慧能說：你手持衣缽，已入險境，速速離開此地。

師徒二人連夜來到江邊，弘忍爲慧能送行，讓他逃難嶺南，以避殺身之禍。

慧能邀請弘忍一起南下，他說：請隨徒弟南下，弟子搖櫓送師父渡過長江。

弘忍堅持留在憑墓山善後，弘忍說：本來該我來度你。

慧能明瞭，於是向弘忍告別說：迷時師度，悟時自度。

弘忍慨歎一聲說：三年後我將圓寂，禪宗佛法，就有賴於你了。

慧能拜別弘忍南下，在東躲西藏五年後，唐高宗乾封二年（六六七），他現身於廣州法性寺（今光孝寺），仍然以留髮的俗家弟子現身。

當時，印宗法師正在講解《涅槃經》，剛好風兒吹動經幡，眾僧議論紛紛，有人說是風動，有人說是幡動。

只有慧能靜靜地說：不是風動，也不是幡動，而是心動。

印宗法師聽後震驚，於是將這位和尚請入臥室深談。在一番探討後，印宗法師說：我聽說禪宗的衣缽傳人到了嶺南，難道是你嗎？若是，請出示衣缽證明。

於是，在東躲西藏五年後，慧能終於出示了弘忍所傳的衣缽，並在法性寺由印宗法師替他主持剃度。

印宗法師則反過來拜慧能爲師，並邀請慧能在嶺南升壇、講法、收徒。

禪宗至此在大唐分爲南北二宗，以弘忍的首座弟子神秀爲首的，在後世被稱爲北宗；以慧能爲首的，在後世被稱爲南宗。

然而一統禪宗佛法的，將是南宗的後人。

慧能在法性寺闡述「心動」時，一代佛學大師玄奘已經去世三年了。

兩年後，大唐總章二年（六六九），不受待見的玄奘，又被唐高宗李治下令挖出遺骸改葬，因為李治想看看，玄奘的遺體是否真的金身不腐。

此後，玄奘的遺體開始了顛沛千年的旅程。

在玄奘的弟子為先師被發墓遷骸痛哭流涕之前，慧能搬到了位處今天廣東韶關的曹溪寶林寺（今南華禪寺）。此後，他的言論被弟子們記錄成書，是為《六祖壇經》。《壇經》，也是唯一一部由中國人所著，被稱為「經」的佛法經典。

經歷大唐開國佛法的顚簸，慧能在廣東講法四十多年後，最終病逝於唐玄宗開元元年（七一三）。

那時，一個屬於封建中國的巔峰鼎盛時期——開元盛世，正在拉開序幕。

而從六祖慧能開始，禪宗的傳嗣也不再以衣鉢作為唯一的憑證，這就突破了接班人的人數限制，使得禪宗的佛法得以廣泛流傳。

詩人王維的母親，正是禪宗的俗家弟子。

被後世稱為「詩佛」的王維，為自己取字摩詰，號摩詰居士。而「摩詰」，其來源則是佛教經典《維摩詰所說經》中悟道成佛者維摩詰的名字。

王維的母親崔氏，是禪宗北宗普寂禪師的俗家弟子，曾經聽從普寂禪師講法三十多年。在母親的言傳身教下，王維早在年輕時就表現出禪宗的意境，在〈鳥鳴澗〉一詩中他寫道：

人閒桂花落，夜靜春山空。
月出驚山鳥，時鳴春澗中。

在禪宗意境的寧靜致遠中，他寫下了〈辛夷塢〉：

木末芙蓉花，山中發紅萼。
澗户寂無人，紛紛開且落。

三十一歲那年，王維的妻子亡故，此後他終生不娶，並「篤志奉佛，蔬食素衣。喪妻不再娶，孤居三十年」。

爲了敬奉母親和安放妻子病逝後自己孤寂的心靈，王維在長安附近的藍田縣建造了一所園林，是爲輞川別業，來作爲自己「詩意棲居」的精神家園。

在李白、杜甫還在忙於功名，高適、岑參還在奔走邊疆、奮鬥上進的時候，王維卻迎來了自己的〈終南別業〉：

中歲頗好道，晚家南山陲。
興來每獨往，勝事空自知。
行到水窮處，坐看雲起時。
偶然值林叟，談笑無還期。

在禪宗的蔭照下，盛唐的詩歌裡，走出了一位禪宗的弟子。王維還應禪宗六祖慧能的弟子神會的邀請，爲慧能撰寫傳記，是爲《能禪師碑》，這也是慧能流傳至今的第一篇傳記。

然而，生命並不給予他終極的安寧——唐玄宗天寶十五載（七五六），安祿山的叛軍攻破長安，留居長安的王維在被俘虜後被迫接受僞職，這也是他一生的汙點。長安光復後，王維的弟弟、刑部侍郎王縉因爲平叛有功受封，請求削爵爲兄贖罪，王維這才得到赦免，並被降職處理。此後，王維「在京師，日飯數十僧，以玄談爲樂。齋中無所有，爲茶鐺、藥臼，經案，繩床而已。退朝之後，焚香獨坐，以禪誦爲事」。

時代的激蕩，個人的起伏，使得詩人王維更加嚮往寧靜的生活與意境，在〈酬張少府〉中，他寫出了自己從開元盛世就開始嚮往佛家，經歷安史之亂後無處安放的心靈：

晚年唯好靜，萬事不關心。
自顧無長策，空知返舊林。
松風吹解帶，山月照彈琴。
君問窮通理，漁歌入浦深。

幾年後，唐肅宗上元二年（七六一），當時安史之亂的戰火仍未平息，但六十一歲的詩人王維卻無力掙脫命運的束縛，離開了人世。

肆

詩佛走了，但塵世的功業並未了了。

對此，慧能的弟子神會，感悟很深。

慧能雖然得到五祖弘忍親傳的衣缽，但是在初唐時，佛教始終受到皇權的打壓。一直到了武則天（六二四—七〇五）時期，晚年的武則天爲了政變奪權，開始打壓李唐家族極力推崇的道教，轉而推崇佛教和大興科舉制，以此來壓制和打壓李唐的支持者道教和貴族階層。

禪宗的春天來了，但當時受到追捧的，是以五祖弘忍的首座大弟子神秀爲首的禪宗北宗。誠如慧能所說，佛性本無南北，但在現實利益的主導下，儘管沒有得到弘忍親傳衣缽的加持，神秀依然成了當時皇家炙手可熱的帝王師。

弘忍圓寂後，神秀被武則天遣使迎接到洛陽講法。此後，神秀又被武則天的兒子唐中宗、唐睿宗所器重，禪宗北宗也因此顯赫一時，神秀被稱爲「兩京（長安、洛陽）法主，三帝（武則天、唐中宗、唐睿宗）國師」。

爲了與神秀等人的北宗相抗衡，慧能的親傳弟子神會冒著生命危險，在滑台（今河南滑縣東）大雲寺召開無遮大會，宣傳禪宗南宗教義，並公開詰難以神秀、普寂禪師爲首的禪宗北宗。此後，神會三次遭到刺殺，卻都倖免於難。

禪宗在內部的派系爭鬥中曲折發展，一時北宗興盛、南宗衰微，但時代即將給予南宗延續的火種。

七五五年安史之亂爆發後，神會在國家危亡之際，以九十高齡親自出面，在各地爲大唐朝廷設戒壇度僧，募捐「香水錢」以捐助給國家作爲軍費。這使得唐肅宗非常感動，下令爲神會造禪舍於荷澤寺中。神會由此被稱爲「荷澤大師」。

由於危難之際對皇權的大力相助，禪宗南宗在神會的帶領下逐漸崛起，禪宗北宗在唐朝日漸式微，南宗則大盛，最終一統禪門。

在禪宗看來，心即是佛，佛即是心，心外無佛，佛外無心。這也就是「即心即佛」。
換個表述就是，一個人如果想要成佛，就必須觀照自己的內心，發現自我，找回自我。
與禪宗北宗主張「漸悟」不同的是，禪宗南宗主張的是「頓悟」，即使對於壞人，南宗也主張「放下屠刀，立地成佛」。這種佛法為大眾所喜聞樂見，在觀照內心之中，一切眾生，皆有佛性。於是，苦海無邊，回頭是岸。放下屠刀，即可立地成佛。
中國思想史上，最為精深晦澀的佛法，在禪宗的解釋中，有了通行大眾、照見本心的可能。
正如禪宗四祖道信，當時還未悟道的他，去拜見禪宗三祖僧璨，僧璨問：你學佛做什麼？
道信說：我學佛為解脫。
僧璨又說：那是誰束縛了你？
道信說：沒有人束縛我。
僧璨說：既然沒人束縛你，那麼幹嗎要解脫？
道信大悟，由此進入禪修境界。

伍

但佛法的傳播，已經如南北朝時期一般，開始失控。
唐憲宗元和十四年（八一九）正月，唐憲宗派出使者，前往法門寺迎接佛骨。唐憲宗不僅親自頂禮膜拜，將佛骨留在皇宮中供奉三天，此後還將佛骨送到長安城中各個佛寺輪流供奉。這使得整個長安城爲之瘋狂，有的信眾甚至不惜傾家蕩產前往膜拜施捨。

在這種宗教狂熱中，五十二歲的詩人韓愈不顧個人安危，毅然向唐憲宗上呈〈論佛骨表〉，並斥責供奉佛骨太過荒唐，還公開請求銷毀佛骨，以正人心。

不僅迷戀佛陀、同時也迷戀道教的唐憲宗大怒，一度要將韓愈處死。幸虧在宰相裴度等人的極力勸諫下，才改爲將韓愈流放爲潮州刺史。

在流放廣東潮州的路上，韓愈十二歲的小女兒韓挐病死。而前後幾次因爲進諫被貶和流放，也使得韓愈在身心俱疲中，開始了與佛教的親密接觸。

在潮州，他與大顛禪師等人惺惺相惜。此後，他還爲其他禪師寫下了〈送惠師〉等詩歌：

惠師浮屠者，乃是不羈人。
十五愛山水，超然謝朋親。
……
江魚不池活，野鳥難籠馴。
……
去矣各異趣，何為浪沾巾。

在〈廣宣上人頻見過〉中，他寫道：

三百六旬長擾擾，不沖風雨即塵埃。
久慚朝士無裨補，空愧高僧數往來。
學道窮年何所得，吟詩竟日未能回。
天寒古寺遊人少，紅葉窗前有幾堆。

在政治失意、人生困頓的愁苦中，與佛教開始深入交流的韓愈，也在與禪師的交流和政治的壓力下，給唐憲宗寫信請求寬宥。韓愈說，自己到潮州後由於水土不服等各種原因，才五十歲年紀，就已經牙齒掉落、頭髮花白，估計命不久長，懇請皇帝能夠寬恕，讓他回到朝廷繼續效力。

看到韓愈的信後，唐憲宗很是感慨地說：韓愈諫迎佛骨，我知道他是愛護朕，但爲人臣子，不應該詛咒帝王信佛就會位促壽短，我因此而討厭他的草率。

迷戀宗教的唐憲宗擁有無上的權力，但他卻即將死於宗教的迷戀之中。

由於長期服用道士柳泌等人進獻的「仙丹」，慢性中毒的唐憲宗性情愈發狂躁，並動輒遷怒於左右宮人和宦官，以致宮內人人自危。在此背景下，就在韓愈被貶潮州的第二年（八二〇）正月，太子李恒最終利用宮內的矛盾，指使宦官王守澄和陳弘志，將四十三歲的唐憲宗刺殺於宮中，對外則宣稱唐憲宗是服用丹藥後暴崩。

唐憲宗死後，韓愈最終被開赦返回長安，通過對現實的妥協，詩人韓愈實現了退縮和自救，但他卻無法挽救一個日漸衰頽的帝國。

韓愈身處的晚唐時期，唐朝經歷安史之亂後國家經濟凋敝，但佛教和寺院卻大量壟斷土地和吸附人口，並且無須繳納賦稅。不僅如此，從武則天到唐中宗、唐睿宗、唐肅宗、唐憲宗等多位皇帝都推崇佛教，這就使得佛教的經濟勢力日益坐大，其對晚唐經濟的衝擊，已經像魏晉南北朝時期一樣，成爲國家的重大問題。

唐武宗會昌五年（八四五），鑒於寺院經濟氾濫，損害國庫收入，唐武宗下令在全國大範圍拆毀佛寺，並沒收大量寺眾土地，以此擴充唐朝中央政府的稅源和兵員。此後在五代十國的後周時期，後周世宗柴榮也曾經在統治區域內下令毀佛。

歷史上，北魏太武帝拓跋燾、北周武帝宇文邕、唐武宗李炎和後周世宗柴榮共四人的毀佛運動，也被佛教界稱爲「三武一宗之厄」。

但唐武宗的毀佛並沒有持續多久。即使是在唐武宗任內，河北的藩鎮就公然保護佛教僧侶和寺院。諷刺的是，唐武宗在掀起毀佛運動的第二年（八四六），就因爲服用道士進獻的仙丹暴斃，隨後唐宣宗李忱上位，並開始復興佛教。

而在劫難之後，禪宗僧侶也看出了只有在皇權的庇護下進行改革，佛教才能避免反覆遭受「法難」的困境。

在唐武宗毀佛之前，百丈懷海禪師（約七二〇—八一四）就已看出了這個問題。他極力宣導「農禪」，要求僧尼在修道學禪的同時，必須參與生產勞動，佛教僧侶集團自力更生，以此來避免皇權對於佛教蠹食國家經濟的猜疑。

百丈懷海寫下了《百丈清規》，以此作爲寺院和僧團的生活規式。通過將儒家的倫理和皇權的要求融合進入清規，在百丈懷海的帶領下，以及後代的不斷改革下，禪家最終將自己改造成爲了依附皇權和融合儒家的修行僧人。經過後世改良的《百丈清規》中寫道：

> 叢林以無事為興盛。修行以念佛為穩當。
> 精進以持戒為第一。疾病以減食為湯藥。
> 煩惱以忍辱為菩提。是非以不辯為解脱。
> 留眾以老成為真情。執事以盡心為有功。
> 語言以減少為直截。長幼以慈和為進德。
> 學問以勤習為入門。因果以明白為無過。
> 老死以無常為警策。佛事以精嚴為切實。

待客以至誠為供養。山門以耆舊為莊嚴。
凡事以預立為不勞。處眾以謙恭為有理。
遇險以不亂為定力。濟物以慈悲為根本。

歷經不斷改良，禪宗脫離了早期佛教挑戰皇權的不羈，開始融合儒家和玄學，走向自力更生和注重生活、實踐的自然美學。

於是，在宋代禪師無門慧開的筆下，修禪變成了毫無政治危害，卻能豐富中國哲學的生活與休閒之美：

春有百花秋有月，夏有涼風冬有雪。
若無閒事掛心頭，便是人間好時節。

這種盡力避免危害、挑戰皇權的禪宗，在宋代以後逐漸發展，而它的苗頭，早在唐代就已顯現。

當初，晚唐的趙州禪師從諗（七七八|八九七）駐錫趙州觀音院，鑒於從諗的名氣，前來學習佛法的人越來越多。有一天，負責寺院管理的院主請趙州禪師來為新人們上課，沒想到當時已經

八十高齡的趙州禪師見到第一位信眾後，第一句話就是：施主以前來過我們寺院嗎？

信徒於是回答說，弟子來過。

趙州禪師說：好好好，吃茶去。

別的信徒再問，也是這句回答：好好好，吃茶去。

一番雷同的寒暄後，講課就這樣結束了。

院主大為不解，便問趙州禪師說：大和尚你讓全部的人都吃茶去，到底什麼意思？

趙州禪師於是大聲說道，院主！

院主一愣，說：在。

趙州禪師於是又來了一句：吃茶去。

後來，宋代高僧圓悟克勤寫下了一句話：茶禪一味。

吃茶是修行，勞動是修行，生活都是修行。

世俗化的禪宗，由此深入人心。

一個屬於禪宗的時代，開始了。

白馬之禍

唐朝三十多名大臣被投進了黃河

九曲黃河萬里沙，「十試不第」的晚唐詩人羅隱，正面朝大河慨歎：

莫把阿膠向此傾，此中天意固難明。
解通銀漢應須曲，才出崑崙便不清。
高祖誓功衣帶小，仙人占斗客槎輕。
三千年後知誰在？何必勞君報太平！

這首〈黃河〉的寫作時間有爭議，一種說法是寫於天祐二年（九〇五），白馬之禍發生後。在白馬之禍中，三十餘位朝中大臣，被權臣朱溫處死於黃河邊的白馬驛，之後投屍於河。此舉意在使這些自詡爲清流的士大夫沉入河中，永爲濁流，是權奸對朝臣的褻瀆。

羅隱並非清流，他出身寒門，考個進士考了大半輩子，在腐敗朝政的打擊下屢屢落榜，懷才不遇。他鄙夷那些自命清高的士大夫，甚至豪言：「我腳夾筆，可以敵得數輩。」但當朱溫暴露篡唐的野心，忠於唐朝的羅隱對濁浪滔天的時代發出了憤懣的質問，抨擊朱溫一黨殘害朝臣的悖逆之罪。

古人認爲，黃河五百年一清，河清是天下太平的徵兆。人生須臾，天地無窮，千年後，清流、濁流都已作古，只有詩人的憤意難平，將長留在世人心中。

壹

白馬之禍的起因，是朝廷的一次人事安排。

天祐二年（九〇五）三月，主管禮儀的太常卿之位空缺。獨攬大權的朱溫，向宰相裴樞提出由自己的心腹出任這一職位。裴樞很不給面子，拒絕了朱溫的提議。按照慣例，太常卿理應由清流士大夫擔任，而朱溫的部下不是五大三粗的軍人，就是科舉落第的「野路子」，顯然與所謂的「清流」相去甚遠。

裴樞的堅決態度，挑動了朱溫敏感的神經。直到此時，竟然還有人敢反對朱溫，這件事讓他對朝臣起了殺心。

朱溫不僅對文人恨之入骨，還是個反覆無常的小人。

黃巢起義中，作爲黃巢大將的朱溫先是背叛起義軍，轉身投靠朝廷，被賜名「朱全忠」，成爲割據一方的藩鎮。之後，他野心勃勃，西進關中，與另一個藩鎮李茂貞對皇帝展開爭奪。到了白馬之禍的前一年，朱溫已控扼朝廷。他殺盡宦官，處死宰相崔胤，挾天子以令諸侯，逼迫唐昭宗遷都洛陽。遷都當年，朱溫就派人刺殺昭宗，改立年少的太子李柷爲傀儡皇帝，是爲唐朝末代皇帝昭宣帝。

全天下都知道，朱溫這是要篡位了。

白馬之禍前夕，朱溫已在宮中大開殺戒，他假借春社日置辦酒宴，命已故唐昭宗的九個年齡稍大的皇子前來赴宴，將他們灌得酩酊大醉後，一個個縊殺，拋屍於九曲池中。這九個皇子，年齡最小的不過十歲左右，至此唐王室已極爲衰微。

在對宗室進行大清洗後，以裴樞爲首的所謂清流士大夫成爲朱溫篡位的另一大阻礙。

貳

唐末亂世，很多士大夫的政治立場早已發生嬗變，紛紛投靠實力強大的藩鎮以求飛黃騰達。白馬之禍，被一些史學家認爲是投靠藩鎮的幕僚針對「清流」朝臣的一次報復行爲。

晚唐時，科舉考試已被朝中權貴所把持，違背了科舉的初衷。落榜士子怨恨這些權貴，埋怨大環境不好。

越來越多的寒門學子屢試不第，不得不另謀出路。隨著中央日衰、藩鎮日盛，科場失意的文人轉投各鎮幕府，成爲藩鎮的謀士，如朱溫的親信敬翔、李振等，都是放棄向體制內發展，通過向幕府投簡歷，才走上人生巔峰。

晚明大儒王夫之總結晚唐幕僚投靠藩鎮的心理時，認爲他們「足不涉天子之都，目不睹朝廷之法，知我用我，生死以之，而遑問忠孝哉」？

爲朱溫策劃白馬之禍的謀士，無一不是在科場上吃過虧的文人。白馬之禍中遇害的大臣中，以崔、裴、盧三姓最多，這三大族常年干涉科場選舉，爲李振等朱溫幕僚所記恨。

李振是朱溫手下的二號軍師，地位僅次於敬翔。李振年輕時也是個有抱負的青年，考了多次進士，愣是沒考上，心中憤憤不平。跟著朱溫混出名堂後，李振對朝中大臣展開了報復，每次他隨朱溫入洛陽，一定有人會被貶謫，朝臣敢怒不敢言，私底下罵他爲「鴟鴞」（貓頭鷹）。正是李振提出「衣冠浮薄之徒皆朝廷難制者」，極力鼓動朱溫大殺朝臣。

朱溫的另一謀士張策，人生經歷更是奇葩。他出身書香門第，自幼喜好佛學，便出家爲僧。可年輕人難以忍受青燈古佛的修行，張策還是動了凡心，還俗去考進士。主考官趙崇聽說過張策，就說：你一個衣冠子弟，無故出家，現在不能參禪訪道，還前來求取功名，如此行爲，豈能掩人耳目，你來考十次，我就罷斥十次。張策沒法子，考不了進士，改天去考制科，沒想到主考官還是趙崇，又是劈頭蓋臉一頓奚落。

張策落榜就夠慘了，還因此名譽掃地，不得已投入朱溫帳下。他一直記著這個仇，後來在白馬之禍中成爲朱溫的幫凶，趁機將趙崇殺害。

另一個參與白馬之禍謀劃的謀士蘇楷，也是個早已對唐朝心懷不滿的憤青。唐昭宗在位時，蘇楷應試，但那次考試舞弊嚴重，皇帝特命素有清流之名的大臣陸扆主持初複試。陸扆認爲蘇楷文筆太差，還是將他黜落。蘇楷因此懷恨在心，後來昭宗爲朱溫所弑，朝中要議論謚號，蘇楷給的建議全是惡謚，恨不得把昭宗名聲搞臭。當年主持複試的陸扆雖爲人平和，也因這一段恩怨慘死於白馬之禍。

晚唐詩人杜荀鶴，早年在詩中同情民間疾苦，自稱「直應吾道在，未覺國風衰」，堪稱社會的良心，後來也成了朱溫的親信，靠著他的權勢取得夢寐以求的功名。杜荀鶴投身梁王府後，竭盡所能地諂媚朱溫，最有名的就是寫了那首〈無雲雨詩〉：

同是乾坤事不同，雨絲飛灑日輪中。
若教陰朗長相似，爭表梁王造化功。

史載，杜荀鶴對當年害自己屢試不第的清流士大夫心懷不滿，倚仗朱溫的權勢，「日屈指怒數，將謀盡殺之」。有學者推測，他可能也是白馬之禍的謀主之一。

參

朱溫本人對士大夫也極爲鄙視，充滿了反智主義。

當時，有一個叫崔禹昌的讀書人考中進士，前去拜見朱溫。崔禹昌百般巴結，馬屁拍得極好，朱溫聽著高興，每次設宴都會召見他。有一次，兩人閒聊，朱溫聽說小崔家在汴州有莊園，就問他莊園裡有沒有牛。崔禹昌不假思索地答道：「不識得有牛。」

「不識得有」在俗語有「無」的意思，崔禹昌的意思是「沒牛」。朱溫書讀得不多，脾氣卻不小，會錯了意，以為崔禹昌是存心拿自己開玩笑。哪有人沒見過牛的，分明是嘲笑他朱溫是村夫，才識得牛，他崔禹昌是文人，就不識得。

朱溫怒斥崔禹昌為人輕薄，差點兒就要將他處死。

還有一次，朱溫與其幕僚在一棵柳樹下乘涼，突然起身指著身旁的柳樹說：「這是上好的柳木，正好可以做車轂子。」

一群文人聽著這句不著邊際的話，一拍腦袋，趕緊討好朱溫，說：「是適合做車轂子。」

朱溫卻臉色一沉，罵道：「你們書生專愛順口糊弄人！做車轂須用夾榆木，柳木豈可為之？」之後，下令將這些隨聲附和的書生全部當場處死。

據宋人所編《唐詩紀事》記載，朱溫之所以對文人火氣這麼大，是因為詩人殷文圭對自己的背叛。

殷文圭與杜荀鶴等人是好友，未及第時也是朱溫的賓客。後來，殷文圭靠朱溫表薦考中了進士，對朝廷感恩戴德，還寫詩稱頌主考官：「辟開公道選時英，神鏡高懸鑒百靈。」卻不願再與朱溫同流合汙，每次路過梁王的地盤，不前去拜謝，反而快馬加鞭地離開。

朱溫得知此事後，大罵殷文圭負心，認為文人毫無信義，「每以文圭為證，白馬之禍，蓋自此也」。

吊詭的是，在關於白馬之禍的早先記載，如《舊唐書》中，朱溫不是主謀，而是被描寫爲主持正義的一方，並且否認誅殺朝臣的做法，似乎全然未參與白馬之禍（「全忠聞之，不善也」）。主張殺害清流士大夫的倒是成了柳璨、蔣玄暉等朝中大臣。

《舊唐書》載，宰相柳璨出身河東柳氏，與裴樞等同朝爲官，卻不爲清流所容，於是爲虎作倀，向朱溫出了個主意，說他夜觀天象，將有災禍，必須以刑殺應對此劫，因此釀成了殺害朝臣的白馬之禍。白馬之禍後，柳璨又成了朱溫篡唐的絆腳石，最終被處死。他臨刑前大喊：「負國賊柳璨，死宜矣！」

柳璨主謀論，被一些學者認爲是後梁建立後，史官爲朱溫推脫責任的春秋之筆。呂思勉先生就說，此乃「蒙謗於天下後世矣」。五代編撰唐史時採用了這一記載，直到宋代，才指出白馬之禍的主謀是朱溫。

朱溫，無疑是這次行動眞正的幕後黑手。他的手下謀士則是幫凶，正因爲他們多爲昔日科場失意的文人，才有意無意地擴大了清洗朝臣的範圍。

肆

天祐二年（九〇五）五月，愁雲籠罩洛陽，李振等人爲朱溫制訂的屠殺計畫就此展開。

朱溫先是矯詔，通過幾道詔書，將裴樞、獨孤損、崔遠、趙崇、陸扆等數十名清流大臣貶出京城，貶所遠至瓊州（今海南海口）、白州（今廣西玉林）。朝中不願親近朱溫的重臣，無論是名門望族，還是科舉進士，全部遭到貶黜，並被誣衊爲浮薄之士，朝中大臣多受牽連，朝堂爲之一空。

到了六月，被貶朝中重臣已有三十餘位，他們還未離京，朱溫再次以皇帝名義下詔，命三十餘人全部就地自盡。這還不足以讓他安心，心急的朱溫一不做二不休，沒等到詔書下達，已經將裴樞等被貶朝官三十多人集中於滑州（今河南滑縣）的白馬驛。等待他們的，是朱溫安排好的劊子手。一夜之間，三十餘名手無寸鐵的朝臣，全部被朱溫下令殺害。主持這次屠殺行動的李振，建議朱溫將他們的屍體投入黃河：「此輩謂清流，宜投於黃河，永爲濁流。」

朱溫聽從其建議，將三十多具屍體投入河中。屍體沒入黃河，轉眼間消失得無影無蹤。白馬之禍後，被清算的大臣不計其數，僥倖存活的朝臣也再不敢入朝，爲了躲避朱溫四散奔逃（「時士大夫避亂，多不入朝」）。

白馬之禍是一次政治事件，也是一場文化災難。

隨著清流士大夫逝去，唐朝的忠節觀念也徹底淹沒在時代的浪潮中，朱溫砍掉他們的腦袋，也折斷了帝國最後的脊樑。當朱溫再也聽不到反對的聲音，殘破不堪的王朝離覆滅也就不遠了。

擇主更能保富貴，這種思想在五代文人中大行其道，這一時期的文人士大夫大多缺乏一種精神，缺乏承擔文化與道德責任的理想。多年後，後唐李存勖率軍攻入後梁都城，當初白馬之禍的謀主李振，早已做好「朝新君」的準備。對他而言，王朝興替，不過就是換個老闆罷了。

還是有人在爲這個享國近三百年的王朝悲歎，守護大唐最後的榮耀。

第二年，白馬之禍的消息傳到了宜春仰山（在今江西宜春），在此隱居的詩人鄭谷已年近花甲，聞此噩耗，心中悲愴。他感慨身在朝中的昔日故人多已遇害，尚在人世的屈指可數，唐王朝也即將走向末路，寫下〈黯然〉一詩：

> 搢紳奔避復淪亡，消息春來到水鄉。
> 屈指故人能幾許，月明花好更悲涼。

在白馬之禍前已遭貶謫的韓偓，在這一年寫下了多首詩，他悲歎昭宗遇弒，也感傷唐朝將亡。

韓偓本來也是朝中清流，在朱溫進京挾持昭宗時就敢與之爭辯，因此被貶，卻也躲過了這場劫難。朱溫弒君、大殺朝臣，但爲了收買人心，還是向被貶外地的韓偓發出了復官的邀請。韓偓知道，唐朝早已名存實亡，在詩中表明拒絕朱梁政權的立場：「若爲將朽質，猶擬杖於朝。」我一個半截入土的老人，怎麼好意思再入朝呢？

「宦途巇嶮終難測，穩泊漁舟隱姓名。」韓偓晚年入閩歸隱，不問世事。他的心，和唐朝一同死了。

考了好幾次科舉的失意書生羅隱，在〈黃河〉一詩中慷慨悲歌，也曾自我排遣道：「今朝有酒今朝醉，明日愁來明日愁。」可在唐亡後，他仍積極勸說地方藩鎮起兵討伐朱溫。那些死於白馬之禍的所謂清流士大夫，也許不曾賞識過羅隱的才學，但在羅隱身上，卻觀照出了真正的氣節。

天祐四年（九〇七），白馬之禍兩年後，朱溫通往皇帝寶座的道路已無阻礙，他正式廢唐稱帝。早已奄奄一息的大唐王朝，消失在歷史的塵埃中。

帝國糧食魔咒

唐朝為什麼會被餓死？

因爲吃飯問題，唐中宗李顯非常惱火。

大唐景龍三年（七〇九），由於長安城所在的關中地區接連遭受水旱災害、再次出現糧荒，於是，有大臣建議唐中宗效仿他的父親唐高宗和母親武則天，搬到洛陽「就食」，以方便接受江淮一帶的糧食供應。

沒想到，唐中宗卻發了好大脾氣，他惱火地說：「豈有逐糧天子耶！」

壹

說起來，「逐糧天子」還眞的有，而且爲數不少。隋唐兩代，隋文帝就是「逐糧天子」的首創者。

隋朝開皇十四年（五九四），關中地區發生嚴重旱災，夏糧顆粒無收，爲此，立都長安的隋文帝不得不帶著一千王公大臣東移到洛陽就食，因爲在當時，長安所處的關中地區地窄人稠，所產的糧食在平時就已經難以滿足關中地區日益增長的人口所需，一旦出現水旱蝗災等自然災害，關中地區更是經常發生饑荒和「人食人」。

鑒於關中地區出產日益不足的困窘，隋朝大業元年（六〇五），隋文帝的兒子、隋煬帝楊廣發動男女百餘萬開鑿通濟渠，從而掀開了隋唐大運河的浩瀚工程，以方便立都關中的帝國接收來自江淮地區的糧食和財賦。

由於開鑿大運河工程浩大，隋煬帝又急於求成使得民怨沸騰，因此唐朝人在論及隋朝滅亡原因時，普遍認爲大運河工程是促成隋朝滅亡的重要原因之一，對此，唐朝詩人皮日休在〈汴河懷古二首〉中寫道：

> 盡道隋亡為此河，至今千里賴通波。
> 若無水殿龍舟事，共禹論功不較多。

在皮日休看來，大運河是惠及千古的交通工程，隋煬帝若不是急於求成濫用民力，其治水之功，甚至不亞於大禹，而大運河的核心功能，是由於從魏晉南北朝開始，中國的經濟中心有逐漸向江淮地區轉移的趨勢，而定都關中地區的隋唐兩代，正是通過大運河得以接收來自江淮地區的糧食和財賦，確保帝國的運轉。

而此中，糧食運輸是核心中的核心，因爲，缺糧，一直是困擾隋唐兩代帝國的魔咒，隋煬帝爲了到江淮流域「就食」，甚至最終被困死揚州。

自西元前十一世紀的西周開始，此後兩千多年間，中國的首都一直在長安—洛陽一帶來回擺動，因爲當時中國的政治經濟中心一直在長安—洛陽一帶，然而隨著時間的推移，長安所處的關中地區的糧食供應，已逐漸不堪重負。以長安城爲例，西漢時，長安城的人口只有二十五萬人左右，然而到了盛唐時期，長安城在巔峰時期，人口高達百萬之巨。

與人口日益膨脹相對，關中地區的可耕地卻越來越少。

當時，由於森林砍伐、水土流失嚴重、土地鹽鹼化、肥力減退等原因，關中地區的灌溉農田，從西漢時期的四萬四千五百頃，銳減到了唐朝唐代宗大歷年間（七六六—七七九）的六千二百頃。

也就是說，相比西漢，人口膨脹高達百分之四百的唐代長安城，周邊的土地灌溉面積，卻同比減少了三萬八千三百頃，衰減率高達百分之八十六．一。

民以食爲天，沒有地，沒有糧，定都關中長安的隋唐帝國愈發困窘。

六一八年唐朝建立後，儘管帝國新生，但缺糧的魔咒仍然像隋朝一樣，時時困擾著唐朝歷代皇帝，隨著唐朝逐漸進入盛世，關中地區人口不斷膨脹，而糧食的缺口也愈加扶搖直上，唐朝初年，長安城每年的糧食缺口約爲二十萬石（每石四十二公斤，約合八百四十萬公斤），最高峰時期，缺口達四百萬石（約合一億六千八百萬公斤），後來雖然有所回落，但長安城每年的糧食缺口，仍然高達一百萬石（約合四千二百萬公斤）。

在此情況下，即使是在「年穀豐登」的豐收年分，唐代長安城也仍然糧食緊缺「人食尚寡」，一旦發生水旱蝗等自然災害，就不得不東遷到洛陽就食，以唐高宗爲例，他在位共三十四年（六四九—六八三），其中就有十一年五個月是住在洛陽，其中史書有三次明確提到是因爲長安缺糧遷到洛陽「就食」；而在唐高宗李治去世後，隨後掌權的武則天在六八三—七〇五年的二十二年間更是有十九年住在洛陽，其主要也是因爲洛陽更加靠近江淮地區等糧食主產地，沒有漕運之苦。

到了七〇五年，宰相張柬之等人聯合發動神龍政變，擁戴太子李顯上位，武則天被迫退位，由於武周正式定都洛陽，爲了恢復李唐，唐中宗李顯於是在第二年（七〇六）便迫不及待地西遷回到長安。

回到長安的第四年（七〇九），關中地區就由於水旱災害，再次發生饑荒。儘管唐廷緊急調運山東和江淮地區的穀米，但由於路途遙遠，「牛死十之八九」，運入長安的糧食卻仍然嚴重不足。於是，便發生了本文開頭的一幕，大臣們集體請求唐中宗效仿唐高宗和武則天前例，東遷「就食」洛陽，由此惹得唐中宗發了好大脾氣。

貳

缺糧問題始終困擾著大唐帝國。

到了唐玄宗在位時期（七一二—七五六），唐玄宗就有五次由於關中地區缺糧，而遷到洛陽

「就食」。開元五年（七一七），唐玄宗第一次前往洛陽「就食」前，當時長安城內太廟由於樑柱腐朽崩塌，爲此唐玄宗認爲是上天警示，就猶豫要不要前往洛陽，宰相姚崇於是勸唐玄宗說：「王者以四海爲家，陛下以關中不稔幸東都，百司供擬已備，不可失信。」

姚崇以「不可失信」的名義勸說唐玄宗東遷，但根本原因仍然是「關中不稔」，糧食歉收供應不足。就在開元二十二年（七三四）至開元二十四年（七三六）第五次東遷洛陽「就食」後，唐玄宗終於受不了往返奔波之苦，於是，他廣召臣下商討對策。

根據《舊唐書》的記載，當時的糧食運輸，僅僅是從洛陽含嘉倉轉運進入陝西，一石糧食就需運費五百文，早期長安城每年運糧二十萬石，就需要運費十萬貫；而關中地區在高峰期每年糧食缺口達四百萬石，僅僅從洛陽到陝西一帶的運糧費，就需要二百萬貫，這種沉重的經濟負擔使得大唐帝國不堪重負，而官吏爲了催促運糧更是驅使百姓，使得民怨沸騰。

不僅如此，江淮地區的糧食、財賦，要經由黃河進入渭水，通過漕運供應到長安，但黃河三門峽段非常凶險，「多風波覆溺之患，其失嘗（常）十（之）七八。」

沉重的經濟負擔和百姓的怨恨，以及運糧的損耗，種種原因，使得從隋文帝到唐玄宗的隋唐兩代帝國多位皇帝爲了「就食」，一直在長安和洛陽之間往返奔波疲於奔命，爲此，唐玄宗試圖解決這個問題。於是，當時的京兆尹裴耀卿提出對策，一是在漕運經過的沿岸廣設糧倉；二是優化漕運的辦法，將通過大運河的漕運從全程通航變爲分段通航，例如在黃河三門峽段開鑿十八里山路，通過陸運以避開三門峽的黃河天險，然後再繼續船運。

裴耀卿的漕運改革對策被付諸實施後，史書記載，按照裴耀卿的改革措施，唐朝在三年間共漕運糧食七百萬石，僅僅運費就省下了「三十萬緡」。此後一直到安史之亂前，通過大運河加陸運的方式，每年江淮流域進入關中地區的糧食，都能達到二百多萬石的水準，基本滿足了關中地區的糧食需求，從而使得地窄、人稠、糧少的關中地區得以糧食充裕，唐玄宗終於不用再為了「就食」東遷洛陽。

唐玄宗為此非常高興，此後，立了大功的裴耀卿被逐步升至宰相。

而在解決了關中地區吃飯問題的基礎上，大唐帝國逐漸進入了開元盛世的最高峰，為此，詩人杜甫在〈憶昔〉中寫道：

憶昔開元全盛日，小邑猶藏萬家室。
稻米流脂粟米白，公私倉廩俱豐實。

參

安史之亂，則使得大唐帝國的糧食運輸再次面臨困境。

七五五年，安祿山在河北起兵叛唐，在哥舒翰二十萬大軍兵敗潼關後，唐玄宗倉皇出逃，由於事出倉促，唐玄宗一行在離開長安幾天後，就遇到了糧食不足的問題，以致當地百姓在獻上一些粗糧後，昔日錦衣玉食的皇親貴戚和王公大臣們，竟然爭相用手抓著吃飯。

由於逃亡路上糧食問題越來越突出，太子李亨和大將陳玄禮於是利用禁軍的不滿情緒和騷動，逼迫唐玄宗處死了奸相楊國忠，賜楊貴妃自盡，後來，詩人白居易在〈長恨歌〉中寫道：

六軍不發無奈何，宛轉蛾眉馬前死。
花鈿委地無人收，翠翹金雀玉搔頭。
君王掩面救不得，回看血淚相和流。

但楊貴妃之死，並不能拯救大唐帝國的糧食危機，隨著安史之亂的持續發酵，叛軍開始向位處江淮流域要衝的睢陽城發起了衝擊，以求將大唐帝國的糧食生命線徹底掐斷。

爲了保衛江淮流域這個大唐帝國的糧倉，守衛睢陽城的名將張巡前後堅守兩年，與叛軍交戰四百多次，最終因糧草耗盡、士卒死傷殆盡而被俘遇害。

到了七六三年，安史之亂終於被平定，但是大唐帝國的糧食供應又出了大問題。

安史之亂後，唐朝中央所能控制的人口，從唐玄宗天寶十四載（七五五）的八百九十一萬戶共五千二百九十一萬人，銳減到了唐代宗廣德二年（七六四）的二百九十三萬戶共一千六百九十二萬人，由於戰爭導致大量人口死亡，加上人民逃亡南方或躲避徭役的「匿戶」，這就使得大唐帝國的徵稅基礎數銳減了三分之二還多。爲了恢復稅收，到了七八〇年，唐朝開始改變以往按照人頭收稅的辦法，改而實施按照土地徵稅的「兩稅法」。

但是隨著帝國對於人口控制力的減弱和財收的銳減，加上安史之亂以後藩鎮時常割據、阻礙大運河等糧食生命線的運輸，這就使得大唐帝國此後時常進入命懸一線的危險境地。

當時，唐朝在經歷安史之亂以後，從關中地區到整個黃河中下游，「夫以東周之地，久陷賊中，宮室焚燒，十不存一。百曹荒廢，曾無尺椽。中間畿內，不滿千戶，井邑榛棘，豺狼所嗥。既乏軍儲，又鮮人力。東至鄭、汴，達於徐方，北自覃懷，經於相土，爲人煙斷絕，千里蕭條」。

與此同時，不斷崛起的吐蕃則趁著唐朝衰弱，不斷侵入邊境，甚至在七六三年一度攻占長安，儘管在郭子儀等名將的反擊下，吐蕃最終退卻，但是爲了應對吐蕃的攻擊，唐朝不得不在邊境陳列大量軍隊。

當時，吐蕃趁亂占據了唐朝的河西走廊和隴右地區等地，不僅掠奪了唐朝的大量土地和人口，而且深入到了關中地區的長安城周邊地帶，成爲大唐帝國的心腹重患，此後唐朝與吐蕃的戰爭一直持續到唐穆宗長慶元年（八二一）的唐蕃長慶會盟才基本結束。

爲了供養規模龐大的防禦吐蕃和威懾藩鎮的中央軍隊，唐朝爲此付出了慘重代價，而糧食供應就是其中的首要問題。

唐朝初期，全國軍隊約爲六十萬；安史之亂後的唐德宗建中元年（七八〇），軍隊總數爲「七十六萬八千餘人」；到了唐穆宗長慶年間（八二一—八二四），唐朝軍隊已經擴張到了「兵額約九十九萬，通計三戶資一兵」。

儘管這時期唐朝中央政府能控制的戶口增長到了三百三十五萬戶，但也僅有開元盛世巔峰時期的五分之二左右，戶口、財源銳減，但要供養的軍隊卻不斷激增，這種「三戶資一兵」的沉重枷鎖，也使得大唐帝國不堪重負，並只有通過加重剝削百姓來解決糧食供應和徵稅等問題，但這又導致了人民繼續逃亡「匿戶」等惡性循環，以及財收繼續減少的惡果。

爲了應對吐蕃等的入侵，在朝廷收入銳減的情況下，大唐西北邊境的軍隊士兵長期處於缺衣少食的境地。唐德宗建中四年（七八三），淮西節度使李希烈叛亂，唐朝中央調派涇原節度使姚令言率兵五千人前往助陣平叛。平叛的士兵經過長安，大多攜帶子弟，希望能得到一些賞賜養家餬口，沒想到唐朝中央卻僅僅供應粗茶淡飯應付了事，爲此涇原士兵大怒說，「我們爲朝廷去送死，卻連飯都吃不飽！」

於是，暴怒的涇原士兵在憤怒中攻破長安城，並殺死了唐德宗的皇叔彭王李僅和唐德宗的弟弟蜀王李溯，還大肆搶掠國庫，唐德宗只得帶著皇妃和太子等人倉皇出逃。儘管涇原兵變在第二年就被平定，但唐德宗卻因此成了繼唐玄宗、唐代宗之後，第三位被迫逃離長安的大唐皇帝。從此以後，大唐天子更加威嚴掃地，中央權力被進一步削弱，而唐德宗經過涇原兵變以後，更加猜忌將領，並大肆重用宦官掌兵，從而爲後續宦官控制唐朝中央、多次刺殺皇帝打開了魔鬼之門。

因爲糧食導致的兵變只是開始。涇原兵變三年後，唐德宗貞元二年（七八六），由於漕運不濟，關中地區再次爆發糧荒。由於沒有飯吃，有的禁軍士兵公開解下頭巾怒擲在地上說：「把我們束縛在軍隊中卻不給飯吃，這些人都是我們的罪人！」

面對禁軍的騷動，鑒於涇原兵變導致長安城破、大量皇族被殺的慘劇，唐德宗日夜憂心忡忡。這時，剛好有三萬斛米運到長安周邊，在得知消息後，唐德宗喜不自禁，幾乎流下眼淚跟太子說：「米已至陝，吾父子得生矣！」

肆

在缺糧的魔咒下，大唐帝國陷入了迴圈死結。

安史之亂以後，由於帝國中央能控制的戶口、稅源銳減，唐朝更加加緊了對農民的盤剝。爲了徵收更多糧食，唐朝則更加重農抑商、提倡農業，使得商品經濟始終受到重度的壓制，無法爲唐朝創造更多稅源。

在這種愈加「重農抑商」的國策下，農民被壓入了惡性貧困的閉環，因爲帝國的邊境戰爭、對內威懾藩鎮和龐大的軍隊、政府開支都需要糧食供給，但供給只能是從農業來、從農民來，農民不堪重負只能逃亡、「匿戶」，導致政府收入更加減少，剩下的農民生活更加舉步維艱。

對此，後來官居宰相的李紳（七七二—八四六），就在廣為人知的〈憫農二首〉中寫道：

春種一粒粟，秋收萬顆子。
四海無閒田，農夫猶餓死。
鋤禾日當午，汗滴禾下土。
誰知盤中飧，粒粒皆辛苦？

李紳的詩歌，正是安史之亂以後，唐朝農民在官府催糧重壓下，生存空間日益逼仄的真實寫照。唐德宗貞元十四年（七九八），關中地區大旱糧食歉收；隨後貞元十五年（七九九）鄭滑地區又發洪水，詩人韓愈對於中唐時期的這些民間苦狀，也在〈歸彭城〉中紀實地寫道：

前年關中旱，閭井多死饑。
去歲東郡水，生民為流屍。

民生艱難，於是，就在八〇六年，當詩人白居易前往長安，拜見著作佐郎顧況時，顧況看著白居易的名字發了好一會呆，然後才說：「長安米貴，居住不容易啊！」

面對中晚唐時期的民生艱難，白居易又在〈杜陵叟〉寫道：

杜陵叟，杜陵居，歲種薄田一頃餘。
三月無雨旱風起，麥苗不秀多黃死。
九月降霜秋早寒，禾穗未熟皆青干。
長吏明知不申破，急斂暴徵求考課。
典桑賣地納官租，明年衣食將何如？
剝我身上帛，奪我口中粟。
虐人害物即豺狼，何必鉤爪鋸牙食人肉？

在這首詩的注釋裡，白居易特地寫道：「傷農夫之困矣。」

鑒於關中地區長期缺糧，加上安史之亂後大量糧食產地被藩鎮控制，於是在安史之亂後，國力大爲削弱的唐朝中央不得已，將供應軍糧的任務轉向地方，「應須兵馬、甲仗、器械、糧賜等，並於本路自供」。

另外，唐朝中央爲了減少糧食運輸的耗費，還經常將軍隊分散到地方供養，這就使得地方節度使更加得以從賦稅到糧食，都掌控了軍隊的命脈，這種將軍隊供應權下放到地方的結果，就是唐朝中央與地方藩鎮「弱幹強枝」的不利局面更加突出，從而加劇了藩鎮割據和唐朝的衰亡。

在這種內外的困境下，唐僖宗乾符元年（八七四），私鹽販子王仙芝在濮陽（今山東菏澤市鄄城縣）起兵；隨後八七五年，另外一位私鹽販子黃巢也在山東菏澤一帶起兵回應，而兩人得以募集大軍，就是因爲當時河南、山東地區持續多年大旱，而官府仍然催繳租稅、差役，百姓「仍歲饑」，最終導致「盜興河南」。

王仙芝死後，黃巢帶領軍隊繼續轉戰四方，並於廣明元年（八八〇）攻陷長安，由於不能建立起有效的行政組織，導致沒有穩定的糧食和賦稅來源，這支流民軍隊始終未能穩定在某個根據地，在唐軍的反攻下，黃巢軍隊隨後又退出長安繼續流徙，由於極度缺糧，黃巢的軍隊甚至一度以人肉爲食，「人大饑，倚死牆塹，賊俘以食，日數千人，乃辦列百巨碓，糜骨皮於臼，並啖之……於是糧竭，木皮草根皆盡」。

在唐軍的合圍下，黃巢最終於中和四年（八八四）被殺，但唐末的這次流民起事，卻使得唐朝遭受了極大打擊，此後藩鎮割據愈演愈烈，而從黃巢軍隊中叛投唐軍的軍閥朱溫，最終逐漸坐大，控制了唐朝中央。到了天復四年（九〇四），朱溫最終強迫唐昭宗遷都到了更靠近黃河水運的洛陽，以方便接收江淮地區的財賦和「就食」。三年後，九〇七年，朱溫又強迫唐哀帝「禪位」，隨後朱溫即皇帝位，滅大唐，改國號爲梁。

至此，陷入缺糧魔咒的大唐帝國，在各種惡性循環中走向滅亡。

糧也，命矣，古今皆然。

科舉簡史
帝國上升通道，擠滿了頂流詩人

唐朝人爲什麼那麼能寫詩？南宋詩人嚴羽在《滄浪詩話》中有這樣一個獨到見解：「唐以詩取士，故多專門之學，我朝之詩所以不及也。」這是說，唐朝科舉要考詩賦，上有所好，下必甚焉，因此有了全民寫詩的風氣。就好像前些年說「學好數理化，走遍天下都不怕」，遍地都是奧數班。

大曆十才子之一的錢起是一個唐朝版滿分作文考生。他於唐玄宗天寶十載（七五一）考中進士，考試時所作的試帖詩〈省試湘靈鼓瑟〉中有這樣一句千古名句：「曲終人不見，江上數峰青。」但寫出滿分作文的錢起是一個復讀生。他此前來到長安應試曾經不幸落第，走到街市上對酒唱著悲歌，淚水落滿衣襟，寫下一首〈長安落第〉：

花繁柳暗九門深，對飲悲歌淚滿襟。
數日鶯花皆落羽，一回春至一傷心。

當代詩人艾青說過：「個人的痛苦與歡樂，必須融合在時代的痛苦與歡樂裡。」唐代詩人的科舉之路，是苦盡甘來，還是茫茫苦海呢？

壹

當唐太宗李世民在宮門遠遠望見新晉進士魚貫而出，感慨「天下英雄盡入吾彀中矣」時，這一影響後世一千多年的選官制度，正徐徐拉開帷幕。

科舉制濫觴於隋，到唐初基本成型。

科舉制的誕生，終結了曹魏以來豪門大族壟斷仕進之路的九品中正制，也打破了兩漢以來地方官員自辟僚屬的制度。這就是錢穆先生所說的「由門第特殊階級中開放政權的一條路」。

有了科舉，選拔官吏之權收歸中央，不管是世家子弟，還是寒門士子，都可「投牒自進」，通過考試取得做官資格，改變命運。

唐太宗進一步完善隋朝開創的科舉制，有所謂「太宗皇帝眞長策，賺得英雄盡白頭」的說法。

但實際上，初唐的科舉考試影響力有限。

史書記載，武德、貞觀年間，「士大夫以亂離之後，不樂仕進，官員不充。省符下諸州差人赴選，州府及詔使多以赤牒補官」。這說明，唐初各地官員大多是由當地人才充當，以空白告身就地任命。隋末天下大亂，活下來就不容易，到哪兒找那麼多讀書人去？

有學者做過統計，貞觀年間的宰相，只有房玄齡、溫彥博二人是隋朝進士，許敬宗一人是隋朝秀才，其餘二十幾人都未通過科舉考試，沒有正式「文憑」。

貞觀年間科舉取士名額不多，成爲高官的更是少之又少，青史留名的進士，不過只有上官儀等幾位，也沒有多少人會爲了這個考試老死於文場。

李世民主要提拔的是跟隨他南征北戰的開國功臣，還多次頒布要求百官舉薦人才的詔書，那時想要升官發財，靠的不是考試，而是個人才能和抱上的大腿，充滿不可預測性。

貞觀年間的名臣馬周，被後世視爲寒門逆襲的典範，但他其實是機緣巧合下得到推薦而受唐太宗重用，並不是通過科舉考試。

馬周早年在民間教書，後來可能太憤青了，遭到當地官員訓斥，一氣之下辭職出走。世界那麼大，他要出去看看。由於馬周太過寒酸，途中寄住在旅店時，還遭到老闆取笑，店主人寧願招待商販，也不理會這個窮書生。馬周不放在心上，要來一斗八升美酒，悠然獨酌，就這樣來到了長安，成爲武將常何的門客。

常何是個大老粗，每次唐太宗要群臣討論政令得失，他就請馬周爲其代筆。唐太宗看到這些奏疏，發現其中建議都切中時弊，讓人拍案叫絕，知道這肯定不是一介武夫的手筆，就問常何其眞實作者的情況。常何只好如實稟告，將馬周引薦給唐太宗。馬周得以一展才華，後來成爲貞觀名相。

科舉萌芽之初，詩歌也只流行於上層社會。那時流行的宮體詩，繼承南朝綺麗之風，創作者主要是帝王及重臣。常爲皇帝起草詔書的初唐進士上官儀，就以「綺錯婉媚」的上官體詩風聞名於世，如其所創作的〈春日〉一詩：

花輕蝶亂仙人杏，葉密鶯啼帝女桑。
飛雲閣上春應至，明月樓中夜未央。

相似的詩，還有馬周的〈凌朝浮江旅思〉：

太清上初日，春水送孤舟。
山遠疑無樹，潮平似不流。
岸花開且落，江鳥沒還浮。
羈望傷千里，長歌遣四愁。

貳

唐代科舉的第一次大爆發，還要等到上官儀政治上的「敵人」武則天登上歷史舞台時。

上官儀反對武后臨朝，曾上書請求唐高宗廢后，高宗起初覺得有幾分道理，讓他起草廢后詔書。但武后得知後找高宗哭訴冤屈，唐高宗到底還是寵老婆，只好跟武后說：「這都是上官儀教我的。」

這下害慘了上官儀一家。之後，武后讓人誣陷上官儀謀逆，將他治罪，下獄處死，上官儀的家人多受牽連，他年幼的孫女上官婉兒被充爲官婢，逃過一死，後來得到武則天重用。

在成爲一代女皇的道路上，難免有像上官儀這樣執拗的文人進行反抗，但武則天卻格外重視讀書人的力量，尤其是用關東士庶階級，打壓以隋唐皇室爲代表的關隴貴族集團。

武則天統治時期，大開制科，「崇尚進士文詞之科，破格用人」。隨著錄取名額飆升，科舉出身的官員得到重用，科舉制迅速發展。武則天還首創皇帝擔任主考官的「殿試」，又在進士、明經等科目之外，設立選拔武將的「武舉」。

從唐高宗到武周這一時期，科舉出身的宰相就有狄仁傑、張柬之等名人，還有詩人王勃、楊炯、宋之問、杜審言、陳子昂、賀知章等大咖出現在了科舉的考場上，開元年間的名相姚崇、宋璟、張說也是武周時參加的科舉。至此，科舉成了全民運動，讀書人家裡再有錢，身世再顯赫，不考科舉都成了異類，所謂「縉紳雖位極人臣，不由進士者，終不爲美」。

唐高宗晚年的宰相薛元超曾經跟親人說：「吾不才，富貴過分，然平生有三恨，始不以進士擢第，不娶五姓女，不得修國史。」他是說：我這一生富貴有餘，但是有三件事最爲遺憾，第一個可惜我不是進士出身，第二個可惜沒有娶到五大貴族（李、王、鄭、盧、崔）的女兒，第三個就是沒能參與編修國史（在唐代，編修國史是士人的至高榮耀，代表有文化）。

《唐摭言》記載，隨著科舉逐漸制度化，它不但成爲寒門士子逆襲的途徑，也給了那些業已衰落的世家子弟從頭再來的機會，所謂「孤寒失之，其族餒矣；世祿失之，其族絕矣」。

參

每年秋冬之時，來自五湖四海的舉子在地方獲得選送資格後，風塵僕僕進京，準備來年春天的考試，「麻衣如雪，滿於九衢」。科舉考試流入士子的生命長河裡，也被寫在詩人的文字中。

放榜後，考中進士的人，迎來的是金榜題名的喜悅。新舉進士有兩項重要活動，一是在曲江杏園舉行宴會，二是到慈恩寺大雁塔題名。

「歸時不省花間醉，綺陌香車似水流。」這一天，公卿之家常會駕車而來，傾城圍觀，有人還會乘此機會挑選女婿。

有的新進士春心萌動，考完試常流連於長安的風月場，據《開元天寶遺事》載，「長安有平康坊，妓女所居之地……每年新進士，以紅箋名紙遊謁其中。時人謂此坊爲風流藪澤」。這大概類似於高考生考完後通宵打遊戲、出去浪。名落孫山的人，懷抱的卻只有苦澀，有的人留在京城繼續備考，有的人會黯然歸鄉，或四處漫遊。

調露二年（六八〇），詩人陳子昂第一次進京趕考以落第告終。他寫下〈落第西還別魏四懍〉，以蓬草爲喻，歎息這段離家漂泊、無功而返的苦日子，不得不回老家苦讀：

轉蓬方不定，落羽自驚弦。
山水一為別，歡娛復幾年。
離亭暗風雨，征路入雲煙。
還因北山逕，歸守東陂田。

在初次落第的四年後，陳子昂才進士及第，開始了他才高運蹇的不幸仕途。

有的人可能會問，既然唐代科舉要考詩賦，對陳子昂這些大才子應該是信手拈來，爲何還有那麼多詩人在科舉之路上受挫？

唐代的科舉詩，實際上由兩部分組成的：一是考場上的省試詩作，即應試的作品；二是考生平時創作的「行卷」、「溫卷」之詩作，即考生進京後，向主考官或在京權貴干謁的詩文。

有唐一代，廣泛流傳的應試詩佳作寥寥，聞名後世的只有兩首：祖詠的〈終南望餘雪〉，與錢起的〈省試湘靈鼓瑟〉。

祖詠是唐玄宗開元十二年（七二四）進士，這首〈終南望餘雪〉描寫冬日黃昏，雪過初晴的景色，只有兩韻，並不符合考試要求，卻憑藉出色的藝術成就打動了當時的考官，也入選了現在的中小學課本：

終南陰嶺秀，積雪浮雲端。
林表明霽色，城中增暮寒。

除了鮮有的幾篇佳作，應制之作大多是歌功頌德、形式華麗、內容空洞的作品，不值得一讀。早在初唐，陳子昂就曾激烈批判這種作品的弊病，盛唐時的李白甚至都不參加科舉，通過另一個途徑來到天子面前，高唱「仰天大笑出門去，我輩豈是蓬蒿人」。考場上的應試詩，對他們來說沒什麼技術含量。即便沒有參加科舉，他們的詩名還是會名垂千古。

另外，唐代的科舉制還是帶有很多舊制度的痕跡，並非絕對的公平。考生除了要在考場上激揚文字，也要在考場外費盡心思進行自我包裝，獲得一定的知名度，以得到考官或權貴的青睞。因此，「行卷」成了考生的秘密武器。當時，士子在備考之餘四處奔走，還抱團結成組織，以詩文干謁達官貴人，即所謂的「棚」，並推選其中有聲望的考生爲「棚頭」，詩人劉長卿就當過棚頭。

相傳，陳子昂初入京時，一度不爲人知，偶然碰見一個商人在賣胡琴，叫價百萬。京中豪貴集聚於此，圍觀這個奇葩商人，無人能辨其眞僞。此時，陳子昂擠進人群，一擲千金將胡琴買下，並與在場的豪貴相約，明日到長安宣陽里赴宴，共賞此琴。

第二天，公子哥兒都到了，興致勃勃地等著觀賞這把琴。陳子昂卻當場把胡琴摔碎，說：「蜀人陳子昂，有文百軸，不爲人知。此樂賤工之樂，豈宜留心！」說罷，他將自己的詩文送給在場的權貴，從此名動京城。

肆

開元、天寶年間，士子汲汲於功名，每年進京者絡繹不絕，有時多達數千人（「一歲貢舉，凡有數千」）。一個正處於上升期的帝國，其強盛的國力與詩壇的積極氛圍相呼應，即便不依託於體制，詩人對前途的追求也不會止步。盛唐詩始終充溢著一種進取心與自豪感，懷有一種豪邁與傲氣。

李白有「申管晏之談，謀帝王之術」的志向，以戰國時期功成身退的名士魯仲連為偶像，可當仕途不順時，他豪言：「安能摧眉折腰事權貴，使我不得開心顏！」

孟浩然也有求功名之心，卻終生與官場無緣，他將隱逸作為心靈歸宿，詩中盡是清新淡泊：「開軒面場圃，把酒話桑麻。待到重陽日，還來就菊花。」

若非要謀求一官半職才能過上好日子，那這個所謂的「盛世」，必定潛藏暗流。

胸懷「致君堯舜上，再使風俗淳」的壯志，文學青年杜甫就在此時來到了長安。不幸的是，杜甫是唐代科舉的一個失敗例子，無論是干謁，還是考試，他都沒成功。

天寶六載（七四七），杜甫再次進京趕考，正是奸相李林甫當權。李林甫給唐玄宗上表稱「全國的賢才都在朝廷，下邊一個也沒有了」。唐玄宗還真信了這個糟老頭子的鬼話，這一年，應考士子全部落榜。

在這場「野無遺賢」的鬧劇後，杜甫漂泊無依，在長安四處向朝中權貴投詩文，求推薦，卻處處碰壁。直到安史之亂前夕，他才得到右衛率府兵曹參軍這麼一個小官，專門看管兵甲器杖。

困守長安十年時，他親眼所見是「朱門酒肉臭，路有凍死骨」的社會現狀，是盛世表面下的腐朽。當他辭官四處流浪時，他還不忘初心，爲那些貧苦大眾高呼：「安得廣廈千萬間，大庇天下寒士俱歡顏。」

再到後來，耿直的杜甫連朝廷飯碗都丟了，棄官而去，只剩下詩和遠方。

伍

帝國的命運悄然轉變，科舉制度在無形中成了詩人的桎梏。中唐以後，入仕的途徑逐漸變窄，定期舉行的「常科」僅剩下明經、進士作爲主要科目，不定期舉行的「制科」也遠遠少於盛唐時期。

唐代有一句俗語，「三十老明經，五十少進士」，意思是說三十歲考中明經，已經太晚了，五十歲考中進士，卻還算年輕。明經社會認可度比較低，這玩意兒考帖經、墨義，就是靠死記硬背，考不出水準，而且錄取名額多，有時還能花錢買。安史之亂時朝廷缺錢，就有人上書「許人納錢，授官及明經出身」。

進士就難考多了，考試以詩賦爲主，錄取率極低，有時考生多達數千人，上榜者卻不過二、三十名。唐德宗在位時（七七九—八〇五），有個叫宋濟的老考生考了大半輩子都沒考上。每次考場作詩，他如果發揮不好，沒有按照試題要求掌握好韻律，就會拍著胸口說：「宋五又坦率（粗心）矣！」這句話成了他的口頭禪，長安人都知道。

後來，老宋經過多次落第，終於考上了。唐德宗見他後，先問一句：「宋五坦率否？」

這也難怪白居易二十九歲進士及第，敢自誇「慈恩塔下題名處，十七人中最少年」。學霸的成績，都是用汗水換來的。

白居易年輕時太難了，他跟好友元稹說過，自己當年爲了考中進士，白天練寫賦，晚上學書法，讀書讀到口舌生瘡，寫字寫到手臂和胳膊肘上都生了老繭，身體未老先衰，髮白齒落，視力嚴重下降。考中進士後，爲了參加選拔官員的吏部銓試，白居易又與元稹到華陽觀苦心備考，閉戶累月。

詩人孟郊年近半百才考中進士，難掩內心的激動，與同年們輕快地騎馬遊遍長安，寫下唐代科舉詩中的名篇〈登科後〉：

昔日齷齪不足誇，今朝放蕩思無涯。
春風得意馬蹄疾，一日看盡長安花。

孟郊一生窮困潦倒，他的科場生涯時來運轉，也是歷盡艱辛。在考中前，他多次應舉，屢屢落榜。我們看孟郊在〈登科後〉之前寫的科舉詩歌，不是〈落第〉中的「棄置復棄置，情如刀劍傷」，就是〈再下第〉中的「兩度長安陌，空將淚見花」。

悲苦是中唐科舉詩的普遍主題。世道變壞，人生的路越走越窄，詩人為何還執著於科舉，還想忍受艱苦的生活，去追求一個難以實現的目標？

《唐帝國的精神文明》一書中有這樣一段精闢的論述：「他們也要吃飯，也要養家活口，他們必須要有可靠的經濟來源。更重要的是，他們要實現人生理想、人生價值，而這種理想和價值，往往與政治有著密切聯繫，或者說，通過政治途徑、通過政治抱負的實現，往往最容易達成他們的理想和價值。」

安史之亂後，唐王朝已是江河日下，政治腐敗，科場黑暗，但士人的報國之志不減，這正是他們選擇為科舉奔波的原因之一。

陸

然而，理想很豐滿，現實很骨感。

在朝廷蔓延四十年之久的牛李黨爭，正是因制科對策引起。一些學者如陳寅恪先生認為這場科舉引發的恩怨，是新興士族與舊士族的衝突。

唐憲宗元和三年（八〇八），牛僧孺、李宗閔等新科舉子在考卷中批評朝政，言辭激烈，非常犀利。

考官看了後，覺得小夥子敢想敢說敢做，是人才啊，將他們列爲前幾名。宰相李吉甫（李德裕之父）聽說此事大爲不滿，認爲牛僧孺等人的指責是對自己的誹謗，就跟皇帝說，幾名考官與這些考生有非正當利益關係，無端非議朝政。一時朝野譁然，大臣分爲兩派，有人支持李吉甫，有人爲考生鳴冤。這下事情鬧大了，牛僧孺、李宗閔與幾名考官被貶出京，直到李吉甫死後，他們才入朝爲官。

此後，以新興庶族地主牛僧孺、李宗閔爲首的牛黨，與舊門閥士族出身的李吉甫之子李德裕爲首的李黨，形成勢不兩立的兩大朋黨，對著幹了幾十年。

兩黨相爭，漸漸侵染了士子的仕進之路，詩人李商隱就是受害者之一。李商隱考科舉也是費盡周折，一連考了四、五次。時運不濟的時候，他一邊吃著筍，還一邊黯然神傷，讓人心疼：

初食筍呈座中

嫩籜香苞初出林，於陵論價重如金。
皇都陸海應無數，忍剪凌雲一寸心。

後來，李商隱考中進士。求仕時，他的才華得到朝中重臣令狐楚、令狐綯父子的欣賞，受到令狐父子不少恩遇。令狐父子是牛黨的成員，李商隱進入官場後，卻在因緣際會下娶了涇原節度使王茂元的女兒爲妻。王茂元與李德裕走得近，時人將他當作李黨的成員，無辜的李商隱處境就尷尬了。

牛黨將李商隱視爲叛徒，李黨也沒多提攜李商隱，詩人夾在兩黨之間，一生曲折坎坷，鬱鬱不得志。李商隱與這一時期的很多人才一樣，明明身負才華，卻處處遭到打壓，只能在無數個寒夜中孤寂自傷：

嫦娥

雲母屏風燭影深，長河漸落曉星沉。
嫦娥應悔偷靈藥，碧海青天夜夜心。

科舉沒有選拔出多少爲大唐力挽狂瀾的人才，卻形成了兩黨傾軋，既撕扯了李商隱的命運，也將帝國不斷拖進深淵。朝堂上的文人都在惡鬥，誰還能爲國爲民建言獻策呢？

柒

到了晚唐，科舉制度被貴族官僚所把持，有一門累世幾代考中進士，其中有眞才實學的人卻寥寥無幾，偶爾有個別寒門子弟及第，還成了新鮮事，能上會兒「熱搜」。以大中十四年（八六〇）爲例，當時考生多達千人，中第者「皆以門閥取之」，全是衣冠子弟，宰相裴休、魏扶、令狐綯等重臣的兒子赫然在列，幾乎占據了整個榜單。

這顯然違背了科舉制度打擊士族門閥權勢的初衷。

讀書人的出路更加狹窄，科舉詩中開始彌漫悲觀、叛逆的情緒，恰似大唐的國運。

唐末著名詩人羅隱，有個尷尬的稱號，叫「十上不第」，就是說他從二十幾歲就應進士試，考了十多次都沒考上，一身才能難以施展。三十歲那年，羅隱再一次落第，心情十分鬱悶，寫了首七律〈投所思〉：

憔悴長安何所為，旅魂窮命自相疑。
滿川碧嶂無歸日，一榻紅塵有淚時。
雕琢只應勞郢匠，膏肓終恐誤秦醫。
浮生七十今三十，從此悽惶未可知。

頸聯引用了兩個有趣的典故：《莊子》有個故事說，楚國郢都有個人鼻子上沾了一點薄如蟬翼的白色粉末，找一個石匠爲他砍掉。這位石匠滿足他的要求，手起斧落，正好抹去了這層粉，楚人毫髮無損。「郢匠」遂被後世用來比喻科舉考官。詩中的秦醫名叫「緩」，史書記載他醫術高明，曾爲晉國國君看病，此處指代朝廷病入膏肓。

羅隱是在罵晚唐朝政汙濁，掌權者有眼無珠，不能提拔人才。他可沒罵錯。

廣明元年（八八〇），黃巢的軍隊北上，長安陷落，唐僖宗慌亂之中逃到成都，隨行有個耍猴藝人。這個藝人訓練猴子本領高超，能叫猴子像大臣一樣朝見行禮，如此博得皇帝一笑。唐僖宗高興之餘，特賜這名藝人朱紱，相當於給予他朝臣的待遇，賞賜的金銀珠寶更是不在話下，當真是「將軍孤墳無人問，戲子家事天下知」。

羅隱得知此事，想到自己考了十幾年科舉都不中，竟然還比不上這個玩猢猻的弄臣，提筆就寫了首〈感弄猴人賜朱紱〉，這次連皇帝都罵：

十二三年就試期，五湖煙月奈相違。
何如買取胡孫弄，一笑君王便著緋。

黃巢起義後，唐朝吊著一口氣，科舉考試早已形同虛設。值得一提的是，黃巢也是一個科舉落榜生，他屢試不第後回家繼承家業，成了家鄉的鹽幫首領，之後帶領父老鄉親加入起義的浪潮。

唐朝滅亡前夕，唐昭宗天復年間（九〇一—九〇四），朝廷還煞有其事地搞了一個「五老榜」。唐昭宗都懶得選拔人才，直接下達詔令，說「念爾登科之際，已過致仕之年」，有的人考上時都到退休年齡了，就讓這些多次落第的大齡考生金榜題名，以示皇帝開恩。

這一年，五個年過七旬的老漢靠著唐昭宗欽定的「降分錄取」同榜及第。他們的命運恰似隕落的帝國，早已老態龍鍾，無法爲日薄西山的大唐王朝做出絲毫貢獻，只能看著它走向末日。

這本身就是對科舉制度的極大諷刺。

晚唐以後，士風日益頹靡，一些進士出身的文人非但沒有匡扶社稷之才，反而投機取巧，巴結新貴，就連權臣朱溫都瞧不起他們。

宰相崔胤與朱溫勾結，引狼入室，聯手滅了宦官勢力，後來成爲朱溫篡權的阻礙，被這個野心家所殺。清河崔氏這一科舉考場春風得意的名門望族，有數百人受牽連，被同時處死。

朱溫篡位前清洗朝堂，他最信任的謀臣李振進言說，這些士大夫都自詡爲「清流」，不如將他們投入黃河，永爲「濁流」。李振曾是落魄書生，考場失意，沒中過進士，投靠朱溫後才飛黃騰達，對這些徒有其表的大臣自然是恨得咬牙切齒。

朱溫聽從他的建議，將三十多名所謂的「清流」朝臣殺害後，投進了滔滔黃河。

王朝末路，功名利祿皆化爲泡影，一個腐朽的時代，早已容不下高尚的理想。朝堂之上的人，沒有救時匡世之心，那些堅守道義的人，也敵不過殘酷的現實。

大唐科舉知名「復讀生」羅隱，在無數次失意之後，也只有飲酒賦詩，在大醉一場後釋然：

自遣

得即高歌失即休，多愁多恨亦悠悠。
今朝有酒今朝醉，明日愁來明日愁。

遣唐使往事

日本，大唐最好的學生

一千三百年前，日本，這個一衣帶水的鄰邦，像學生一樣敬仰著大唐，不斷派遣唐使前來學習，借鑒中國的政治、經濟和文化。

日本作家井上靖寫道，那時的日本人「恰如嬰兒追求母乳般地貪婪地吸收中國的先進文明」，「殷切希望政治上要像中國那樣統一的國家組織，經濟上要過像漢人那樣燦爛的文化生活」。

壹

山川異域，風月同天。
寄諸佛子，共結來緣。

這首收錄在《全唐詩》中，題爲〈繡袈裟衣緣〉的詩引出了一段千古佳話。

當時，日本的相國長屋王崇尚佛法。他命人製造了千件袈裟，布施給唐朝高僧，其袈裟上繡著這四句偈語。長屋王殷切地盼望邀請大唐高僧東渡日本，弘揚佛法。

遠在揚州大明寺擔任住持的鑒眞法師，聽聞這首詩後大爲感動，稱日本是「有緣之國」。正在此時，隨第九次遣唐使團來到中國的日本僧人榮睿和普照肩負著爲日本尋找「特聘教授」的重任。二人得知鑒眞是一位德高望重、學識淵博的高僧後，來到揚州拜謁，邀請他前往日本傳法。

這是一段高風險的旅程。中國和日本隔著大海，當時的造船技術有限，沒有什麼高端的交通工具可以經受狂風巨浪的考驗，兩國之間友誼的小船說翻就翻，完全是拿生命在冒險。但是，鑒眞感受到了日本人的一片誠意，欣然嚮往。

一開始，鑒眞向弟子們徵詢意見：「誰願意跟我一同去日本傳授佛法？」徒眾面面相覷，半天不出聲。過了許久，一個叫祥彥的弟子才說：「彼國太遠，性命難存，滄海淼漫，百無一至。」意思就是說，這一趟性命堪憂，不去不去。

鑒眞見弟子們遲遲不表態，終於開口說出了自己的答案：「是爲法事也，不惜身命，諸人不去，我即去耳！」之後，包括祥彥在內的諸位弟子都堅定地支持鑒眞，跟隨他開始了歷時長達十二年的六次東渡。

鑒眞一行人的東渡之行，不僅要克服驚濤駭浪的阻礙，還要面對來自社會和政治的重重阻力。要知道，當年玄奘西行也是「冒越憲章，私往天竺」，瞞著唐太宗偷偷去的，唐玄宗也沒有同意鑒眞出國。在前五次東渡中，鑒眞一行人曾被誣告勾結海盜，也曾遭遇船隻觸礁沉沒，還曾經被風浪拍打，歷經十四天忍饑挨餓漂泊到了海南島，最後無功而返，先後有三十六人付出了生命的代價。

第六次東渡時，鑒眞已經是一個疾病纏身、雙目失明的老人了。

天寶十二載（七五三），第十次遣唐使團的藤原清河爲六十六歲的鑒眞帶來了好消息。大使即將歸國，於是邀請鑒眞乘遣唐使的船隻前往日本。鑒眞及其弟子毅然踏上了最後一次東渡之旅。

這一次遣唐使船隊不走運，第一艘船遭遇海難，乘坐這艘船的藤原清河歷經九死一生才活了下來，從此留在大唐。幸運的是，鑒眞搭乘的船卻經過多日顛簸，在日本成功靠岸。

鑒眞實現了自己的畢生心願，他東渡日本，帶去的不只是佛法，更是不可磨滅的盛唐文化。在人生的最後十年，鑒眞將平生所學傾囊相授，在日本傳授佛學、醫藥學、建築、雕塑、書法等技術知識，被譽爲「傳燈大法師」。

佛法有云，大雄無畏，勇猛精進。

在風月同天的感召下，鑒眞的東渡更像是一次友誼的赴約。當彼岸的朋友呼喚時，他勇敢地踏上征途，這是一種大無畏的精神，也是兩國和平友好的象徵。

貳

鑒眞最後一次東渡的船隊中，還有另一段中日的友情往事。

遣唐使藤原清河是日本有名的博學之士，他率領由二百二十人組成的第十次遣唐使團到達中國，得到了大唐政府的熱情接待，唐玄宗還爲日本人接受中華文明的程度感到驚訝，稱讚這個鄰邦是禮義君子之國，並寫詩賜予遣唐使。

在出使唐朝之前，藤原清河就在春日祭神的慶典上吟詩唱和：「祭神春日野，神社有梅花。待我歸來日，花榮正物華。」萬萬沒想到，一次意外終結了他與另一位詩人的還鄉夢。

那個人叫晁衡，日本名爲阿倍仲麻呂。

晁衡是隨第八次遣唐使入唐的留學生，後來在唐朝參加科舉考試，並獲得做官資格，擔任要職，在大唐度過了將近四十年歲月。年近花甲的他本要以護送使身分，乘坐這次遣唐使船回日本，可他與藤原清河大使乘坐的第一艘船在波濤洶湧的大海中迷失方向，一路漂泊到了安南（今越南）。同船的一百多人被土人殘殺，晁衡和藤原清河倖免於難，在兩年後歷經艱辛回到長安。

從此，彼岸的故鄉成了晁衡再也回不去的遠方。

當遣唐使船遭遇海難的消息傳回大唐時，晁衡已遇難身亡的謠言鬧得滿城風雨。造謠一張嘴，闢謠跑斷腿，晁衡的好友詩仙李白就聽信了謠言，爲之心痛不已，寫了一首〈哭晁卿衡〉：

日本晁卿辭帝都，征帆一片繞蓬壺。
明月不歸沉碧海，白雲愁色滿蒼梧。

李白悼念晁衡，除了悲傷，或許還有遺憾，他連晁衡的「最後一面」都沒見著。在晁衡出海之前，長安的友人們爲他準備了盛大的送別儀式，王維、包佶、趙驊等文臣都以詩送行。包佶、趙驊是晁衡的同事，與他一起在秘書省工作。秘書省管理國家藏書，相當於國家圖書館，晁衡是這個部門的領導。只有李白早已離開京城，未能前來相送。

這場宴會上，王維的作品最爲眞摯動人。王維爲晁衡寫了〈送秘書監晁監還日本國（並序）〉長達近千字，其中飽含對中日友誼的讚美之意，也有對晁衡歸國的依依不捨之情：

積水不可極，安知滄海東。
九州何處遠？萬里若乘空。
向國惟看日，歸帆但信風。
鼇身映天黑，魚眼射波紅。
鄉樹扶桑外，主人孤島中。
別離方異域，音信若為通。

晁衡心懷感激，爲前來相送的友人寫作一首〈銜命還國作〉：

銜命將辭國，非才忝侍臣。
天中戀明主，海外憶慈親。
伏奏違金闕，騑驂去玉津。
蓬萊鄉路遠，若木故園林。
西望懷恩日，東歸感義辰。
平生一寶劍，留贈結交人。

晁衡入唐多年，以一個日本人的身分，自一介書生升遷為朝中重臣，才學品德出眾，工作兢兢業業。唐朝都沒把他當外人，這是大唐的包容與自信。他也把大唐當作了自己的第二故鄉，將餘生的精力全部奉獻給了大唐。

隨著遣唐使船傾覆，晁衡沒能如願回家鄉過退休生活，而是輾轉回到大唐，繼續用他在唐朝所學的知識為朝廷服務，直至七十二歲時病逝於長安。

如今，中國西安與日本奈良分別各建有一座「阿倍仲麻呂紀念碑」，以紀念這位大唐的傳奇友人。

參

晁衡一生親眼見證了大唐盛世的繁華，也親身經歷了安史之亂的動盪。安史之亂使唐玄宗開創的盛世走向幻滅，也一度打斷了中外的正常交往。當唐朝在與安史叛軍作戰時，遠在大陸彼岸的日本與大唐斷了聯繫，但從未忘記這段幾百年的羈絆。

每當唐軍對叛軍的戰爭取得一些勝利時，外國使節便會再次奔向唐朝。李白晚年的一首詩可作為佐證：「天作雲與雷，霈然德澤開。東風日本至，白雉越裳來。」（〈放後遇恩不沾〉）

這是李白在安史之亂時，因捲入永王叛亂而被流放夜郎途中所作。當時唐肅宗已經組織郭子儀和李光弼等大將向叛軍發起反攻，收復長安。大唐軍隊告捷，國際形勢也因此發生變化。

安史之亂後，大唐國力雖不比往日，但對中國充滿嚮往的外國使節依舊紛至遝來。中唐時，與元、白同時的詩人徐凝有一首〈送日本使還〉，反映了這一時期遣唐使入華的史實，可見兩國的友情並沒有因為一場戰亂而日朘月減：

絕國將無外，扶桑更有東。
來朝逢聖日，歸去及秋風。
夜泛潮回際，晨征蒼莽中。
鯨波騰水府，蜃氣壯仙宮。
天眷何期遠，王文久已同。

相望杳不見，離恨托飛鴻。

肆

唐朝詩人用無數動人詩篇記錄中日流傳千年的友誼，唐詩也通過海上絲綢之路東傳日本，承擔著傳播文明的使命。

日本人為適應讀者需要，對唐詩進行重抄、改編和訓點，在吸收、模仿中國文學精華的同時也探索出了自己的文學種類，如日本駢文。除了文字形式的傳播，日本人還根據唐詩的意象意境畫成繪卷，這影響了此後數百年日本的藝術發展。

在唐代，最受日本人喜愛的詩人不是晁衡的老朋友李白，而是白居易。

白居易的詩文在日本影響深遠，堪稱當時日本人的頭號偶像。很多人成了追星族，將他的形象畫在屏風之上，日本史書記載，「我朝慕居易風跡者，多圖屏風」。日本平安時代文學家大江維時編修的《千載佳句》，共收錄了一百五十三位詩人的一千零八十三首詩，其中白居易的詩就占了將近半數。大江家族成了為《白氏文集》進行訓點的「專業戶」，幾代人受命擔任天皇侍讀，為皇室講解白居易的詩文。時人認為，大江家之所以能受到天皇器重，全是靠白居易（「江家之為江家，白樂天之恩」）。

日本古代長篇小說《源氏物語》的作者紫式部也是白居易的鐵桿粉絲，在宮中做女官時，她就爲皇后講解《白氏文集》。在創作被譽爲「日本《紅樓夢》」的《源氏物語》時，她引用白居易的詩句多達九十餘處。其中第一回的故事就是依託白居易〈長恨歌〉所作，書中桐壺帝在痛失愛妃後晨夕披覽的正是〈長恨歌〉繪卷。

「天長地久有時盡，此恨綿綿無絕期。」

人類的悲歡並不相通，但唐詩的優美，世間眾人皆可以領略。

伍

自貞觀四年（六三〇）第一次遣唐使入華，到乾寧二年（八九五）日本最後一次組織遣唐使，日本一共任命了十九次遣唐使，實際成行的正式遣唐使共有十二次。其中，最後一次任命遣唐使時，由於遭到大臣菅原道眞勸止，未能成行，那時，距離唐朝滅亡也只剩下十二年。這也使唐文宗開成三年（八三八）的遣唐使，成爲最後的絕唱。

圓載上人是最後一批隨同遣唐使入華的日本學問僧之一，他在大唐研習佛法長達三十九年。圓載像他的前輩空海法師一樣，在中國交遊甚廣。他曾經在宮廷講經，並得到皇帝「賜衣」，還結交了幾位大詩人。

晚唐詩人皮日休與陸龜蒙這對好朋友，都與圓載有深厚的交情。當聽說圓載即將回國後，兩位詩人爲他寫了多首送別之作，其中陸龜蒙在與皮日休唱和的〈和襲美重送圓載上人歸日本國〉一詩寫道：

老思東極舊岩扉，卻待秋風泛舶歸。
曉梵陽烏當石磬，夜禪陰火照田衣。
見翻經論多盈篋，親植杉松大幾圍。
遙想到時思魏闕，只應遙拜望斜暉。

隨著唐朝逐漸走向落幕，乾符四年（八七七），年老的圓載告別這個生活了幾十年的國家，帶上佛家經典和各類儒書數百部，乘中國商人的船回國，卻在途中不幸遇難。

日本與大唐的友好往來，因海而生，也覆沒於波濤之中，但兩國的愛恨情仇並未就此了結，而是在一千多年後走向更複雜的局面。

第三部

地理

長江之詩

文明、經濟與生態變遷

七二四年，大唐盛世，二十四歲的李白決定仗劍走天涯。他告別親人，乘舟沿著長江順流而下，人生第一次離開巴蜀故鄉。

船還在蜀地境內，年輕的詩人對著月色，已經開始想念他的朋友。但外面的世界很大，他終歸要去看一看。他寫下了著名的〈峨眉山月歌〉，表明他不曾因為思念故鄉故人而停下腳步：

峨眉山月半輪秋，影入平羌江水流。
夜發清溪向三峽，思君不見下渝州。

長江的水土滋養了這名曠世詩人，而他從此刻起，才眞正感受到了來自長江的神采丰姿。歷史註定，要讓他來爲這條偉大的母親河留下震古鑠今的文字。

也是從此刻起，李白的命運，和大江大河永遠地勾連在了一起。

壹

在李白之前，古老的長江已經不捨晝夜地奔流了千萬年。

雖然在楚辭漢賦中出場，在魏晉詩文裡留下身影，甚至在本朝詩人前輩張若虛的一歎一詠中投下了「江畔何人初見月？江月何年初照人？」的經典設問，但是，長江實在太長太長了，以至於過往的文人墨客，在不同的時間與空間裡，只是截取了長江的一面：也許是川江的怒濤，也許是楚江的瑰奇，也許是揚子江的詩情畫意……

直到等到了李白的長江之旅。

這個被認爲出生於西域的詩人，成長於巴蜀，二十四歲出蜀，六十二歲卒於當塗。來自長江上游，歿於長江下游。他一生大部分的時間在長江流域度過，雖然在長安達到他一生聲名的頂點，但始終把長江流域作爲自己的安身之處。用他自己的話來說，叫作「我似鷓鴣鳥，南遷懶北飛」。

當他在北方成名以後，他寫過一些歌詠黃河的詩句。像「黃河之水天上來，奔流到海不復回」「欲渡黃河冰塞川，將登太行雪滿山」，等等，是氣魄雄渾的千古絕唱。然而，他一生寫得最多的，還是關於長江的詩。

黃河在李白的心中，充滿氣勢恢宏的莊嚴感，只能眺望，而難以親近。他對長江的感受，恰好相反——有一種特別的親近感。

他把長江當成了故鄉水。

二十四歲的長江行，以及此後人生無數次在長江的航行，使得李白對這條大江的每一段都相當熟稔。他留下的詩，幾乎覆蓋了長江的每一段。他應該是史上第一個把長江寫滿、寫全、寫好的大詩人。

那年乘舟東行，到了現在的重慶忠縣、萬州一帶，他寫了眞摯淳樸的〈巴女詞〉：

巴水急如箭，巴船去若飛。
十月三千里，郎行幾歲歸。

自萬州以下，就是激流險灘的長江三峽段，可經夔州（奉節）直到峽州（宜昌）。這段水路是巴渝通往關中和長江中下游的主要通道。李白年輕時對三峽無比嚮往，曾在成都登上散花樓，賦詩說：「暮雨向三峽，春江繞雙流。」幻想著三峽的奇景。而他一生最痛苦和最快意的時刻，確實也都留下了與三峽有關的文字。

他最痛苦的是晚年被流放夜郎（今貴州桐梓一帶），從九江逆流而上，走了很久很久才到達宜昌，隨後進入三峽，寫了〈上三峽〉：

巫山夾青天，巴水流若茲。
巴水忽可盡，青天無到時。
三朝上黃牛，三暮行太遲。
三朝又三暮，不覺鬢成絲。

三峽確實是長江中最艱險難走的一段，但詩人借此想表達的是他在逆境中鬱悶到極點的心情。他說船在黃牛峽走了三天三夜還沒走出去，自己因爲船行如此緩慢而愁白了頭，誇張的寫法讓人秒懂他內心的痛苦難熬。這哪裡是在寫三峽，分明是在寫他悲劇的人生。

等他行到夔州（奉節）白帝城，忽然收到赦免的消息，驚喜萬分，隨即乘舟東下江陵（荊州）。這次，他的船走得有多麼快：

朝辭白帝彩雲間，千里江陵一日還。
兩岸猿聲啼不住，輕舟已過萬重山。

船出三峽之後，崇山峻嶺就都不見了，取而代之的是寬闊平坦的荒野。「青山遮不住，畢竟東流去」，江水浩浩蕩蕩，來到了荊江段。二十四歲的李白，目睹江水出了懸崖峭壁，從江漢平原流去，一去不返。在荊江上，他看見月影倒映江面，彷彿天鏡飛下，跌入江中；雲生天際，連接江上的海市蜃樓，一派雄渾闊大的景象。詩意從他筆下流過：

渡遠荊門外，來從楚國遊。
山隨平野盡，江入大荒流。
月下飛天鏡，雲生結海樓。
仍憐故鄉水，萬里送行舟。

二十七歲那年，李白在湖北安陸成家，住了有十年之久，成爲長江中游的居民。七三〇年春天，李白得知好朋友孟浩然要去廣陵（揚州），便託人帶信，約孟浩然在江夏（武漢市武昌區）相會。幾天後，孟浩然乘船東下，李白親自送到江邊，送別時寫下了著名的〈黃鶴樓送孟浩然之廣陵〉：

故人西辭黃鶴樓，煙花三月下揚州。
孤帆遠影碧空盡，唯見長江天際流。

武昌當時已是長江流域重要的商業城市，商人上下長江，貨物都會堆積在城外的南市和鸚鵡洲。鸚鵡洲——武昌城外江中的小洲，因此成爲長江旅客與商人的駐泊之地，並成爲唐代詩人經常吟詠的對象。比如崔顥寫黃鶴樓順手帶紅的名句——「晴川歷歷漢陽樹，芳草萋萋鸚鵡洲」。據說李白被崔顥這首詩震懾到了，不敢再寫黃鶴樓，但他還是寫了一首詩，專詠不遠之處的鸚鵡洲：

鸚鵡來過吳江水，江上洲傳鸚鵡名。
鸚鵡西飛隴山去，芳洲之樹何青青。
煙開蘭葉香風暖，岸夾桃花錦浪生。
遷客此時徒極目，長洲孤月向誰明。

長江從武昌往東南一直流，在江西湖口接納鄱陽湖水系後，就進入了下游。在長江下游的重要城市——金陵（南京），李白用一首詩，對他的長江之行做了一次回顧式的全景描繪：上游之秀麗，三峽之急險，中游之宏闊，下游之浩瀚，在他筆下匯成一幅極其宏偉的萬里長江風光圖卷。這首詩就是〈金陵望漢江〉：

漢江回萬里，派作九龍盤。
橫潰豁中國，崔嵬飛迅湍。

六帝淪亡後，三吳不足觀。
我君混區宇，垂拱眾流安。
今日任公子，滄浪罷釣竿。

長江綿延曲折長達萬里，在潯陽（九江）分作九條支流，如同九龍盤踞。江水四溢，濫觴於中國，波濤洶湧，迅疾奔流。六朝帝王沉寂淪亡之後，江南已沒有了昔日之盛，無足稱賞。我朝聖明之君統一天下，垂衣拱手無為而治。如今，《莊子》中垂釣大魚的任公子，也就罷竿隱居不出了。

當詩人一路遊覽一路吟唱，終於要結束長江之旅的時候，他已經不再局限於對這條壯美河流一時一處、一鱗一爪的描述，而是寫出了縱橫萬里、跨越古今的圖景。

當然，我們也不難從他的這首名詩中，讀出一個盛世才子的些許惆悵之情。

過了金陵，長江繼續奔騰東流，直到入海。而我們追隨李白的足跡，到此告一段落。

終其一生，李白的精神性格之中已經嵌入了長江的某些特徵。這不僅影響了他的詩，也影響了他的命運。

貳

其實，李白詩歌的奔放與奇詭的想像力，就是長江文明滋養的產物。但是，相比黃河，中國人對長江及其文明的致敬，整整遲到了兩千多年。

歷史上，長江一直是被遺忘的華夏文明之源。直到最近幾十年，人們的認知才逐漸有所改觀。

按照傳統的歷史觀，黃河流域的中原地區，被認爲是天下之中，是中華文明的發祥地，而且是唯一的發祥地。中華文明起源於黃河流域，崛起於中原地區，並以中原地區爲中心不斷向周邊地帶作單向度的傳播、輻射和擴散。中原以外的「四夷」之地，包括整個的長江流域地區，直到漢代還是不開化的蠻荒之地。而居住在長江流域的原住民，被認爲是「斷髮文身」的蠻夷，只是在漢魏以後不斷接受中原文化的傳播和教化，才逐漸開化和文明起來。

由中原地區開啟的地圖炮模式——南蠻、北狄、東夷、西戎，從先秦一路延續下來，固化了國人的歷史觀和文明觀。

早在商周時代，來自長江流域的楚部落就備受中原歧視。楚子熊繹建立楚國後，歷經幾代人的隱忍和奮鬥，到熊通上位以後，發動了討伐隨國的戰爭。他讓隨侯給周天子傳話說：「我蠻夷也，今諸侯皆爲叛相侵，或相殺。我有敝甲，欲以觀中國之政，請王室尊吾號。」周天子雖然已經衰微，但仍對「蠻夷」自居的楚國人保持了文化優越感。隨侯帶回了否定的答覆。熊通大怒說：「王不加位，吾自尊耳。」於是自封爲楚武王，相當於另立山頭，與周天子平起平坐。到了楚莊王熊旅在位時期，楚國擊敗晉國，問鼎中原。春秋末期，長江下游的吳國和越國也相繼崛起，稱霸一時。在一個常見的「春秋五霸」榜單中，來自長江流域的諸侯國占了三席，可見實力不俗。

但是，無論任何時候，標準都是黃河流域中原地區定的。當長江流域道家發源、楚辭興盛之時，黃河流域跟你講武力。當長江流域武力崛起的時候，黃河流域跟你講文化。長江流域從那時起，就陷入了後發區域的話語權困境。秦朝統一中國以後的帝制時期，由於中原文化和政治上的既有優勢，以及對先秦典籍的遵奉，導致長江流域無論如何發展、如何超越中原，在道德上依然總是「低人一等」。

可惜啊，兩千多年來長江流域的人們，對自己腳下的土地還是瞭解太少了。否則，來自黃河流域的「中原中心論」不可能錯誤地流傳，並長時間地壓制長江流域。

錯誤的歷史觀受到顛覆，已是二十世紀七、八十年代以後了。歷史學家借助田野考古的調查和發掘，終於發現中國大地散布著七千多處新石器時代的文化遺址。而新石器文化的發達，不僅把中國文明的歷史大大前推，同時也證明早在距今約一萬年前的新石器時代早期，農業革命已經在長江、黃河兩河流域的中下游地區同步發軔。

另一個驚人的事實也被揭示出來：在距今約五千年前甚至更早的時代，在長江中游的江漢平原、下游三角洲地區，已經出現了一批文明的古國。

長江流域文明的出現，植根於獨立的文化譜系——上游的三星堆文化，中游的石家河文化，下游的良渚文化。進入歷史書寫時代後，這種獨立性在長江流域的內部仍然很明晰地體現出來——上游四川盆地的巴蜀文化，中游江漢平原的荊楚文化，下游三角洲的吳越文化。

更有意思的是，中華文明號稱禮樂文明，但考古發掘成果顯示，中原文化核心的禮制，其實是良渚文化發明出來，並逐漸走向規範化和制度化的。夏商周三代王朝作爲立國重器的鼎、鉞，以及三代統治者祭祀天地的玉琮、玉璧和玉璜等基本禮器，也大多是良渚文化的先民社會首創。

這表明，長江流域文明起步並不比黃河流域晚，甚至比黃河流域早。華夏文明的歷史源頭，是多元複合，而不是單線的，是在江河相濟、南北互補中融合鑄造的。以往建立在「中原中心論」歷史觀上的種種定論，是對長江文明的無知和偏見。

到了春秋戰國時代，也應該破除中原地區的文化偏見，承認當時的華夏文明已經有明顯的二元格局：南江北河；南鳳北龍；南水稻北粟麥；南《離騷》北《詩經》……

古代長江流域人不瞭解史前文明發源的狀況，由北方掌握文化話語權，今天應該放開舊觀念，既要說黃河是中華文明的母親河，也要說長江是中華文明的母親河。這兩者並不互相排斥。黃河文化樸實的理性光華，與長江文化瑰麗的浪漫色彩，共同構成華夏文明的兩大源頭。

長江作爲文明源頭長期被忽視的現實，就像是長江本身的源頭難以確定的一個隱喻。

在漫長的歷史中，人們認定儒家經典《尚書》的表述——「岷山導江」，並把長江的源頭定在了岷山。直到明萬曆年間，探險家徐霞客萬里探源，才明確地指出長江的上源在金沙江，而非岷江。但這仍不是長江眞正的源頭。又過了大約四百年，直到一九七六年，長江的源頭最終被確定在唐古喇山脈主峰各拉丹冬雪山西南側的沱沱河。長江全長六千三百八十公里。

長江源頭的確立，也使得長江正式成爲世界第三長河流，僅次於非洲尼羅河、南美洲亞馬遜河。

參

在歷史上，長江是一條溝通東西、界分南北的重要航線。明朝人楊愼說，滾滾長江東逝水，浪花淘盡英雄。是歷史的感慨，更是每一個當下的眞實。

三國時期，曹操爲了統一中國，制定的戰略是先占領荊州，然後順江而下，消滅東吳。雖然他後來在赤壁被孫劉聯軍擊敗，但「順江而下」的戰術是正確的。這給後來的朝代的統一大業提供了借鑒，「順江而下」成爲歷史上常見的經典戰術。

到晉武帝時，採用了「順江而下」的戰術，終於消滅東吳，實現了暫時的中國統一。之後，隋朝滅南陳，唐朝滅蕭銑，北宋攻入南唐，晚清曾國藩撲滅太平天國運動，等等，都是這一戰術的成功實踐。

這就帶出一個有意思的問題：長江號稱天險，雖然有寬闊的江面和險要的江岸，可以據江自守，但歷史上所有劃江而治的時代，如果眞的以長江爲界，基本就離被征服不遠了。這是爲什麼呢？

比起北方平原，古代南方因爲山地、丘陵眾多，陸路系統並不發達。維持南方交通運輸基本以水路爲主，從湘江到贛江，再到新安江和錢塘江，是一張整體的水網，人員通行、運糧運兵、資訊傳遞等都要依靠與長江的連接。如果以長江爲界，整個運輸體系在北方的攻擊下暴露無遺。而且，江南的政治、經濟、文化中心城市，基本分布在長江邊，或離長江不遠處。長江一旦被北方突破，南方政權立馬缺少必要的緩衝地帶，一下子就感受到兵臨城下的統治危機。

所以，歷史上的南方政權，自東吳之後都堅守「守江必守淮」的原則，力圖把防禦重心北推到淮河流域。南方政權念念不忘的北伐事業，大部分時候都是爲了奪取淮河防線，確保長江防線的安全。正如清初歷史地理學家顧祖禹所言，南方政權的盛衰，「大約以淮南北之存亡爲斷」。南宋和南明兩個政權，一個堅持一百五十年成爲正統朝代，一個存在二十年只算流亡政權，就是前者有江淮之間的緩衝地帶，而後者很快就喪失了江北防線。

七五七年，五十七歲的李白加入永王李璘的隊伍，兵敗，在潯陽入獄，後被宋若思、崔渙營救出獄，並成爲宋若思的幕僚。其間，他替宋若思寫過一篇奏章〈爲宋中丞請都金陵表〉。在這篇奏章裡，李白提出他的政治主張——遷都金陵（南京）：「臣伏見金陵舊都，地稱天險。龍盤虎踞，開扃自然。六代皇居，五福斯在。」他接著說，唐玄宗留在成都，唐肅宗遷都南京，一旦國家再出現安史叛亂，「北閉劍閣，南扃瞿塘，蚩尤共工，五兵莫向，二聖高枕，何憂哉？飛章問安，往復巴峽，朝發白帝，暮宿江陵，首尾相應，率然之舉」。

可以看出，李白一生對長江情有獨鍾，但他對歷史大勢卻十分含糊，才會提出遷都金陵的建議。正如我們前面所說，金陵緊靠長江，有險難守，歷史上定都於此的都是偏安短命王朝。這樣的建議，對於希望抗擊安史叛軍奠定個人權威、穩固帝位的唐肅宗來說，顯然是犯忌諱的。

不久之後，李白就被追究站隊永王李璘的問題，收到唐肅宗的命令：流放夜郎。

詩仙終於爲他的天眞付出了代價。

到了晚唐，人稱「小杜」的杜牧面朝長江，寫了一首歷史觀透徹的詩作〈西江懷古〉：

上吞巴漢控瀟湘，怒似連山靜鏡光。
魏帝縫囊真戲劇，苻堅投棰更荒唐。
千秋釣舸歌明月，萬里沙鷗弄夕陽。
范蠡清塵何寂寞，好風唯屬往來商。

杜牧在滾滾東逝的長江西江段，想起一代梟雄曹操妄想以布袋裝沙塡塞長江而輕取荊州，眞是可笑；前秦苻堅幻想朝江中投鞭以截斷江流，實爲荒唐。不管這些帝王如何狂妄自大，最終都湮沒在歷史的長河中，只有清風明月中的聲聲棹歌，遼闊江天中迎著夕陽翺翔的沙鷗，亙古如斯，它們不曾爲歷史上的狂妄之徒作絲毫改變。哪怕是足智多謀、富可敵國，最後功成身退的范蠡，也逃脫不了化作一抔黃土的命運，讓人徒生寂寞與傷感之情。此時此刻，長江上的無邊風月，曹操、苻堅和范蠡都無福消受了，這些景色，永遠只屬於頻繁往來於江上的商人。

什麼是永恆，什麼是瞬息？杜牧看得很清楚，英雄終成過往，而凡人的日常，才是亙古不變。

比起作爲戰爭防線的歷史，長江更爲日常的功能，其實是商旅往來，船隻不絕。唐代是長江歷史發展的重要時期，當時流行的諺語——「揚一益二」，說明以長江下游揚州和上游益州（成都）爲兩個中心，經濟地位已經超過了傳統中原名城長安和洛陽。

唐詩中不乏反映長江水面商旅繁榮的詩句。像大詩人杜甫寫的，「門泊東吳萬里船」，表明吳地的商船通過長江把生意做到了益州。他晚年在夔州看到經商的胡人沿長江水路去往揚州，不禁心嚮往之：「商胡離別下揚州，憶上西陵故驛樓。爲問淮南米貴賤，老夫乘興欲東遊。」

七五一年，揚州江面突然刮起大風，聚集在長江口岸的船舶躲避不及，沉沒多達數千艘；七六三年，鄂州失火，火勢猛烈，波及江邊，逃離不及的船隻被燒了三千艘；七七五年，杭州大風，海水翻潮，船隻損失了千餘隻……這些史料，正如史學家嚴耕望所言：「今就唐時實情論之，水運之盛，大江第一，運河次之，黃河又次之……荊、揚、洪、鄂諸州，每失火，焚船常數千艘，大江水運之盛可知。」

唐代史料記載，當時長江流域最大的航船，人的生死嫁娶等大事，都能在船內完成，船上連整支樂隊都有。而操駕的船工竟多達數百人，航程更是南至江西，北至淮南，往往一行駛就是一整年。

這就是長江，一條流淌在戰爭之外的大江的日常，有詩人們深情的送別，有船夫們悲壯的號子，有商人們致富的管道，更有改寫中國經濟版圖的低調崛起……

在永不枯竭的生命力背後，是奔流不息的長江水。

肆

有一點可以肯定，包括李白在內的唐代人，他們看到的長江景象，跟後來不同時代的人隨著時間推移看到的長江，是絕對不一樣的。

儘管我們不願承認，但不得不承認，過去的時代文明的發展總是以生態的破壞為代價的。生態的改變，給人類帶來文明的曙光，也絕對會留下斑駁的陰影。

唐代恰好是長江生態維持與人類開發的一個分界點。

在唐代以前，關於長江流域經濟情況的經典記載，出自司馬遷《史記・貨殖列傳》：「楚越之地，地廣人希（稀），飯稻羹魚，或火耕而水耨，果隋蠃蛤，不待賈而足，地埶饒食，無饑饉之患，以故呰窳偷生，無積聚而多貧。是故江淮以南，無凍餓之人，亦無千金之家。」一個自然饋贈充沛而又地廣人稀的區域，儘管會被後人解讀為生產技術落後，但生活在那裡的人們，不貧不富，無須為了爭奪生存資源而拼命，這其實是幸福感蠻高的事情。

在黃河文明和長江文明同步發源的過程中，後者曾被前者在生產技術上反制，這或許恰能說明長江流域生態比黃河流域良好。反過來說，長江流域廣闊的土地，暖濕的氣候，豐饒的物產，使人們有足夠的空間從漁獵和採集中獲取所需的生活資料，正是因爲自然資源的豐足，在很長一段歷史時期內滯緩了整個長江流域農業發展的速度。

促成南北文明交融的一個歷史因素，我們現在稱爲「衣冠南渡」，從西晉末年永嘉南渡，到北宋末年的宋室南渡。而唐代安史之亂後的北人南遷，恰好在一個中間點上，史學家認定南方超越北方，正是肇始於此。

衣冠南渡的直接原因是戰爭，無論是外族入侵，抑或內部戰亂。但是，一個隱形原因也許影響更大，那就是黃河流域的生態破壞太嚴重了，已經難以承擔過量的人口，只能通過遷移來舒緩內部環境壓力。

歷史上，黃河流域的水患特別多，特別大。以黃河中游的洛陽爲例，據不完全統計，唐代洛陽共發生大小水害二十二次。而造成黃河水患的主要原因，是過度採伐森林，致使生態系統紊亂，洛陽及其周圍地區水土嚴重流失，河道嚴重壅塞，結果有雨必溢，無水不災。

與此形成對照的是，唐代長江流域山清水秀，沒有黃河那樣層出不窮的自然災難。長江水的清澈，幾乎是所有唐朝人的共同觀感。大詩人杜甫晚年長期漂泊於長江流域的巴蜀與荊湘之間，一年四季，不分晨昏，每當提到長江水，不是「清」就是「澄」，而無一句提到「渾」、「濁」、「黃」。「江清心可瑩，竹冷髮堪梳。」「春知催柳別，江與放船清。」「日出清江望，暄和散旅愁。」

唐代以後，過了不到兩百年，南宋時期長江的水土保持就明顯大不如前了。當時有關川江和三峽地區的水文歷史記述變得糟糕起來，經常出現「黃」、「濁」和「渾」的記載。南宋詩人范成大對長江水的描述往往是這樣的：「暑候秋逾濁，江流晚更渾。」「雨後漲江急，黃濁如潮溝。」

長江水土生態的進一步惡化，是在明清時期。當時的記載是「江水皆濁」。這個歷史大勢，到了最近的一個世紀，就更爲嚴重了。如今的長江大部分江段，常年黃流滾滾，完全「黃河化」，以致被一些學者稱爲「第二黃河」。

除了水質，長江生態的變遷，在動植物方面也有典型的體現。

南宋時，詩人陸游入蜀，乘船路過湖北，他描述眼中的山景說：「群山環擁，層出間見，古木森然，往往二三百年物。」陸遊所見「二三百年」的「古木」，顯然生長於唐代，可見唐代長江的森林植被保護得比較好。與此同時，南宋的長江下游，由於人類活動，一些山已經被砍伐得「有山無木」了。明清時期，對森林的破壞沿著長江上溯，連秦巴山地都無土不墾，時人記載說「山漸童矣」。隨著山體植被的惡化，唐代詩人過三峽，寫詩一定會寫到的「猿啼」現象，也逐漸消失。長臂猿、白猿步步退隱不見。

這一切的背後，是長江流域在安史之亂後持續的人口遷入與經濟發展需求。這次人口南遷，促成了中國人口地理分布的一次突變，此後長江流域取代黃河流域成爲人口分布的重心。特別是在十六世紀玉米和甘薯傳入中國後，因其適應性強、產量大，很快在長江流域得到廣泛傳播，成爲山地丘陵地區的重要糧食作物。由此使得長江森林植被的破壞無可逆轉。借助外來物種催生的人口大爆炸，則在清初變成了「百病以人多爲首」的熱議，至此長江的人口與環境矛盾已經明顯激化。

如果說前現代時期長江的生態變遷是緩慢累積的結果，進入現代以後，長江的生態負擔在人類的欲望面前，迅速增加。過度開發，江水汙染，物種滅絕，已經是長江不能承受之重。

唐代詩壇的雙子星——李白和杜甫，最終都死於長江流域，一個死於安徽當塗，一個死於駛往湖南岳陽的小舟中。他們的詩，告訴世人那個時代的長江景觀與風貌，以及生命之歎。而他們無法預料的是，恰好在他們的時代，長江開始了跨度長達千年的歷史與生態變遷史。

登高／杜甫

風急天高猿嘯哀，渚清沙白鳥飛回。
無邊落木蕭蕭下，不盡長江滾滾來。
萬里悲秋常作客，百年多病獨登台。
艱難苦恨繁霜鬢，潦倒新停濁酒杯。

那是一個最好的時代，也是一個最壞的時代。

大運河

中原王朝興衰起落的生命線

當安祿山的叛軍猛烈衝擊江淮防線時，大唐帝國進入了最危險的時刻。

從七五五年十二月安祿山起兵，到第二年洛陽和長安相繼陷落，儘管帝國的政治中心先後淪陷，但對於大唐帝國來說，它賴以生存的經濟基礎江淮地區並未受到衝擊。依賴著來自江淮地區的財賦，大唐帝國的軍隊仍然擁有源源不斷的支援。

於是，安史的叛軍，開始向睢陽城發起猛烈衝擊。

作爲守護江淮流域的屏障，睢陽位處隋唐大運河的重要支點。如果睢陽陷落，那麼作爲運輸江淮財賦的大運河也勢必將爲叛軍所掐斷，並且叛軍還可從此南下江淮地區，徹底摧毀大唐帝國的經濟基礎。

爲此，張巡等人先後堅守睢陽周邊近兩年時間，歷經大小四百餘戰，一直戰鬥至七五七年十月全軍覆沒，睢陽城才最終陷落。

有賴張巡等人的堅守，作爲大唐帝國運輸江淮財賦的生命線，大運河得以保全。

大運河不失，大唐帝國，就還有復興的希望。

壹

早在春秋時代楚莊王時期，楚國令尹孫叔敖就在今天湖北一帶的雲夢澤畔開鑿人工運河。此後約一百年，吳王夫差開鑿了連接長江與淮河的邗溝，並挖掘運河荷水連接黃河，率兵北上中原參與諸侯爭霸。

到了戰國初期，魏惠王（約前四〇〇—前三一九）又指揮開鑿了連接黃河與淮河的鴻溝水系，從而爲中華文明的水運時代，開啟了浩瀚的先聲。

從春秋戰國時代開始中國境內的各個政權不斷修建運河。從秦國修建連接嶺南地區的靈渠，到灌溉關中地區的鄭國渠，再到漢朝開鑿漕渠連接黃河與渭水，東漢末年曹操指揮修建白溝、平虜渠等人工運河，可以說，古代中國的水運工程，一直在不間斷地修建之中。

到了隋朝，再次實現大一統的大隋帝國用隋文帝和隋煬帝兩代人的時間，先後開鑿了廣通渠、山陽瀆、通濟渠、永濟渠、江南河，構建起了一條以洛陽爲中心，北至涿郡（今北京），南至余杭（今杭州）的大運河。這就是此後在歷史上赫赫有名的隋唐大運河和京杭大運河的前身。

從隋唐時期開始，中國的政治中心儘管處在關中地區的長安，但經濟中心卻逐漸東移到江淮流域。由於古代陸運艱難、損耗巨大，因此水運成爲最經濟便捷的運輸方式。通過大運河，江淮地區的財賦得以源源不斷地輸入關中地區，成爲哺育隋唐帝國的乳母。

由於嚮往江淮地區的繁華，隋煬帝楊廣曾經三次沿著大運河下過江都（揚州）。隋朝大業十二年（六一六）七月，隋煬帝第三次從洛陽下江都，從此踏上了生命的不歸路。

兩年後，六一八年，留戀揚州繁華不歸的隋煬帝在江都被叛軍所殺。儘管主持鑿通大運河的他有望成爲一代雄主，最終卻落得了淒涼下場。

隋朝因爲修建大運河、征伐高句麗等超級工程，濫用民力而亡，但繼隋而興的唐朝卻得到了大運河實打實的好處。

唐朝在六一八年建立後，隨著帝國再次歸於一統，關中地區的人口也不斷激增。在最高峰時期，當時人口超過百萬的長安城，糧食缺口達四百萬石（約合一億六千八百萬公斤），因此，即使是在「年穀豐登」的豐收年分，長安城也是糧食緊缺，「人食尚寡」。

隨著土地的鹽鹼化和肥力的不斷減退，當時關中地區已經無法哺育不斷激增的人口。大唐帝國的京畿地區，必須通過大運河運輸的江淮財賦和糧食來支撐生存。大運河的財賦和糧食供應，走水運必須經由黃河進入渭水，再通過其他水道進入長安，但黃河三門峽段非常凶險，「多風波覆溺之患，其失嘗（常）十（之）七八」。

爲此，唐朝的皇帝爲了就近大運河接收江淮財賦和糧食供應，不得不多次遷到大運河的中心點洛陽「就食」。

總長二千多里的大運河，溝通了長江、黃河、淮河、海河和錢塘江五大水系，形成了以政治中心長安、洛陽爲軸心，向東北、東南呈現扇形輻射的水運網。這種布局，也極大影響了此後一千多年的中國城市布局和政治中心走向。

關注中國首都位址變遷可以發現，中國的首都從隋唐時期開始，沿著長安—洛陽—開封從西向東遷移，此後從南宋開始，又沿著杭州—北京從南到北路線遷移。這種從西向東、從南向北的十字架走向，其本質就是隋唐大運河和京杭大運河的脈絡走向。大運河的走向與中國的首都遷徙出現高度重疊，絕對不是簡單的偶然，而是政治與經濟結合的必然。

在隋唐大運河的哺育下，中國的城市格局也出現了重大變化。在隋唐以前的魏晉南北朝，長安和洛陽由於長年的戰亂受到了嚴重摧殘，與之相對，臨近漳水、擁有河運便利的鄴城，還有遠離中原戰火的河西走廊的武威，甚至遠在黃土高原的平城（今山西大同），都曾經一度成爲地方政權的首都。

長安和洛陽由於大運河的哺育，再次煥發了生命力。而在大運河沿線，溝通江淮流域和關中地區的揚州，則崛起成爲大唐帝國的第一經濟都市。此外，在大運河沿線的楚州（今江蘇淮安）、蘇州、杭州、潤州（今江蘇鎮江），以及在大運河北線的魏州（今河北大名東），中線的汴州（今開封）、徐州等城市也紛紛崛起。可以說，從隋朝開鑿大運河後，此後一千四百多年間，中國最重要的城市格局，基本就是沿著大運河的走向，不斷地上演興衰起落。

對此，唐朝詩人李敬方曾經在歌頌大運河汴河線的〈汴河直進船〉中寫道：

> 汴水通淮利最多，生人為害亦相和。
> 東南四十三州地，取盡膏脂是此河。

大唐帝國因運河而興，也將因運河而衰。

安史之亂以後，由於北方多地陷入藩鎮割據，而西北的河西走廊等地又被吐蕃占據，這就使得困守陝西關中地區的大唐帝國，更加仰賴大運河運輸的江淮財賦。由於關中地區長期缺糧，如何供養關中地區龐大的軍隊和人口，就成了非常棘手的問題。

當時，大運河由於引入黃河等河水，各條管道泥沙含量非常高，平時如果不加疏浚，往往一、兩年後就陷入淤塞。安史之亂以後，唐朝中央財力日益困窘，這就使得大運河的許多河渠未能得到及時疏通，河運和物資供應日益艱難。

另外，黃河在進入唐代以後氾濫加劇，也使得大運河經常遭遇洪水和泥沙的沖刷淤塞。隨著隋唐帝國的統一，中國人口不斷增加，黃河中上游的森林植被不斷遭到破壞。在唐朝二百九十年的歷史中，黃河共決溢二十四次，平均每十二年一次，頻率大大提高，大運河因此在安史之亂後經常出現支流淤塞、阻礙航運的局面。

儘管倚賴著大運河，大唐還在小心翼翼地生存，但是來自流民起事的烽火，卻即將成爲摧毀大運河的導火索。

安史之亂爆發一百多年後，唐僖宗乾符元年（八七四），私鹽販子王仙芝在濮陽起兵；第二年（八七五），另外一位私鹽販子黃巢也在山東菏澤一帶起兵回應。王仙芝死後，黃巢帶領軍隊從山東打到了廣州，又從廣州打到了長安，這種縱貫大唐帝國東西南北的戰爭，使得大唐帝國的藩鎮割據更加劇烈。在藩鎮割據的影響下，大運河名存實亡，已經無法向唐朝中央和關中地區供應來自江淮地區的財賦。

失去了生命線的哺育，大唐帝國岌岌可危。

儘管在唐軍的合圍下，黃巢最終於中和四年（八八四）被殺，但這次起義，卻使得唐朝遭受了極大打擊。黃巢起義失敗後，江淮地區陷入了大動盪，例如一度成爲唐朝第一經濟都市的揚州，這之後又陷入了長達五年的軍閥混戰，以致揚州「廬舍焚蕩，民戶喪亡，廣陵之雄富掃地矣」。

大運河遭遇淤塞，運河沿線城市尤其是江淮流域的動盪，最終讓大唐王朝失去了經濟支柱，唐朝中央淪爲了軍閥和政治強人的傀儡。

九〇四年朱溫強拆長安城，下令遷都洛陽，是中國城市變遷史上的轉折性事件。此後，長安徹底沒落，再也沒有成爲中原統一王朝的首都。而這種變遷的根本，一方面是中國經濟中心的不斷東移南遷，另一方面則是因爲長安所處的關中地區生態日益惡化、交通不便，種種因素的匯合，最終成就了大運河上另外一個明星城市——開封的崛起。

朱溫廢唐自立後，升汴州爲開封府，建爲東都，而以洛陽爲西都。朱溫建立的後梁，其眞正的政治中心是開封。在五代十國中，除了後唐定都洛陽外，後梁、後晉、後漢、後周都以開封爲政治中心。這種選擇，最主要是因爲開封臨近黃河和大運河，從唐朝開始，就已經是大運河線上的重要城市。

北宋代替後周立國後，沿襲五代十國的歷史遺產，仍然以開封爲首都。開封除了北臨黃河外，其他三面都是平原，無險可守，爲了拱衛京都，北宋於是在開封周邊布置重兵守衛。龐大的軍隊與政府開支，使得開封的漕運至關重要。

在此情況下，北宋在開封原有的大運河汴渠之外，又疏通開鑿了廣濟河（即五丈河）、金水河、惠民河。這四條河渠，也被統稱爲「通漕四渠」。

在「通漕四渠」中，汴渠也就是汴河水道連接的太湖平原地區至關重要。北宋時人評價說，正是因爲汴渠連接的江淮地區的供應，北宋才得以立國：「當今天下根本在於江淮，天下無江淮不能以足用，江淮無天下自可以立國。何者？汴口之入，歲常數百萬斛，金錢布帛百物之備，不可勝計。」

同樣得益於運河的哺育，北宋取得了比唐朝更加繁盛的經濟成就，開封則崛起成爲當時世界上的第一大都市。但一一二七年靖康之變金兵攻破開封、滅亡北宋後，爲了阻擋金兵鐵騎，一一二八年，南宋軍隊在今河南滑縣西南處，扒開黃河大堤「以水當兵」，造成了黃河下游的第四次大改道。南宋軍隊扒開黃河大堤後，黃河形成了新舊兩條河道，並在從黃河到淮河之間的廣闊區域到處擺蕩。由於這個位置剛好處於南宋與金國的對峙前線，因此宋金雙方都無意堵塞決口，以致黃河在整個南宋時期，一直在北方呈現到處氾濫擺蕩局面。

於是，在整個南宋時期，從原來的開封到北方的大運河沿線都受到了黃河氾濫的極大影響。這種格局，一直延續到一二七九年南宋滅亡。

元朝建立以後，爲了打通政治中心大都（北京）與經濟中心江南地區的聯繫，元朝通過疏浚隋唐大運河舊道，以及開鑿新道，建立起了一條全長一千七百多公里，南起余杭，北至大都，途經今天的浙江、江蘇、山東、河北四省及天津、北京兩市，貫通海河、黃河、淮河、長江、錢塘江五大水系的大運河，這就是京杭大運河。

儘管京杭大運河全線貫通，但受到自唐末北宋以來，黃河多次自然和人爲氾濫的影響，京杭大運河經常受到泥沙淤塞，漕運經常受阻，加上沿線水源不足不勝重載，因此元朝時期從江南通往大都的漕運，大多需要通過海運運輸。元朝末年，大運河的會通河等河段竟然廢棄不用，到了明朝初年，從山東東平連接北京通州的會通河河段，甚至已經淤塞斷阻了三分之一。

明朝建立初期定都南京，永樂十九年（一四二一），明成祖朱棣正式遷都北京。在遷都前，朱棣命人重新疏浚打通了會通河。鑒於黃河泥沙進入運河的危害，為了避開從徐州到淮陰三百多公里一段的黃河之險，此後從明朝中葉到清代康熙中期的一百多年間，明清兩代帝國不斷開挖新河，最終使得京杭大運河全線基本改為人工河道，全線也延長到了一千九百多公里。

大運河，再次進入了黃金時代。

肆

隨著京杭大運河的貫通，沿線的城市再次興盛發展起來。

在京杭大運河的帶動下，沿線的城市從山東德州、臨清、聊城，到江蘇北部的徐州、淮安到揚州，再到長江以南的鎮江、常州、無錫、蘇州，浙江境內的嘉興、湖州、杭州，無數城市和重鎮因為大運河而興。這也掀開了中國歷史上一場浩浩蕩蕩的城市運動。

當時，山東臨清因為臨近會通河，成了北方重鎮；濟寧每年更是有四百萬艘漕運船舶經過；大運河沿線的南陽鎮、清江浦（淮陰）、王家營等地也從小鎮崛起。到了明朝萬曆年間，大運河沿線又設立了八個徵稅的榷關——崇文門、河西務、臨清、九江、滸墅、揚州、北新、淮安，這些地方都因爲大運河的緣故，或是從小鎮崛起成爲城市，或是獲得了更加持久的繁華。

這種因運河而興的城市格局，影響到了今日的中國城市分布。

而揚州，作爲京杭大運河上的明珠和南北交通樞紐，更是璀璨奪目。

儘管曾經歷兩宋之際以及明末清初等戰亂，但坐擁漕運、鹽運和水運之利的揚州，仍然在戰亂之後繼續強勢崛起。從唐代安史之亂以後，北方人口不斷南下，持續補充著揚州的活力，到了清代康熙時期，揚州更是成爲當時人口超過五十萬的世界級都市。

元朝時，漕運的糧食等物資大多通過海運，但由於清代初期實行嚴格的禁海令，這就使得京杭大運河成爲整個帝國物資從南到北運輸的最主要通道。因此，位處京杭大運河要衝的揚州，再次成爲鴉片戰爭以前中國最爲發達的經濟都市。時人記載說，「國家歲挽漕糧四百萬石，以淮、揚運道爲咽喉」。

作爲京杭大運河的要衝，揚州是兩淮地區的鹽業壟斷集散地，以及南糧北運的漕運中心，「四方豪商大賈，鱗集麇至。僑寄戶居者，不下數十萬」。

到了清代，揚州被指定爲兩淮地區鹽業營運中心。當時，揚州地區的鹽運年輸送量達到了六億斤。康熙年間，國庫年收入不過二千萬兩白銀，而揚州鹽商的年利潤就能達到一千多萬兩白銀。乾隆年間，兩淮鹽商已經發展成了一個擁有億萬資產的商業資本壟斷集團。

揚州的繁盛，使得康熙六下江南，有五次經過或停駐揚州；而乾隆六下江南，更是次次巡幸揚州遊玩，並稱讚揚州「廣陵風物久繁華」。當時，揚州僅徽商商幫的總資本，就達到了五千萬兩銀子之巨。而康雍乾時期，乾隆時代號稱巔峰，國庫最高存銀不過也就七千萬兩，這使得乾隆皇帝不由得感慨說：「富哉商乎，朕不及也。」

乾隆的感慨，針對的正是拜大運河所賜的揚州商人的富可敵國。

伍

繁盛的大運河，在哺育唐詩宋詞的同時，也哺育了中國的小說和戲曲。

在這種運河的盛世中，曹雪芹的爺爺曹寅（一六五八—一七一二）被康熙皇帝指派為江甯織造。這個職務雖然品級不高，僅為正五品，但其一方面負責為宮廷採購綢緞布匹，一方面則是皇帝在江南地區的密探耳目。由於承擔著特殊任務，擔任江甯織造的臣子一般都是皇帝近臣，在江南一帶的地位也僅次於兩江總督，是不折不扣的要職。

倚賴皇家的恩賜，曹雪芹也跟隨著祖父和父親，在揚州一帶度過了奢華的早期生活，這成了他後來寫作小說《紅樓夢》的家族背景。而《紅樓夢》從本質上來說，就是一部大運河締造的財富史和家族史。

不僅僅是小說，當時揚州作為與北京並立的南北兩大戲曲中心，亦是南方戲曲藝人的彙集之地。乾隆五十五年（一七九〇），爲了給乾隆皇帝祝壽，安徽安慶的徽班劇團北上京城祝壽，受到了熱烈歡迎。此後，安徽的四喜、三和、春台、和春等徽戲班社紛紛從大運河北上京城，並與先期進京的漢調（楚調）戲班同台獻藝。在徽漢合流的戲曲交融下，並在吸收了昆腔和梆子、吹腔、羅羅腔等其他戲曲精華的基礎上，到了一八四〇年，京劇最終在北京、天津一帶孕育成型。可見，京劇的誕生，本質上正是大運河南北交流貫通的產物。

但時代的巨變正在醞釀，大運河沿線的人們和城市卻一無所知。一八四〇年，第一次鴉片戰爭爆發，此後，清廷被迫開放廣州、廈門、福州、寧波、上海五處作爲通商口岸。作爲海洋時代的產物，沿海口岸城市的誕生，也意味著大運河等內河城市衰落的開始。

在海洋時代的衝擊之外，清朝的內亂也加劇了大運河的衰落。一八五〇年，太平天國運動爆發。此後，太平軍轉戰南北，先後攻占南京，又多次在揚州等大運河沿線城市，與清軍展開激烈爭奪，以致揚州爆發了長達十一年之久的戰亂，城市繁華毀於一旦。其他運河沿線城市也受到了戰爭的嚴重摧殘和破壞。

與此同時，黃河的氾濫則再次成了大運河的生死點。

黃河在進入清代以後，平均每三年就發生一次決口，在康熙初年更是幾乎年年決口。到了一八五五年，黃河在銅瓦廂決口改道，奪大清河由山東利津入渤海，並在東平縣境腰斬會通河，致使京杭大運河航運被攔腰截斷。

運河斷裂，此後一直到一八六四年太平天國運動失敗前，清廷根本無法進行疏浚。運河被廢，等於掐斷了揚州等大運河沿線城市的血脈。受此影響，揚州、山東臨清、江蘇淮安等城市迅速陷入了商業斷裂、人口銳減、百業凋零的隕落深淵。

大運河斷線了，但帝國的生命線卻不能斷。

爲了繼續向北京輸送江南地區的財賦、支撐戰爭和帝國運轉，清廷不得不做出了廢河運、行海運的決定，對此，同治時期《續纂揚州府志》詳細記載道：「道梗阻，江浙全漕改由海運，其時江北各邑漕米統歸上海，兌交海船運赴天津。」

當時，由於太平軍席捲了整個華中和東南地區，因此包括揚州商人在內的兩淮、兩湖地區和江浙、安徽、江西等地富商紛紛雲集上海，致使周邊大量人口和商業資本改而雲集上海。隨著京杭大運河漕運斷裂，擁有海運便利和洋人保護的上海因此一躍而起。

至此，在太平天國運動的催化作用下，整個中國南北的商業網絡格局，由以運河爲主轉爲以海運爲主。而依託海運的上海，則成爲中國轉口貿易中心和國際貿易中心。從此，依託大運河興盛千年的揚州，最終被上海取而代之。

隨著海洋時代的到來，大運河的衰落不可避免，而鐵路的興起，更是成了插在大運河心臟上的一把尖刀。

一八七六年，中國第一條鐵路吳淞鐵路上海至江灣段正式通車運營。儘管這條鐵路僅僅存在了一年就被清廷下令贖回並拆毀，但這卻吹響了中國鐵路時代的號角。在洋務運動的推進下，晚清進入了鐵路擴張時代。以盧漢鐵路（京漢鐵路）、京張鐵路等爲代表，晚清開始大規模的鐵路建設運動。到了一九〇九年，清朝境內鐵路通車里程已經接近九千公里，每年給清廷帶來了高達二千多萬兩白銀的財政收入。

鐵路通達迅速、營收豐厚，並且沒有大運河需要經常疏浚的煩惱，貨運量也更加巨大，在種種優勢的加持下，鐵路在內陸也逐漸取代了大運河的交通地位。

於是，在海運和鐵路的雙重夾擊下，大運河，這條從春秋戰國時代就開始部分興起，在隋唐時期進入上升階段、元明清達到高潮的中國運輸命脈，最終在時代的變化衝擊下，逐漸衰落，退出了中國交通轉型的歷史舞台。

而回到晚唐，詩人羅鄴就在哀歎隋亡唐興之際，隱喻性地寫下了〈汴河〉一詩：「至今嗚咽東流水，似向清平怨昔時。」

一千年後回望，大運河，不也是同樣的命運。流水落花春去也，換了人間。

巔峰即隕落

中國歷史第一城，「死」於九〇七年

大唐會昌五年（八四五），晚唐詩人李商隱（約八一三—約八五八），在一個帝國日益衰殘、心情不佳的傍晚，登上了長安城內地勢最高的樂遊原。

他站在制高點上，俯瞰著這座千年古都，寫下了日後廣為傳誦的〈樂遊原〉：

向晚意不適，驅車登古原。
夕陽無限好，只是近黃昏。

作為一座從西周就開始定都的千年古城，此時，長安已經繁華了近兩千年的時光，但這座與洛陽並稱的雙子星城市，已開始星光黯淡。

此時，距離大唐和長安隕落，還有六十二年。

壹

在中國歷史上，各個統一王朝和各種勢力曾經建立過二百一十七處都城，但立都時間最久的還是長安，在宋代以前，先後有十一個王朝、三位流亡皇帝和三位農民領袖在此建都立業，歷時長達一千零七十七年。

作爲中國歷史上最爲龐大的國都，大唐長安城更是以八十七．二七平方公里的面積冠絕歷代：唐代長安城甚至比隋唐洛陽城大一．八倍，比明代南京城大一．九倍，比清代北京城大一．四倍。

而大唐長安城的直接起源，是隋代大興城。

隋文帝開皇三年（五八三），有感於從漢代始建的舊長安城歷經八百年時光，城市狹小且久經戰亂，加上歷經八百年的人畜糞便等生活汙染，「水皆鹹鹵，不甚宜人」，於是，隋文帝楊堅指令建築專家宇文愷作爲總規劃師，召集百萬民工，僅僅花了九個月時間，就在漢代長安城的東南方向，建立起了一座超級新城，史稱隋代大興城，這也就是盛唐長安城的直接前身。

進入唐代，唐朝繼承大興城爲都，並加建了大明宮等建築，像李商隱一樣，詩人白居易（七七二—八四六）則在一個清晨，登上了長安城南的秦嶺五台主峰觀音台，回望這座規劃嚴整的雄偉京城：

百千家似圍棋局，十二街如種菜畦。
遙認微微入朝火，一條星宿五門西。

那時，在各個詩人的回憶中，這是一座充滿了詩情畫意的國都與萬城之城，韓愈（七六八—八二四）就在〈早春呈水部張十八員外二首〉中寫道：

天街小雨潤如酥，草色遙看近卻無。
最是一年春好處，絕勝煙柳滿皇都。

詩人們對這座宏偉的都城充滿了自豪，駱賓王（約六一九—約六八七）在〈帝京篇〉中寫道：

山河千里國，城闕九重門。
不睹皇居壯，安知天子尊。

然而，長安城在近兩千年的輝煌後，即將在唐詩的絢麗中走向隕落的終點。實際上，在唐朝於西元九〇七年滅亡以後，長安城徹底衰落，此後再也沒有成為統一王朝的正式國都，而追究歷史的淵源，一座興盛近兩千年之久的城市，為何在唐代滅亡以後急劇隕落？

說起來，這首先源自大唐帝國人口的極盛與暗藏的危機。

西漢平帝元始二年（二），當時中國人口統計為五千九百五十九萬人；歷經魏晉南北朝動盪，到了隋朝大業五年（六〇九），已經統一全國的隋朝統計帝國人口為四千六百零二萬人；進入唐朝後，唐太宗貞觀十三年（六三九），由於戰爭喪亂，加上人口逃亡，建立之初的大唐，政府能控制的人口僅為一千二百三十五萬人。

經過一百多年發展，到了唐玄宗天寶十四載（七五五），當時官方統計全國人口為五千二百九十一萬人，考慮到人口逃逸等問題，人口學家估算當時中國人口已達八千萬人，超過了漢朝的巔峰時期。

作為帝國京城，人口學家估算當時的長安城內更是聚集了超過百萬的人口，而長安所在的關中平原，人口總數也超過了三百萬人，對於一個帝國而言，極盛的人口，也意味著對於物資供應的過度開採，即將進入一個嚴重失衡的狀態。

這首先表現在關中地區森林資源的銳減。

作為中國古籍最早記載的「天府之國」，長安所在的關中平原地區，原本是沃野千里、森林密布的生態環境優美之地。

唐太宗李世民在〈望終南山〉中，就描寫了帝國長安城瀕臨渭水，周邊森林環繞的場景：

重巒俯渭水，碧嶂插遙天。
出紅扶嶺日，入翠貯岩煙。

晚唐詩人杜牧（八〇三—約八五二），也曾經在〈過華清宮〉中，回憶了長安城周邊森林植被茂密的情景：

長安回望繡成堆，山頂千門次第開。

儘管詩歌描述華美，但繼承隋代，重新進入大一統帝國的唐朝，伴隨著以長安為核心的關中地區人口逐漸膨脹，整個關中平原的森林資源正逐漸遭受毀滅性的破壞——當時，從大規模的城市營建到居民日常生活，加上歷經千年的農業開墾，已經使得關中平原周邊的原始森林面目全非。

當時，整個關中地區「高山絕壑，耒耜亦滿……田盡而地」。到了唐朝最鼎盛的唐玄宗時期，整個長安城周圍，已經沒有巨木可以供應採伐，以致伐木工人要從陝西，長途跋涉到嵐州（今山西省嵐縣北）、勝州（今內蒙古自治區准格爾旗東北）等地，才能取得營建宮室所用的巨木。

對此，唐朝詩人杜牧曾經在諷刺秦朝的〈阿房宮賦〉中，指古也是話今地揭露出：「蜀山兀，阿房出。」

在歷經兩千年的毀滅性開發破壞後，關中地區森林植被日益銳減，而失去了森林的涵養，與之相伴，則是曾經水資源豐沛、號稱「八水繞長安」的景象逐漸消失。

先秦時期，關中地區由於河流、湖泊眾多，因此水源豐富，而長安周邊，更是有渭、涇、灃、澇、潏、滈、滻、灞八水環繞，在水資源的滋潤下，關中地區農田灌溉便利，「膏壤沃野千里，自虞夏之貢以爲上田」。

對於關中地區「秦川八水長繚繞」的自然環境，唐中宗李顯（六五六－七一〇）就在〈登驪山高頂寓目〉中寫道：

四郊秦漢國，八水帝王都。
閶闔雄裡閈，城闕壯規模。

中唐時期詩人邵偃也在〈賦得春風扇微和〉中寫道：

微風扇和氣，韶景共芳晨。
始見郊原綠，旋過御苑春。

三條開廣陌，八水泛通津。
煙動花間葉，香流馬上人。

然而，在歷經從西周到唐代近兩千年的森林砍伐破壞後，失去了森林涵養的關中地區，水資源已不斷銳減消退。到了唐代末年，涇水、渭水、灞水等河流水流量越來越小，龍首渠、清明渠等人工管道也相繼乾涸。進入北宋後，「八水」中的潏水，水流量更是小到了可以蹚水過河的地步。

據統計，從唐宋開始，關中地區有關水清、涸竭、斷流的記載共二十二次。其中，清代康熙二十二年（一六八三）至雍正六年（一七二八）的四十五年間，作爲滋潤長安最重要的河流——渭河及其支流，有記載的斷流，更是達六次之多。

在「八水繞長安」日漸消逝的同時，隨著森林的砍伐，關中地區的水土流失也越發嚴重。這就使得關中地區的自然災害頻率增大：有雨則洪水氾濫，無雨則乾旱成災。

據統計，自唐朝武德七年（六二四）至開元二十九年（七四一）的一百多年裡，長安周邊的京畿地區，共發生了二十起大型自然災害。其中有十次旱災，七次水災，以及三次蝗災。

陝西省氣象局根據史料記載進行統計發現，從西元前二世紀的秦朝開始，關中地區的水災和旱災，隨著時間的推移越來越多，其中唐朝中期的八世紀，竟然發生了三十七次旱災，平均每二・七年就發生一次。

關中地區這種由森林亂砍濫伐引發的水源枯竭和次生自然災害，也使得長安城的生態環境日益惡化。

據統計，在整個唐帝國二百八十九年歷史中，共有二百四十個年頭發生水、旱、蝗等各種災害。在帝國政治清平、軍事強盛時，長安城和唐帝國尚可對付，然而當安史之亂後唐帝國的實力江河日下時，這種頻發的災害，就逐漸成爲摧毀帝國的致命因素。

在此情況下，長安的危機越來越迫切。

參

在森林大規模砍伐，導致「八水繞長安」逐漸消逝的同時，失去森林涵養的關中地區「有雨則洪水氾濫，無雨則乾旱成災」的局面日益加劇，這其中就表現在唐代時黃河的正式形成。

實際上，在先秦時期，古人對於「黃河」都稱爲「河」，因爲當時黃河水質清澈，並不存在大規模攜帶泥沙的問題，《詩經・伐檀》就寫道：「坎坎伐檀兮，置之河之干兮。河水清且漣猗。」戰國以前，黃河流域仍然存在著廣袤的原始森林，因此先人在此砍伐檀樹等大型喬木，「河水」的清澈水質更是成爲古人詩歌的歌頌對象，然而到了戰國後期，隨著人類開墾、戰爭破壞的影響，黃河中游的森林開始經歷第一次大規模破壞。

以黃河的支流涇河爲例，涇河到了戰國後期的含沙量已經很高，隨著秦漢定都關中，日趨繁盛的人口活動和關中地區經營需要，使得大規模的毀林造田不斷出現，於是，到了西漢中期，涇河更加渾濁，出現了「涇水一石，其泥數斗」的特點。

到了戰國後期，黃河開始被稱爲「濁河」；到了唐朝，隨著帝國人口的飆長，和整個黃河流域森林砍伐日益嚴重、水土流失、泥沙裹挾，「黃河」的名稱開始固定下來。這也就是李白的〈將進酒〉中所寫的：「君不見黃河之水天上來，奔流到海不復回。」

隨著森林砍伐的加劇，黃河在唐代時的氾濫也日益加劇。據統計，在兩漢的四百多年間，黃河只決溢了九次，平均每四十年一次；而在唐代二百九十年的歷史中（六一八－九〇七），黃河共決溢二十四次，平均每十二年一次，頻率大大提高。

由於黃河經常氾濫成災，加上泥沙淤積影響漕運，這就使得需要依靠黃河進行漕運的長安和關中地區，受到了致命影響。由於人口日益膨脹，唐代時的長安，已必須以漕運爲生命線。

肆

黃河流域的頻繁氾濫和泥沙淤積問題並沒有得到解決。在政治清平時，唐朝政府還有能力組織對漕運的樞紐、大運河進行疏浚，隨著七五五年安史之亂的爆發，對於黃河和大運河的治理工作開始荒廢下來，這就使得維持長安城生存的漕運血脈，受到了嚴重威脅。

唐玄宗天寶十四載（七五五），安祿山在河北起兵叛唐，「漁陽鼙鼓動地來，驚破〈霓裳羽衣曲〉」。此後，唐朝歷經八年時間才平定叛亂，但藩鎮割據隨之而來，唐朝中央的控制能力急轉直下，對於大運河的清淤工作也逐漸廢弛。實際上，早在唐朝初期，由於關中地區森林亂砍濫伐，水土流失嚴重，因此黃河和渭水泥沙積屯就非常嚴重，行船很是艱難。

唐朝中葉以後，從渭水到長安的一些漕運水渠，甚至經常因爲泥沙堵塞航運，不得不邊挖沙、邊行船。

隨著安史之亂以後唐朝中央財力和控制力的減弱，加上關中地區水資源日益衰竭，關中地區水流泥沙不斷淤積，因此到了唐朝末年，運輸船經由渭水和漕渠行駛進入長安的記載，越來越少，幾乎完全消失。

而杜甫曾經在〈後出塞〉中所寫的「雲帆轉遼海，粳稻來東吳」的漕運情景，也逐漸消失。自身生產不足，依靠黃河和大運河的漕運又日益艱難，這就使得長安和整個關中地區賴以爲生的漕運血脈日益淤積不通。

對此，詩人杜甫在〈逃難〉中哀歎說：

已衰病方入，四海一塗炭。

……

故國莽丘墟，鄰里各分散。

由於漕運日益艱難，加上安史之亂以後跋扈的藩鎮經常阻斷大運河，這就使得長安城在安史之亂以後陷入了物資供應的窘境。

伍

在關中地區生態日益惡化的同時，整個黃河流域的自然災害也不斷發生。作爲砍伐森林、水土流失引發的次生災害，據統計，在整個唐帝國二百九十年歷史中，共有二百四十個年頭發生水、旱、蝗等各種災害。由於黃河等水患嚴重，加上旱災頻繁，因此實際上早在唐太宗時期，經常伴隨水旱災害相生的蝗災，就開始頻繁侵襲整個大唐帝國，以貞觀二年到貞觀四年（六二八—六三〇）爲例，當時整整三年間，整個大唐帝國都處於嚴重的蝗災襲擾下，此後，小蝗災每隔幾年，大蝗災每隔幾十年就爆發一次，貫穿了整個唐朝的歷史進程。

當時，從西漢的董仲舒開始，就習慣將蝗災作爲「天譴」來警示君王，鑒於蝗災的超級破壞力，到了唐朝時，各個社會階層甚至將蝗蟲敬拜爲神蟲或蟲王，認爲蝗蟲不是人力可以戰勝的，統治者應該「修德禳災」。

到了唐玄宗開元三年至四年（七一五—七一六），唐帝國再次爆發了大規模蝗災，當時有人主張應該滅蝗，但即使是宰相盧懷慎都認爲，蝗是天災，大規模瘞埋會「殺蟲太多，有傷和氣」。

對此，連大詩人白居易也天眞地寫詩道：

捕蝗捕蝗竟何利，徒使饑人重勞費。

一蟲雖死百蟲來，豈將人力定天災。

當時，民間普遍建立有八蠟廟和蟲王廟祭祀蝗神，在山東大蝗的情況下，民眾甚至「或於田旁焚香膜拜設祭而不敢殺」。面對這種從上到下的迂腐習氣，宰相姚崇怒斥說：「庸儒執文，不識通變！」

姚崇說，如果蝗災不除，勢必導致「苗稼總盡，人至相食」。爲此，姚崇堅決向唐玄宗請求滅蝗。他說：如果因爲「救人殺蟲，因緣致禍」，那麼我姚崇就請求獨自承受上蒼的懲罰，「義不仰關」。在姚崇的力請下，唐玄宗最終下令滅蝗，「由是連歲蝗災，不至大饑」，「蝗因此亦漸止息」，從而爲開元盛世的到來奠定了基礎。

但大唐帝國在政治清平時，治理蝗災尚且爭議重重，一旦發生動亂，則政治執行力立即下降。安史之亂（七五五—七六三）後，唐朝的蝗災明顯加劇，其中七八三—七八五年連續三年大蝗，八三六—八四一年連續六年大蝗，八六二—八六九年連續八年大蝗，八七五—八七八年連續四年大蝗。

在藩鎮割據、政治治理失控、蝗災四起的背景下，咸通九年（八六八），由於唐朝政府財政拮据、剋扣兵士薪水，長期在桂林戍守的徐州、泗州兵八百人因爲超過役期卻不能返鄉，隨後發動兵變，並擁護龐勳爲首領北歸。這支叛變的軍隊在抵達淮北地區時，剛好碰上江淮流域連續多年蝗災，加上當時再次水災，「人人思亂，及龐勳反，附者六七萬」。

由於水旱蝗災並起，無數失去生存依託的災民紛紛投靠龐勳的部隊，龐勳的軍隊迅速擴張到了二十萬人。儘管遭遇唐朝和各路藩鎮的強力鎮壓最終失敗，但龐勳領導的桂林戍卒起義，確是在水旱蝗災的助力下迅速擴散。

龐勳失敗後，唐朝境內的蝗災繼續蔓延，到了乾符二年（八七五），唐朝境內的蝗災更是「自東而西，蔽日，所過赤地」，面對這種遍布整個帝國北部的大蝗災，唐朝的官僚群體卻忽悠唐僖宗說，蝗蟲全部自己絕食，「皆抱荊棘而死」了，爲此，當時幾位宰相還向唐僖宗祝賀說這是上蒼有靈。

面對大規模旱災和蝗災蔓延的局勢，當時有百姓向唐朝的陝州觀察使崔蕘哭訴旱災、蝗災之巨，沒想到崔蕘卻指著官署裡的樹葉說：「此尚有葉，何旱之有？」然後將請求賑災的百姓暴打一頓了事。

在這種大規模旱災、蝗災相繼侵襲，唐朝整個官僚集團卻從上到下不聞不問的情況下，「州縣不以實聞，上下相蒙，百姓流殍，無所控訴」，於是，整個唐帝國內部，人民開始「相聚爲盜，所在蜂起」。

就在蝗災肆虐的乾符二年（八七五），王仙芝在蝗災最爲嚴重的濮州（今山東鄄城）領導了一場爲時三年之久的大規模農民起義，王仙芝在八七八年被殺後，他的餘部又繼續投靠黃巢，而黃巢大規模起事的這一年（乾符五年，八七八），正是唐僖宗時期蝗災最爲嚴重的一年。對此，唐京西都統鄭畋在討伐黃巢的檄文中寫道：「近歲螟蝗作害，旱暵延災，因令無賴之徒，遽起亂常之暴。雖加討逐，猶肆倡狂。」明確指出旱災和蝗災相繼侵襲，正是直接激發王仙芝、黃巢起事的重大背景。

陸

唐僖宗中和三年（八八三），黃巢率軍攻破長安，不久唐朝官軍又反攻入城，隨後黃巢又再次反攻進入長安。在這種反覆的爭奪中，先是唐朝官軍在長安城中大肆搶掠，然後惱怒長安居民幫助官軍的黃巢，又指使軍隊對長安進行了屠城，「（黃巢）怒民之助官軍，縱兵屠殺，流血成川，謂之洗城」，當時，黃巢軍隊共在長安城「縱擊殺八萬人，血流於路可涉也」。

經過這場血腥的反覆爭奪，長安城遭到了大規模的破壞，對此，親身經歷此事的晚唐詩人韋莊，在他的著名長詩〈秦婦吟〉中寫：

……

家家流血如泉沸，處處冤聲聲動地。

六軍門外倚僵屍，七架營中填餓殍。
長安寂寂今何有？廢市荒街麥苗秀。
采樵斫盡杏園花，修寨誅殘御溝柳。
華軒繡轂皆銷散，甲第朱門無一半。
含元殿上狐兔行，花萼樓前荊棘滿。
昔時繁盛皆埋沒，舉目淒涼無故物。
內庫燒為錦繡灰，天街踏盡公卿骨！

在這場八八三年的黃巢起義中，當時，長安城「宮室、居市、閭里，十焚六七」，昔日輝煌壯麗的大明宮，更是燒得只剩下了含元殿。

黃巢起義失敗後，從八八三年到九〇四年，短短二十一年間，長安城又先後經歷了三次動亂：其中八八五年宦官田令孜在挾持唐僖宗退出長安時，下令在長安城全城放火，以致整個帝國首都「宮闕蕭條，鞠爲茂草」，「唯昭陽、蓬萊三宮僅存」。

儘管長安城此後有所修復，但到了唐昭宗乾寧三年（八九六），軍閥李茂貞又從岐州（陝西鳳翔）攻入長安，並在城內到處殺人放火。至此，整個長安城「宮室廛閭，鞠爲灰燼，自中和以來葺構之功，掃地盡矣」。

而長安城的第三次，也是最後一次的毀滅性打擊，則是來自朱溫。唐昭宗天祐元年（九〇四）正月，軍閥朱溫強迫唐昭宗遷都洛陽，據《舊唐書．昭宗紀》記載，朱溫命令長安全城軍民「毀長安宮室百司及民間廬舍，取其（木）材，浮渭（水）沿（黃）河而下，長安自此遂丘墟矣」。

這座千古名城，最終被軍閥朱溫下令徹底拆毀，以營建洛陽宮室。於是，在從八八一年至九〇四年的三次動亂中，歷經多次動盪的大唐長安城，最終在一次次的戰火和人爲破壞下走向毀滅，並墮入深淵。

三年後，九〇七年，朱溫又強迫唐哀帝「禪位」，隨後朱溫即皇帝位，滅大唐，改國號爲梁。

唐代長安城，至此徹底覆滅。

儘管長安城在唐代以前屢屢被毀、又多次復興，但從唐朝末年的黃巢起義開始，一直到朱溫下令拆毀長安城後，長安城再未崛起。

而追究根源，除了政治動盪外，其根本原因則在於以長安爲核心的關中地區，在亂砍濫伐森林、水土流失、可耕地面積銳減、自然災害頻發、無法自給自足的情況下，其生態環境日益惡化，已無法支撐作爲帝國首都的重負。

進入五代十國後，長安周邊又戰亂不斷。

到後漢乾祐元年（九四八），趙思綰奪取長安後，與後漢軍隊進行對峙。當時，整個長安城已經從盛唐時期的百萬人口，減少到了只有十萬人。經歷後漢這場戰爭後，長安城的人口最終銳減到了一萬多人，相比巔峰時期，長安城人口減少達百分之九十九。

北宋時，宋人由於用兵西北，以致長安一帶長期動盪。南宋時，長安一帶又成了宋人與金人、蒙古人爭戰的前線。可以說，從八八三年的黃巢起義開始，一直到一二七九年南宋滅亡的近四百年間，整個長安及關中地區，一直處於不間斷的政治和軍事動盪中。

長安的這個動盪週期，甚至超過了魏晉南北朝時期。從此，長安王氣喪盡。

此後，在整個五代十國及兩宋期間，長安周邊「畜產蕩盡……十室九空」。關中地區，在宋代時，最終淪落成爲「壞地瘠薄」、「土曠人稀」的「惡地」。

後來，南宋時人李獻甫在〈長安行〉中寫下了，那個業已衰落不堪的長安和關中平原：

長安大道無行人，黃塵不起生荊棘。
高山有峰不復險，大河有浪亦已平。

在破碎的時空裡，那座唐詩裡輝煌壯麗的長安城，再也回不來了。

大唐神都的興衰

區位、政治與歷史大勢

若是在唐代，你問一個人，死後想去哪？象徵最高榮譽的回答，應該是洛陽邙山。

邙山又稱北邙山、芒山、太平山等，位於洛陽境內北面、黃河南岸，是秦嶺山脈的餘脈，崤山支脈。雖然海拔只有三百公尺左右，但山勢雄偉，東西橫亙數百里。古人認爲，立墓於此，可「枕山蹬河」，風水絕佳，因此一直是最受歡迎的墓葬地。

邙山受歡迎到什麼程度呢？

據統計，邙山的陵墓群涵蓋了東周、東漢、曹魏、西晉、北魏、後唐共六個朝代的二十四座帝王陵墓，還有秦相呂不韋、南朝陳後主、南唐李後主、大詩人杜甫、大書法家顏眞卿等歷史上的名人，也歸葬於此。其他王侯將相、富商巨賈，那就數不勝數了。

古人的夢想不是死後上天堂，而是死後葬邙山，以至於「生在蘇杭，葬在北邙」成爲一句流行語。他們覺得，葬在邙山，這才叫「死得其所」。

毫不誇張地說，邙山堪稱世界上最密集的墓葬地，被形象地形容爲「邙山無臥牛之地」。

唐朝詩人王建有一首詩，描述當時的人想葬在邙山有多麼困難：

北邙行

北邙山頭少閒土，盡是洛陽人舊墓。
舊墓人家歸葬多，堆著黃金無買處。

這山頭風水實在太好了，墓滿爲患，哪怕你家有黃金萬貫，也買不到山上一小塊墓地啊。邙山密集的古代權貴墓葬群，大大激發了盜墓者的創造力。聞名於世的盜墓工具「洛陽鏟」，就是在洛陽被發明，並以洛陽命名。

而邙山崛起爲古代最受歡迎墓葬地，很大程度上源於它面朝的是洛陽城——中國歷史上數一數二的古都。正如唐朝詩人沈佺期所說：

邙山

北邙山上列墳塋，萬古千秋對洛城。
城中日夕歌鐘起，山上唯聞松柏聲。

壹

邙山的好風水，是洛陽賦予的。

別看如今的洛陽市平平無奇，放在全國就是一個經濟總量排在四十多名的普通三線城市；可在宋代以前，洛陽的地位幾乎無可匹敵，哪怕在中國歷史第一城西安面前，也毫不遜色。

洛陽是獨一無二的。

就連「中國」這個名稱，最早所指的地方，也是以洛陽爲中心的河洛地區。這裡不僅是漢民族形成和興盛的地方，也是中華文明起源、形成、定型和發展的中心地區。

早在西周初年，周公營建洛邑，就認定洛邑是「天下之中」。周公認爲把都城建在天下的中央，有利於打造一個「四方輻輳」式的政治、經濟、文化中心，既便於四方諸侯貢賦，又利於鎮撫全國。

這一理論對後世影響極大。後來，很多皇帝想把首都定在洛陽，一個關鍵的形而上考慮，正是想依託「天下之中」的區位來確立政權的合法性。

關於洛陽，有「九朝古都」之說，也有「十二朝古都」之說，看具體怎麼算吧。但即便按照最嚴格的標準來算，洛陽作爲正式都城的歷史也有九百年左右（不含陪都），時間跨度上僅次於西安。

在中國封建時代的前半期，洛陽是與西安雙星並峙的大都會。但按照司馬遷的說法，洛陽的發跡更早。

《史記》記載，「昔三代之居，皆在河洛之間」。洛陽所處的河洛地區，因此被稱為「九州腹心」，是中華文明的發源地。這是位於黃河中下游南岸的一塊河谷盆地，三面環山，西有崤山、中條山，南有熊耳山、外方山、伏牛山，東有淇山、嵩山；北面就是黃河，黃河南岸的邙山則成為一座天然的屏障，使洛陽免於黃河水患的侵擾。

有山還有水。洛陽水系發達，北面黃河，而洛河、伊河、澗河、瀍河等匯流於此，滋養著這片風水寶地，史稱「五水繞洛城」。在很長的歷史時期內，河洛地區代表著農耕文明的最高經濟水準。

秦朝定都咸陽，沒有選擇東周故城洛邑，這可以理解，畢竟人家就是在關中一帶發家的。而劉邦在楚漢爭霸中獲勝後，建立漢朝，都城毫無意外地選擇了洛陽。但是，僅僅幾個月後，一個叫婁敬的小人物勸說劉邦遷都關中。

勸說的理由是，東周時期的天子雖處天下之中，但天下諸侯都把他當成了擺設，「非其（周天子）德薄也，而形勢弱也」。就是說，從地勢的險要程度來看，洛陽作為都城，並不如長安好。

劉邦覺得有道理，就遷都到長安去了，反正他在關中也很有群眾基礎。雖然他當年是在東南起兵反秦，但成就大業卻是在關中。

到了劉秀建立東漢，他起家的政治支柱是以南陽、潁川等地為主的山東（崤山以東）豪族地主，這些人在山東擁有雄厚的經濟基礎和社會關係，他們並不想離開自己的根基到關中去。於是，劉秀定都洛陽，便成了一個自然而然的選擇。

而這一決定，讓洛陽在帝制時代首次正式成爲一個王朝的都城，拉開了後續多個朝代定都於此的序幕。

爲了彌補洛陽與長安的形勢差距，東漢時期，在洛陽四周設置了函谷、伊闕、廣成、大谷、轘轅、旋門、孟津、小平津八大關口，合稱「八關都邑」。這樣，洛陽四塞環衛，雄關林立，成爲名副其實的形勢險固之地。

但是，作爲都城，沾染一個王朝興盛的榮光，也必然要承受一個王朝衰敗的重壓。除非是以禪讓之名實現權力的轉移和交接，否則，訴諸戰爭的朝代更替，肯定會伴隨都城的破壞與毀滅。東漢末的董卓之亂、西晉末的永嘉之亂，都是刻寫在洛陽歷史上的重大傷痕。

直到四九四年北魏孝文帝推行漢化政策，從平城遷都洛陽，才在西晉洛陽城故址上重建了這座城市。很快，這座舊址新城就彙集了三十萬人口，佛寺達到一千多所，繁盛一時。

僅僅四十餘年後，北魏兩大權臣家族，一個立足長安，一個東遷鄴城，後來演化成西魏和東魏。東西相爭，洛陽地處兩者中間，成爲爭戰之地，難逃被毀的命運。正所謂，洛陽「蓋四方必爭之地也，天下常無事則已，有事則洛陽先受兵」。

五四七年，在北魏分裂爲東、西魏十三年後，一個名叫楊衒之的人奉命回到故都——前北魏洛陽城。眼前的一切，讓他十分悲痛。他看到這座當時規模最宏偉的都城，「城郭崩壞，宮室傾覆，寺觀灰燼，廟塔丘墟」。繁華的背面是荒涼，這是任何一座都城都難以逃脫的興衰宿命，洛陽更不例外。

有意思的是，爲了對抗占據山東富庶地區的高歡家族，立足長安的宇文泰家族發展出一套「關中本位政策」，這套政策及其影響下形成的關隴軍功集團，此後影響了中國歷史三百多年，並深度介入了長安和洛陽這兩座超級都城的命運。

貳

作爲對抗關中本位政策的基地，洛陽在隋唐時期一度達到繁盛的頂點。

南北朝時期的中國，沿著兩條路徑發展，最終以西魏—北周—隋朝作爲歷史的出口，重新統一並主導了中國的走向。楊堅建立的隋朝，實際上繼承的是宇文泰家族的衣缽，包括接下來李淵建立的唐朝，也是如此。由此可見宇文泰的關中本位政策影響多麼深遠。

關中本位政策是史學大家陳寅恪最早提出來的一個說法，在此基礎上，發展爲「關隴集團」。具體指的是西魏權臣宇文泰「融合其所割據關隴區域內之鮮卑六鎮民族，及其他胡漢土著之人爲一不可分離之集團，匪獨物質上應處同一利害之環境，即精神上亦必具同出一淵源之信仰，同受一文化之熏習，始能內安反側，外禦強鄰」。

也就是說，鮮卑貴族把關中的漢族豪強納入府兵系統形成統一的軍功貴族，這樣，關中勳貴便具有了共同的利益和信仰，能夠團結起來共同戰鬥。歷史表明，關中本位政策使西魏變弱爲強，到北周後，消滅了北齊，統一了中國北方，隋朝代北周後，又南下消滅了陳，最終實現了國家的統一。

從北周到隋朝再到唐朝，三個朝代的權力更替，實際上是在關隴集團內部進行的，說得更具體一點，是在同一個婚姻圈內，一堆親戚之間進行的。最終的勝出者，都僅僅是因爲得到了關隴集團的集體擁護。哪怕是在太原起兵的李淵，也要處心積慮回到長安，爭取關隴集團的支持，才能順利建立李唐王朝。

正因如此，長安是隋唐兩朝的基本盤，兩朝的開國皇帝都毫不猶豫地以長安爲都城，絕無其他打算。同時，無論楊堅還是李淵，都對代表山東士族勢力的洛陽進行無情的打壓。目的也是爲了維護關隴集團的純粹性和基本利益，防止洛陽崛起成爲對抗長安的根據地。

然而，到了這兩個王朝的第二代接班人，想法就有些不同於他們的父輩了。他們的父輩既然是依靠關隴集團的背景立國，實際上落實到皇帝本人的權力是相對有限的，身爲第二代接班人，楊廣和李世民都是經過兄弟奪權上位的，他們顯然不滿足於父輩受到的權力制衡，希望進一步強化皇權。

在野心的支配下，隋煬帝楊廣開始了重新營建洛陽城的宏大工程。

登基的第二年，六〇五年，楊廣親自登上北邙山，南望伊闕，選擇了西對龍門的一塊地兒，重建東都洛陽。他任命天才建築師宇文愷負責洛陽城的規劃營建，工程十分浩大，每月役使的工人達二百萬人。這次洛陽城的重建堪稱鬼斧神工：一方面適應地形，打破南北軸線完全對稱的城市營建法則，將皇城和宮城建在城市的西北角，但整個城市的規劃仍然是棋盤形格局，力求方正整齊；另一方面整個城市跨河流兩岸建設，洛河穿城而過，由西向東將市區分成南北兩半，城中用四座橋樑連接，此外還引伊水、瀍水入城，開鑿漕渠，使得洛陽城的水運系統極其發達。

楊廣的另一項宏大工程，是以百萬民力鑿通長達二千多公里的南北大運河，形成一個龐大的內河航運系統。而這個系統的中心，正是洛陽。江南、山東、河北的糧食物資，通過水運，經黃河直接進入洛陽。到洛陽後，經廣通渠等繼續西運，再轉入長安。成為水運樞紐後，洛陽的商業急劇發展，城市人口迅速飆升到百萬以上。

營建東都洛陽的成功，標誌著楊廣從父輩純粹依託關隴集團，轉而依託山東士族、江淮士族等新勢力。後世將此解讀爲楊廣與關隴集團的決裂。或許是步子邁太大了，楊廣最終還是敗給了關隴集團。繼起的唐朝開國皇帝李淵，是楊廣的表哥。

李唐的第二代接班人李世民，又開始走楊廣當年制衡關隴集團的路子。儘管遭到多次諫阻，但李世民還是堅持要大力修建隋末戰亂中被破壞的洛陽宮城。原因無他，李世民想以洛陽牽制長安，以山東集團制衡關隴集團而已。

由於有了楊廣的前車之鑒，李世民的步子邁得穩妥很多。他隨時兼顧關中與山東兩個集團的勢力平衡，確保了權力的穩定過渡。

直到他曾經的妃子、後來的兒媳——武則天，掀起了更大的風浪。

洛陽在武則天的手上，被賦予了「神都」之名，地位超越長安。而這一切，仍舊源於一直懸而未決的關隴集團勢力問題。

六五五年，唐高宗李治決定要廢掉王皇后，立武則天爲后。這次「廢王立武」事件，引起了軒然大波，其本質則是關隴集團與山東集團之間的一場鬥爭。王皇后出身關隴貴族，家族根基深厚，而武則天的父親是一個木材商，屬於山東寒族。這場背景懸殊的對立，卻以武則天勝出而告終，標誌著山東集團在與關隴集團的較量中開始占據上風。

武則天是個政治奇才。在唐高宗常年臥病、無力處理政事的背景下，她憑藉聰明能幹介入朝政，到六七四年以後，已經發展出朝廷的「二聖」格局，實際政務由她一手包攬。六八三年，唐高宗病逝後，武則天距離成爲帝國的女主，只差一個名號而已。

橫亙在她面前的障礙，一個是她的性別，另一個是她的出身。關隴集團對武則天的敵意，很大程度上源於她是一個外來的闖入者。而武則天要想抵達權力的巔峰，就必須突破關隴集團的阻撓。所以，武則天向來將關隴集團勢力盤結的長安視爲畏途，她的做法是在洛陽重建班子，對抗關隴集團。

六八四年，武則天致信西京留守劉仁軌，將劉仁軌比作蕭何，並把長安託付給他，自己專心留在洛陽。

同年，武則天改東都洛陽爲「神都」，使之凌駕於長安之上。

事實上，在唐高宗和武則天時期，洛陽的地位已超越長安，成爲全國的政治中心。唐高宗在位三十三年中，七幸洛陽，累計達十一年之久。唐高宗死後，武則天執政二十二年，除晚年一度回長安兩年外，其餘時間全在洛陽。

神都洛陽在武則天的運作下，迎來了史上最榮耀的時期。

唐高宗和武則天先後對洛陽城宮城進行重建。上陽宮是最重要的聽政場所，以建築華麗著稱，武則天長居於此，最後亦在此病逝。唐朝詩人王建曾寫詩稱讚上陽宮的巍峨華美，詩曰：

上陽宮

上陽花木不曾秋，洛水穿宮處處流。
畫閣紅樓宮女笑，玉簫金管路人愁。
幔城入澗橙花發，玉輦登山桂葉稠。
曾讀列仙王母傳，九天未勝此中遊。

武則天的最大動作，是在洛陽修建明堂和天堂。史書記載，明堂有三層，高度約爲八十八公尺，中有通天柱上下貫通。而天堂更宏偉，一共有五層，從第三層就可以俯瞰明堂，中間放置一尊大佛，僅佛像的小指就可並坐數十人。明堂和天堂都在建成不久後遭火災或風災，毀掉後，又重建。史載，為了重建，「日役萬人，采木江嶺，數年之間，所費以萬億計，府藏為之耗竭」。

從記載來看，明堂和天堂絕對是中國歷史上規模最大的單體木構建築，一直以來，人們甚至不敢相信它們真實存在過。直到一九八六年，洛陽一個施工現場意外挖出了一個直徑三・六七公尺的巨型柱坑，人們才終於相信天堂和明堂不是傳說。

武則天以巨大的財力和魄力，將洛陽打造成一座真正意義上的「神都」，借此為她建立武周政權及稱帝造勢。當時的詩人宋之問在詩裡還原出洛陽繁花似錦的景觀，並歡呼這是一個千年一遇的太平盛世：

寒食還陸渾別業

洛陽城裡花如雪，陸渾山中今始發。
旦別河橋楊柳風，夕臥伊川桃李月。
伊川桃李正芳新，寒食山中酒復春。
野老不知堯舜力，酣歌一曲太平人。

對於那個時代的詩人而言，武則天確實是一個千載難逢的明君聖主。如前所述，為了對抗關隴集團，武則天需要構建支援自己的力量。關隴貴族主要通過門蔭入仕，固化和壟斷階層利益，而武則天則大力推動科舉，通過科舉選拔人才，從而對關隴貴族入仕形成抑制。

正如陳寅恪在《唐代政治史述論稿》中指出的：「進士之科雖設於隋代，而其特見尊重，以爲全國人民出仕之唯一正途，實始於唐高宗之代，即武曌專政之時。」

只要你有才學，哪怕出身寒微，沒有關係，武則天照樣給你官做。出身論一定程度上被打破了。「初唐四傑」、「文章四友」等文人活躍於這個時期，應該說跟武則天對於科舉和文學的重視是分不開的。就算駱賓王在檄文中將她罵得狗血淋頭，武則天仍然會驚訝於這名詩人的才氣，而質問自己的宰相說，你怎麼能錯失這樣的人才！

洛陽由此成爲全國最大的科舉和人才中心，即便在武則天死後，長安重新奪回帝都之位，但洛陽出人才的名聲依舊深深影響著歷史。

東陽夜怪詩／佚名

長安城東洛陽道，車輪不息塵浩浩。
爭利貪前競著鞭，相逢盡是塵中老。
日晚長川不計程，離群獨步不能鳴。

> 賴有青青河畔草，春來猶得慰羈情。

在不知名的唐朝詩人筆下，洛陽的繁華吸引著無數的士人和商人，爲了名利，競相奔走在通往洛陽的道路上。這條洛陽道，不正是實實在在的成功之道嗎？

武則天也成功了。

在她的推動下，庶族新興階層的興起，逐步取代了關隴貴族的地位，由此構成唐宋社會變革的一個重要進步內容。而她依靠這股進步力量，登上了個人的權力頂峰。

六九〇年，武則天稱帝，成爲中國歷史上唯一的女皇帝。

神都洛陽跟著女皇武則天，創造了一段偉大的歷史——門閥士族統治沒落了，科舉士大夫階層興起了。這是一個緩慢的進步過程，但它的發端無疑是在洛陽，光憑這一點，洛陽就足以在歷史上不朽。

肆

巔峰意味著下坡的開始，接下來的洛陽故事就略顯悲涼了。

七〇五年，武則天在洛陽上陽宮病逝後，她的兒子、唐中宗李顯還都長安，並有意降低了洛陽的地位。

到了唐玄宗時期，他在位期間曾五次巡幸洛陽，但都發生在開元二十四年（七三六）以前，主要是到洛陽處理武則天稱帝時期留下的「尾巴」，比如清理一些不合禮制的建築，爲被鎮壓的李唐宗室成員平反，等等。開元二十四年從洛陽返回長安以後，唐玄宗再也沒有踏足洛陽。七四二年，唐玄宗下詔東都改名爲東京。

現在我們講唐朝的極盛，都是講「開元盛世」，實際上開元盛世是在唐高宗和武則天執政時期奠定的人才、制度基礎上出現的，是洛陽作爲神都時期留下來的政治遺產。

後來，那些沒有經歷過開元盛世的唐朝詩人，總是以洛陽的衰落來隱喻唐朝的衰落。在他們看來，洛陽的繁盛一去不返，是整個帝國走向黃昏的一個縮影：

洛陽行／張籍

洛陽宮闕當中州，城上峨峨十二樓。
翠華西去幾時返，梟巢乳鳥藏蟄燕。
御門空鎖五十年，稅彼農夫修玉殿。
六街朝暮鼓冬冬，禁兵持戟守空宮。
百官月月拜章表，驛使相續長安道。
上陽宮樹黃復綠，野豺入苑食麋鹿。

陌上老翁雙淚垂，共說武皇巡幸時。

中唐詩人元稹寫過一首更著名的詩，短短二十個字，卻讓人讀後有一種崩潰感：

行宮

寥落古行宮，宮花寂寞紅。
白頭宮女在，閒坐說玄宗。

詩中的「古行宮」，正是唐高宗、武則天時期營建的洛陽上陽宮。唐玄宗當年巡幸洛陽時留下的宮女，從青春少女變成了白頭老嫗，歲月不可挽回，而盛世同樣一去不返了。

無論對於洛陽還是對於帝國，更大的破壞源於唐玄宗執政後期爆發的安史之亂。

在安史之亂八年間，洛陽四次在叛軍和唐政府借用的回紇兵之間易手，四次都遭到不同程度的焚燒劫掠。到戰亂平息後，洛陽所存人口僅有原來的兩、三成，而宮室建築「十不存一」，豺狼出沒，一片荒涼淒慘的景象。

詩人杜甫早年曾跟姑媽一起居住在洛陽，中年後又曾與李白、高適一同漫遊洛陽，對這座都城有著深厚的感情。但他晚年在南方漂泊，回憶往事，卻不敢跟人打聽洛陽的最新情況：

憶昔二首（節錄）

洛陽宮殿燒焚盡，宗廟新除狐兔穴。
傷心不忍問耆舊，復恐初從亂離說。

整個中晚唐，面對帝國中興無望，詩人們一個個漸生幻滅之心，這跟盛唐時期詩人寫起洛陽總是一片繁華心生樂觀，形成了強烈的對比。童年經歷過安史之亂的孟郊，有一次站在洛陽的天津橋上，看到了滿眼蕭條：

洛橋晚望

天津橋下冰初結，洛陽陌上人行絕。
榆柳蕭疏樓閣閒，月明直見嵩山雪。

要知道，天津橋坐落在洛陽中軸線上，是城中最繁華的地帶。李白當年在天津橋南的酒樓裡「黃金白璧買歌笑，一醉累月輕王侯」，沈佺期退朝後從天津橋招搖而過，「天津御柳碧遙遙，軒騎相從半下朝」。而到了孟郊的時代，短短數十年間，一切都換了容顏。

這座城市老了。

洛陽作爲大運河中心的地位，在安史之亂後也受到了挑戰。從江淮連接到洛陽的通濟渠，由於安史之亂斷航淤塞長達八年，直到七六四年朝廷理財大臣劉晏重開汴河，並改革漕運制度後，開封的水運地位逐漸崛起。四方轉運的糧食貨物不再進入洛陽，而是由汴河經黃河入渭水，直達長安。在帝國經濟重心南移的大背景下，洛陽又喪失了大運河的中心地位，日漸衰落並最終被開封所取代，已經只是時間的問題而已。

而這一切的發生，跟封建中國的權力中心東移是同步的。從秦朝開始的帝制時代，到北宋立國，在一千餘年的歷史中，中國的都城有一個緩慢東移的過程，其中有兩個最主要的臨界點：

一次是九〇四年，大軍閥朱溫脅迫唐昭宗從長安遷都洛陽。這次遷都，不僅遷走長安的皇帝、百官和百姓，連建築拆下來的木材都沿渭河和黃河順水而下，一起運到了洛陽。長安遂爲丘墟，淪爲一般城市，從此與帝都無緣。

另一次則是在五代時期，洛陽雖然與開封組成新搭檔，輪流當國都，但誰都知道，洛陽只是開封的一個過渡和替身。北宋時期，洛陽稱作西京，成爲陪都，用來安置朝廷黨爭的失敗者和閒散官員，而這也是洛陽都城史上最後的陪都時期。

宋太祖趙匡胤曾想遷都洛陽，他弟弟說「大哥，你到洛陽吃什麼啊」，一句話噎得趙匡胤沒脾氣。風水輪流轉，開封憑藉大運河中心的區位優勢，源源不斷獲取來自南方的糧食物資，而洛陽僅剩下了光輝歷史塗抹的一層光圈，此外啥也沒有。

北宋滅亡後，洛陽淪為一個普普通通的區域性城市。

然而，我還是喜歡洛陽如今的樣子，一座光耀千年的都城，蛻變成文明與歷史的象徵。她在現實中老去，卻在唐詩宋詞的經典中永遠年輕。

就像司馬光說的那樣，「欲問古今興廢事，請君只看洛陽城」。

就像永不言語的北邙山，埋葬了多少榮華富貴，但唐朝的詩人們說：

觀送葬／歐陽詹

何事悲酸淚滿巾，浮生共是北邙塵。
他時不見北山路，死者還曾哭送人。

浩歌行（節錄）／白居易

賢愚貴賤同歸盡，北邙塚墓高嵯峨。
古來如此非獨我，未死有酒且酣歌。
顏回短命伯夷餓，我今所得亦已多。
功名富貴須待命，命若不來知奈何。

在這樣一座幾經興衰的千年古都面前，人類還有什麼想不開、看不透、放不下的呢？

大唐有座「魔都」，悄悄火了一千年

隋煬帝楊廣最愛的城市，不是長安，也不是洛陽，而是在他之前似乎名不見經傳的江都（揚州）。

在生命最後的日子，大業十四年（六一八），隋煬帝經常在江都城內，自憐自艾摸著自己的頭說：「好頭頸，誰會砍下我這顆人頭呢？」

這是一位天才的帝王，也是一位任性妄爲的帝王。

他先知而敏銳地預見到了中國城市沿著長安—洛陽—揚州一線，從黃河流域到江淮流域的東遷發展趨勢。但他太過先知，又太過任性。

當時，天下群雄並起，隋煬帝卻帶著二十萬禁軍，自顧自在揚州巡幸玩樂，完全無意北返。他有時甚至對蕭皇后說：「外間大有人圖儂（我），然儂不失爲長城公（陳後主），卿不失爲沈后（陳後主的皇后）。」並且自嘲說：「貴賤苦樂，更迭爲之。」

然而，時間並不給他機會。

大業十四年三月，禁軍將領宇文化及等人發動政變。隋煬帝被弒，時年五十歲。

此後，天下持續大亂，一直到唐朝繼之而起。而隋煬帝給此後的中國留下的，是一座即將繁盛千年的帝國名城——揚州。

後來，晚唐詩人李商隱在遊覽揚州的隋朝古行宮後，寫下了〈隋宮〉這首詩：

紫泉宮殿鎖煙霞，欲取蕪城作帝家。
玉璽不緣歸日角，錦帆應是到天涯。
於今腐草無螢火，終古垂楊有暮鴉。
地下若逢陳後主，豈宜重問後庭花！

壹

在中國的城市發展史上，揚州的崛起是一個標誌性的轉捩點。

在揚州之前，中國的一線城市長期在黃河流域的長安和洛陽之間搖擺。儘管位處長江、淮河流域的建康（南京）從魏晉南北朝時期開始隆重登場，但在當時，南京一帶的江淮流域經濟並未超過北方。可以說，在唐朝安史之亂以前，中國的經濟中心仍然是黃河流域。

但隨著魏晉南北朝的開墾，江淮流域的經濟有了長足發展。從黃河流域—淮河流域—長江流域，中國經濟帶正在逐漸東遷。西元五八一年隋朝建立後，仍然以西部的長安爲首都。當時，政治中心在西部，但經濟中心卻有逐漸東遷的趨勢。

爲了將江淮地區的財賦運入關中地區，從六〇五年至六一〇年，隋煬帝前後耗時六年，徵發數百萬民工，最終開鑿出一條以洛陽爲中心，東西連接長安—洛陽—揚州—江南地區，南北縱貫杭州—涿郡（北京），全長逾千多里，連接海河、黃河、淮河、長江和錢塘江五大水系的京杭大運河的前身——隋唐大運河。

天才的隋煬帝想畢萬功於一役，但他的急功近利和濫用民力，修建大運河等耗盡帝國資源的超級工程，最終導致了隋朝的滅亡。

隋煬帝雖死，但他給繼之而興的唐朝和此後的中國打通了縱貫東西南北的血脈——大運河。而作爲大運河連接黃河流域與江淮流域的中心點，揚州的崛起，已經不可阻擋。

按照南朝劉宋時人鮑照的記載，當時的揚州已經是一個四方輻輳的通都大邑，在南朝時期，就出現了「腰纏十萬貫，騎鶴上揚州」的說法，而隋朝大運河的開鑿連接，則使得揚州成爲中國東西南北交匯的十字中心點。

當時，揚州擁有「襟江、控河、距海」的三大地理優勢。「襟江」指的是靠近長江，「控河」指的是位處大運河的東西南北十字交叉點，「距海」指的是隋唐時期的揚州是一座濱海城市，是海上絲綢之路的重要始發港之一。隋煬帝甚至爲此賦詩說：「借問揚州在何處？淮南江北海西頭。」

對於揚州的繁盛，中唐詩人權德輿在〈廣陵詩〉中讚歎說，揚州是一座「八方稱輻湊，五達如砥平」的交通中心城市。李白則讚頌揚州「萬舸此中來，連帆過揚州」。曾經流連揚州三年之久的杜牧，更是稱讚揚州「長江五千里，來往百萬人」。

隋唐時期，所有從江南運往長安的漕運船舶，都要在揚州停靠中轉。作為大運河的中心點，揚州也因此成為官方的漕船、民間的商船和客船等各路貨運的中軸點。

由於隋唐時期，海潮甚至可以倒灌直抵揚州城下，揚州作為海上貨運的始發港，在唐代時也成了與廣州、泉州、交州並稱的東方四大商港。

當時，船舶從揚州港出航，可東通日本，南抵南洋，西達西亞。由於海上貿易發達，唐朝時期的揚州城內，長期僑居有數千阿拉伯商人，另外來自波斯、大食、新羅、日本等國的商人也是不計其數。對此《舊唐書》說：「江淮之間，廣陵（揚州）大鎮，富甲天下。」

貳

在這種經濟的強盛輻射下，當時，「天下文士，半集維揚」，全國一半的知識分子都去過揚州，以至於「腰纏十萬貫，騎鶴上揚州」成了從南朝到隋唐時期各個階層人士的美好嚮往。

初唐時期的揚州本土詩人張若虛（約六七〇—約七三〇），最終寫出了被後世稱之為「孤篇蓋全唐」的〈春江花月夜〉。寫的是初盛唐時期，揚州城南郊一帶月下夜景中最動人的五種事物：春、江、花、月、夜。在這首詩中，張若虛以他平淡沖和、平靜內斂的表述，從一種宏大的生命視角和宇宙視角，觸及和展現了美景、生命與永恆的魅力。

但在唐代，〈春江花月夜〉並不被重視，此後這首詩長期埋沒於歷史的煙塵之中。一直到明朝嘉靖年間復古運動興盛後，各種唐詩選本才紛紛開始收錄這首〈春江花月夜〉。之後，明清兩代對這首詩越來越重視。清末學者王闓運稱之爲「孤篇橫絕，竟爲大家」，聞一多則評價「這是詩中的詩，頂峰上的頂峰」。

張若虛去世前四年，大唐開元十四年（七二六），離開四川東遊的二十六歲的李白，在剛遊歷江西寫下〈望廬山瀑布〉後，折上金陵（南京），並在這裡遇見了三十八歲的詩人孟浩然。李白一生自視甚高，甚至對小迷弟杜甫都有點愛理不理，然而對於孟浩然，李白卻傾注了深情。

一生顛簸、仕途困頓的孟浩然散逸清發，是李白仰慕的詩人。於是，他們一起結伴前往揚州，李白爲此寫下〈夜下征虜亭〉：

船下廣陵去，月明征虜亭。
山花如繡頰，江火似流螢。

詩中的廣陵，是揚州的舊稱。史料記載，出身巨富家庭的李白此次共在揚州待了半年，「散金三十萬，有落魄公子，悉皆濟之」。豪爽的李白揮金如土四處漫遊，但懷才不遇的孟浩然無心遊玩，隨後又從揚州沿水路折上長安參加科舉考試。

一直到九年後的開元二十三年（七三五），多次落第的孟浩然，又在江夏遇見了李白，這一年，孟浩然四十七歲，李白三十五歲。

在黃鶴樓，孟浩然再次乘船東下揚州，老友李白爲他賦詩送行。但滾滾長江，李白送行的深情厚誼，卻難掩孟浩然科舉落榜、仕途無望的憂傷。在揚州著名的揚子津渡口，孟浩然寫下了〈揚子津望京口〉：

北固臨京口，夷山近海濱。
江風白浪起，愁殺渡頭人。

在唐詩歷史上，揚子津和瓜洲渡，是兩個重要的地理名詞。作爲揚州城外南來北往、東航出海的兩個重要渡口，揚子津和瓜洲渡頻繁出現在唐詩和唐代史料中。如果不能理解揚州在隋唐時期的歷史地理位置，就難以理解揚子津和瓜洲渡對於唐人和唐詩的意義之所在。

因爲這裡，正是隋唐時期中國交通的十字中心點，這裡不僅是歷史煙雲的浩瀚之地，不僅有巨船大舸人來貨往，還有詩人們遊歷維揚、南下北上的愛恨情仇。

參

李白辭別好友孟浩然二十年後，唐玄宗天寶十四載（七五五），安祿山在范陽起兵叛亂，掀開了安史之亂的序幕。

歷經這次重劫，黃河流域的長安、洛陽遍地戰火。此後，黃河中游地區逐漸衰落，中國的經濟和政治文化中心，逐漸東遷至以汴州（開封）和揚州爲代表的黃河下游和江淮流域。而揚州，更是在安史之亂以後，崛起成爲當時大唐帝國的第一經濟都市。

可以說，揚州正是大唐的魔都。

天寶十四載（七五五），大唐官方人口普查，帝國能夠掌握的人口約爲五千二百萬人。但到了安史之亂後的第五年，也就是唐肅宗乾元三年（七六〇），大唐能夠掌握的戶籍人口只剩下了一千六百萬人。

面對戰亂、瘟疫、饑荒、徭役等各種苦難，除了死難人群外，中國人口的第二次大規模南遷運動開始了。而位處天下交通十字中心的揚州，則成了大唐子民南下避亂的重要中轉地。

對於這場劫難，李白在〈永王東巡歌〉中寫道：

三川北虜亂如麻，四海南奔似永嘉。

面對像西晉永嘉時期北人南逃的局面，當時，「中夏不寧，士子之流，多投江外」，「衣冠士庶，家口亦多避地於江淮」。在這種南奔逃難的愁苦中，詩人李端被困在揚州的瓜洲渡口，他寫詩〈曉發瓜洲〉言道：

曉發悲行客，停橈獨未前。
寒江半有月，野戍漸無煙。
棹唱臨高岸，鴻嘶發遠田。
誰知避徒御，對酒一潸然。

儘管北方連年戰亂，此後更是陷入了藩鎮割據的長期分裂局面，但安史之亂時相對安靜的揚州和江淮流域，卻成爲大唐帝國維繫生存的關鍵。

大唐帝國仰賴著江淮流域的財賦，最終得以平定安史之亂。以揚州爲重點的大運河，更是成了大唐帝國賴以生存的生命線。在此基礎上，揚州不僅沒有受到安史之亂的衝擊，相反還一躍成爲中晚唐時期的第一大經濟都市，以致當時有「揚一益二」的說法。其中的「揚」指的正是揚州，而「益」則指的是益州。

中國的經濟重心逐漸從黃河流域向江淮流域轉移，位處大運河沿線的揚州、蘇州、杭州等城市迅速崛起，揚州更因位處大運河十字核心點而受益最大。大唐歷史上最繁盛的魔都揚州，在唐詩中日漸顯赫起來。

在安史之亂後，詩人王建（七六八—八三五）在〈夜看揚州市〉中，為我們展現了一個比盛唐時期還要輝煌的揚州城：

夜市千燈照碧雲，高樓紅袖客紛紛。
如今不似時平日，猶自笙歌徹曉聞。

曾經當過宰相，寫下〈憫農二首〉的李紳（七七二—八四六），也在〈宿揚州〉中記錄了這座風情萬種的城市：

江橫渡闊煙波晚，潮過金陵落葉秋。
嘹唳塞鴻經楚澤，淺深紅樹見揚州。
夜橋燈火連星漢，水郭帆檣近斗牛。
今日市朝風俗變，不須開口問迷樓。

即使到了晚唐時期，詩人許渾（約七九一—約八五八）見到的揚州城也仍然繁華盛世：

煬帝都城春水邊，笙歌夜上木蘭船。
三千宮女自塗地，十萬人家如洞天。

在揚州城的鼎盛巔峰中，大唐太和七年（八三三），三十一歲的詩人杜牧（八〇三—約八五二）趕赴揚州，出任淮南節度使牛僧孺的幕府掌書記，並在這裡度過了最爲風流浪漫的三年。這座讓人流連忘返的城市，讓詩人杜牧愛戀不已。他在〈寄揚州韓綽判官〉中，給後人留下了一個千古風流之城的印象：

青山隱隱水迢迢，秋盡江南草未凋。
二十四橋明月夜，玉人何處教吹簫？

對於深情愛戀的青樓妓女，杜牧又寫道：

娉娉裊裊十三餘，豆蔻梢頭二月初。
春風十里揚州路，卷上珠簾總不如。

後來，回首揚州三年的風流歲月，他在〈遣懷〉詩中寫道：

落魄江南載酒行，楚腰纖細掌中輕。
十年一覺揚州夢，贏得青樓薄倖名。

肆

在眾多風流才子的見證下，揚州逐漸步入巔峰。作爲大唐帝國的商業中心，這裡更是安史之亂以後，才子文人和富商巨賈的雲集之地。

詩人白居易在〈鹽商婦〉記錄了一個嫁給「大商客」的揚州女子，因爲丈夫在揚州經營鹽業成爲巨富，自己也過上榮華富貴生活的案例：

鹽商婦，多金帛，不事田農與蠶績。

南北東西不失家，風水為鄉船作宅。
本是揚州小家女，嫁得西江大商客。
綠鬟富去金釵多，皓腕肥來銀釧窄。
前呼蒼頭後叱婢，問爾因何得如此？
婿作鹽商十五年，不屬州縣屬天子。
每年鹽利入官時，少入官家多入私。
官家利薄私家厚，鹽鐵尚書遠不知。
何況江頭魚米賤，紅膾黃橙香稻飯。
飽食濃妝倚柁樓，兩朵紅腮花欲綻。
鹽商婦，有幸嫁鹽商。
終朝美飯食，終歲好衣裳。
好衣美食有來處，亦須慚愧桑弘羊。
桑弘羊，死已久，不獨漢時今亦有。

揚州的繁華和夢幻，也使得晚唐詩人徐凝魂牽夢縈。在〈憶揚州〉中，他深情追憶了他愛戀的女子和那座讓他如癡如醉的城市：

蕭娘臉薄難勝淚，桃葉眉尖易覺愁。
天下三分明月夜，二分無賴是揚州。

詩人張祜（約七八五—八四九）對揚州也是念念不忘。寫出「故國三千里，深宮二十年。一聲何滿子，雙淚落君前」的這位大才子，一生仕途坎坷。當初，天平軍節度使令狐楚非常欣賞張祜的才華，於是親自起草奏章舉薦張祜，並把張祜的三百首詩獻給朝廷。

看到令狐楚的推薦，唐憲宗召來同樣也是著名詩人的翰林學士元稹，詢問他張祜的詩寫得怎麼樣，沒想到妒忌張祜才華的元稹卻故意中傷說：

「張祜的詩只是雕蟲小技，大丈夫不會像他那麼寫。若獎賞他太過分，恐怕會影響陛下的風俗教化。」

大詩人元稹既然這麼評價，唐憲宗對張祜的印象自然也一般。仕途難進，無奈下只有寂寞返鄉的張祜於是寓居淮南，他在揚州流連許久，並且寫詩稱頌揚州：

十里長街市井連，月明橋上看神仙。
人生只合揚州死，禪智山光好墓田。

後來，張祜死在了與揚州毗鄰的丹陽（鎮江），「人生只合揚州死」的張祜，最終也算長眠江淮之地。

但大唐揚州城，即將在晚唐的哀歌中迎來末日。

唐僖宗光啟二年（八八六），黃巢起義被鎮壓後，揚州城又陷入了長達五年的軍閥混戰。光啟三年（八八七），「廣陵兵亂，畢師鐸縱兵大掠……自城陷，諸軍大掠，晝夜不已……貨財在揚州者，塡委如山……悉爲亂兵所掠」。

當時，各路軍閥在揚州（廣陵）展開激烈的圍城爭奪戰，「揚州連歲饑，城中餧死者日數千人，坊巷爲之寥落，妖異數見」。在殘酷的圍城戰中，揚州城內出現了大規模的人吃人，「是時，城中倉廩空虛，饑民相殺而食，其夫婦、父子自相牽，就屠賣之，屠者刲剔如羊豕」。

歷經五年戰爭後，揚州最終「廬舍焚蕩，民戶喪亡，廣陵之雄富掃地矣」。當時占據揚州的孫儒軍隊無以爲食，甚至殺人作爲軍糧，「悉焚揚州廬舍，盡驅丁壯及婦女渡江，殺老弱以充食」。

在這種殘酷的戰爭、饑荒和瘟疫洗劫下，往日作爲大唐魔都的揚州最終陷入衰敗。晚唐詩人韋莊（約八三六—九一〇）在戰後經過揚州時，寫下了〈過揚州〉：

當年人未識兵戈，處處青樓夜夜歌。

花發洞中春日永，月明衣上好風多。
淮王去後無雞犬，煬帝歸來葬綺羅。
二十四橋空寂寂，綠楊摧折舊官河。

在韋莊的筆下，揚州的繁華盛世已不復存在，而〈過揚州〉也成了大唐揚州城夢幻里程的最終記錄。

此後，揚州城幾度復興，又幾度衰落。十九世紀太平天國運動後，因爲戰亂、洪災等多重原因導致運河淤塞的揚州，最終在清廷「廢河運、行海運」的歷史變革中，徹底失去了天時地利人和的綜合優勢，轉而淪落成爲平常城市。

在唐詩的哀婉聲中，那個繁華夢幻的揚州城，一去不復返。

成都
帝國最後的烏托邦

成都與唐朝皇帝的故事，大多是事故。

有唐一代，天子「四出而卒返，雖亂而不亡」。自安史之亂起，先後有四個皇帝爲了避亂而出奔，其中唐玄宗和唐僖宗都逃到成都，唐德宗挨打時本來也想奔蜀，跑了一半沒走成。

唐玄宗親身體驗了在沒有現代交通工具的情況下，從國都長安到西南都會成都的來回路途。爲了躲避安史叛軍，旅客李先生從長安逃到成都是一個半月，後來叛亂逐漸平息，李先生回長安見兒子，又走了一個月零十天。從關中到巴蜀，翻過山地、越過棧道，這兩趟旅程都花了一個多月時間。

蜀道眞難！

大詩人李白雖曾感歎蜀道之難，卻不吝讚揚錦城之美。唐玄宗還朝，舉國歡慶，李白爲此寫了〈上皇西巡南京歌十首〉。其中「聖主西巡」等語聽起來就彆扭，不說還以爲是反諷，可李白對養育自己的故鄉蜀地都是眞情實感，尤其是誇成都：

九天開出一成都，萬戶千門入畫圖。
草樹雲山如錦繡，秦川得及此間無。

此處的「南京」指成都，唐玄宗入蜀後，曾將其升爲南京。李白認爲，這個西南大都會才是眞正的一線城市，千家萬戶如在畫中，青山白雲燦若錦繡，就連當時繁盛的關中，也不及成都。大唐成都，究竟有何魅力，讓人流連其間？

壹

在中國歷史上，至少有七個地方曾被稱爲「天府之國」，其中，關中與四川堪稱「天府」聯盟當之無愧的「清華北大」。但到了唐朝中後期，關中地區戰亂頻仍、經濟凋敝，生態環境更是急速惡化，四川盆地就搶了老大哥的位置，漸漸獨占「天府之國」的稱號。

如今說起天府之國，你會想到四川，還是陝西呢？

作爲四川的中心，成都建城至今已有二千三百多年，而且自秦漢起就是天下富庶之地。《漢書》說了，此地「有江水沃野，山林竹木，蔬食果食之饒，民食稻魚，亡凶年憂，俗不愁苦」。當年，高臥隆中的諸葛亮，還沒出山就跟快破產的老闆劉備說，這塊地盤一定要占了，老祖宗漢高祖就是以此成帝業的。

到了隋末唐初，成都是僅次於長安的第二大城市，人口約十萬七千餘戶。所謂「時天下饑亂，唯蜀中豐靜」，當時中原地區都在打仗，伊、洛以東道路蕭條、雞犬不聞，成都人卻幸運地成爲旁觀者。即便是深受隋煬帝青睞、日後與成都並稱的江都（揚州），此時也被成都遠遠甩在後頭。隋末，揚州被楊廣一折騰，再遭遇一番戰亂，人口僅剩二萬餘戶，排在二十名開外。

到唐代，才有「揚一益二」的俗語，長安、洛陽、揚州與成都，成了唐朝版「北上廣深」。雄富冠天下的揚州終於逆襲了，但這也離不開成都的幫襯。唐時，這兩個商業城市所在的長江上游與下游地區，通過長江水道航運不斷進行物資交換，四川盛產的桑麻被運出三峽，揚州一帶的鹽則逆流而上供應蜀地。

杜甫在成都時就親眼見過水路繁忙的景象。他看到蜀、吳兩地的無數船隻穿梭其中，與窗外風光相映成趣，寫下：

兩個黃鸝鳴翠柳，一行白鷺上青天。
窗含西嶺千秋雪，門泊東吳萬里船。

從四川走出去的詩人陳子昂曾自豪地描述自己家鄉，說蜀地遍地都是寶，是國家的寶庫，「順江而下，可以兼濟中國」。

此言不虛。

成都是唐代重要的經濟作物產地。青城山、峨眉山護佑錦城，兩江流過平原，都江堰坐落江上，蜀地的茶、蠶桑、蜀錦、造紙等行業各顯神通，商品越秦嶺入關中，沿水路下吳越，商旅不絕，爲一時之盛。

滿街珠翠，千萬紅妝，酒店林立，百卉飄香，在唐代，成都每月都要辦商品展覽會：「正月燈市，二月花市，三月蠶市，四月錦市，五月扇市，六月香市，七月七寶市，八月桂市，九月藥市，十月酒市，十一月梅市，十二月桃符市。」（《蜀典》卷六引〈成都古今記〉）

當時，成都還有一個特產——荔枝。竺可楨先生考證唐代氣候比現代溫暖，其中一個依據，就是當時成都盛產荔枝。唐代詩人張籍有一首〈成都曲〉，寫到成都城外漫山遍野栽種的荔枝樹，可作爲佐證：

錦江近西煙水綠，新雨山頭荔枝熟。

萬里橋邊多酒家，遊人愛向誰家宿？

楊貴妃最愛吃的荔枝，一說產自川東。一騎紅塵妃子笑，從四川運送新鮮荔枝到長安，在唐代可是技術活，親自走了兩遍蜀道的唐玄宗李隆基應該深有體會。

貳

成都是唐代的一線商業都市，自然也少不了文化薰陶，而唐代成都最深刻的文化符號，不過一人、一草堂而已。

說到杜甫，不得不提成都草堂，而說到成都，也註定離不開杜甫。作家馮至在《杜甫傳》中寫道：「人們提到杜甫時，盡可以忽略了杜甫的生地和死地，卻總忘不了成都的草堂。」

乾元二年（七五九），仕途失意的杜甫辭官漂泊，寄居於浣花溪畔一座古寺，得到舊交老友嚴武、高適等人資助，蓋起了一間茅屋，前前後後在成都居住了三年零九個月，作詩近二百五十首。據統計，唐代入蜀詩人共留下詩作一千多首，杜甫一人就占了五分之一。

四十八歲的杜甫來到成都，愛上了這裡閒適隱逸的生活。

儘管杜甫的生活仍然貧苦，也依舊憂國憂民，甚至當狂風卷走他屋頂的茅草時，他還在〈茅屋為秋風所破歌〉中哭訴「吾廬獨破受凍死亦足」，高呼「安得廣廈千萬間，大庇天下寒士俱歡顏」。但是，杜甫在成都，更多是對此地生態環境、恬靜生活的吟詠。

在古寺過完年，杜甫便決定在成都定居，次年初與家人著手營建草堂。當時沒有房價的煩惱，杜甫在古寺旁邊選了一塊宅基地，建材也都是朋友所送，還有一個姓徐的果農送來了一些果木。

唐代，成都氣候濕潤，綠化優美，杜甫寫〈蜀相〉，說起成都的武侯祠，開頭就是：「丞相祠堂何處尋，錦官城外柏森森。映階碧草自春色，隔葉黃鸝空好音。」他建築草堂所用的竹子，也是特地跟朋友要來的當地綿竹。他說，自己住的地方，一定要有數竿竹。

在成都的第二年春天，杜甫在濛濛細雨中度過了一個安靜的春夜，寫下膾炙人口的千古名篇〈春夜喜雨〉：

好雨知時節，當春乃發生。
隨風潛入夜，潤物細無聲。
野徑云俱黑，江船火獨明。
曉看紅濕處，花重錦官城。

他有時會獨自到江畔散步，看繁花似錦，鄰居黃四娘家的花開滿鄉間小路，萬千花朵壓彎枝條：

黃四娘家花滿蹊，千朵萬朵壓枝低。
留連戲蝶時時舞，自在嬌鶯恰恰啼。

杜甫漂泊西南時期，經常盛讚當地的花草樹木，唯獨沒有寫到成都的海棠花。有人說，那是因爲海棠飄零，容易讓杜甫想起自己的人生經歷，無限惆悵；也有人說，是因爲唐玄宗寵愛楊貴妃時，看貴妃宿醉未醒，釵橫鬢亂，曾笑說：「海棠春睡未足耶？」杜甫仍然不忘憤青本色，想到海棠就來氣。

杜甫寫了許多成都美景，給他留下深刻印象的，還有成都人。

杜甫是人民的詩人，他寓居成都後也迎來了身分的轉變。困守長安，痛訴「朱門酒肉臭，路有凍死骨」時，他是一心求仕的文人；創作「三吏」、「三別」時，他是在官場中斡旋、關懷天下蒼生的官員，這些都是以旁觀者的角度記敘民間疾苦。但在成都時，杜甫已拋棄曾經苦心追求的一官半職，徹底融入老百姓的生活，時不時就與當地鄉親「擺龍門陣」。

有一首〈遭田父泥飲美嚴中丞〉，是杜甫在郊外散步，受鄰家田父邀請，一起飲酒閒談後所作。詩中所寫的，正是當時典型的成都人生活。

「久客惜人情，如何拒鄰叟……月出遮我留，仍嗔問升斗。」種田的老翁拉著杜甫隨興聊天，擺出自家釀的春酒和新鮮的果栗，從卯時說到了酉時，從府尹嚴武說到了自己家人，詩人想要告辭，還被拉住手肘留下，一直喝到月上東梢，爛醉如泥。

在風光秀麗的美景與熱情好客的鄉親陪伴下，身在成都的老杜，有時放下了心中的憂慮與激憒，只留下詩與遠方的春天。飽經風霜的他，在此度過了一生中難得的快樂日子。

浣花溪畔的成都草堂，爲錦城銘刻永遠的文化記憶，而杜甫在世時，也被這座城市深深感染，對這片土地懷著深深眷戀，離開成都後還念念不忘：

懷錦水居止二首

雪嶺界天白，錦城曛日黃。
惜哉形勝地，回首一茫茫。

一個眞正的繁華都市，不應是以高速的生活節奏與望而生畏的生活成本，壓得人喘不過氣來，而應是讓人能夠更加充分地享受豐富多彩的生活，有更多的時間，去做自己喜歡的事情。唐代的成都，正是如此。

參

由於深受盆地文化影響，唐代成都人易於滿足，安於閒適，醉心於崇尚享樂的生活方式，如宋人所說，「成都之俗，以遊樂相尚」。

詩人岑參晚年在四川爲官，曾與鎭守蜀地的節度使崔甯宴遊，寫有〈早春陪崔中丞泛浣花溪宴〉，記述唐代成都流行的「浣花遨遊」活動：

旌節臨溪口，寒郊陡覺暄。
紅亭移酒席，畫舸逗江村。
雲帶歌聲揚，風飄舞袖翻。
花間催秉燭，川上欲黃昏。

每年春天，成都人傾城而出，在浣花溪上泛舟遨遊，這一習俗到唐末尤爲流行，一說是由於崔甯妾室冀國夫人任氏帶動，鄉人競相模仿。

相傳，任氏還是少女時，曾救濟一位瘡疥滿體、衣服垢弊的僧人。別人都不願靠近這個滿身瘡患的邋遢僧人，只有她盡心照顧，還爲僧人浣洗衣服。當地人傳說，善良美麗的任氏泛舟浣衣時，潭上湧出蓮花，崔寧聽說後就將她納爲妾。後來，她又得到了朝廷封號，當地人還爲她設立祠祀。

史學家考證，這一神異故事不過是後世附會而已。任夫人眞正讓成都人紀念，是因爲她雖是女流之輩，卻曾立下戰功，是個女中豪傑。

《舊唐書》記載，有一次，崔寧入朝，留下家人留守成都，一個叫楊子琳的人趁機作亂，率領精騎數千突入成都。任氏臨危不亂，出家財招募千名勇士，親自指揮作戰，最終保得成都一城安危。

任夫人浣衣出蓮的故事是虛構的，成都人遊樂宴飲的習俗卻是實打實的。

中唐女詩人薛濤寓居成都時，常出入幕府，與地方大員、入蜀文士交遊唱和。與她酬唱的詩人，有記載的就有元稹、白居易、裴度、張籍、劉禹錫等二十多位名家。四川官員還曾上書皇帝推薦她做女校書郎，後來雖然沒有奏准，但薛濤也由此有了一個「薛校書」的稱號。

成都造紙業發達，薛濤作詩時，發現蜀箋製作得不夠精緻，且無其他顏色可選，就突發少女心，親自進行改進，用浣花溪水和芙蓉花汁製作了十色箋，即風靡後世的「薛濤箋」。她在紅箋上為戀人（一說是元稹）作的〈牡丹〉，寫出了唐代成都的都市男女那淡淡的離愁別緒：

去春零落暮春時，淚濕紅箋怨別離。
常恐便同巫峽散，因何重有武陵期？
傳情每向馨香得，不語還應彼此知。
只欲欄邊安枕席，夜深閒共說相思。

有人可能會以為，這些吃喝玩樂、男歡女愛的生活只屬於上層社會。那就錯了，唐代的成都，民間亦是宴飲不絕。史書記載，到了唐末五代的戰亂時代，成都依舊是「村落閭巷之間，弦管歌聲，合宴社會，晝夜相接」。

成都人的浪漫與閒適，自那時就流傳了下來，這座城洋溢著快樂，就像亂世中的烏托邦，帶給詩人深深的慰藉。人們來到這座城，不再感受到時代的束縛，即便是苦了一輩子的晚唐詩人李商隱，來到蜀中後也曾吟唱：「美酒成都堪送老，當壚仍是卓文君。」

史學家嚴耕望說，隨著中原士人不斷湧入巴蜀之地，唐末五代的成都，不但是當時中國第一大都市，也是當時中國文學藝術之最大中心。

當代作家余秋雨寫成都時更是毫不吝惜筆墨，他認爲，中華文明所有的一切，成都都不缺少：「它遠離東南遠離大海，很少耗散什麼，只知緊緊彙聚，過著濃濃的日子，富足而安逸。那麼多山嶺衛護著它，它雖然也發生過各種衝撞，卻沒有捲入過鋪蓋九州的大災荒，沒有充當過赤地千里的大戰場。只因它十分安全，就保留著世代不衰的幽默；只因它較少刺激，就永遠有著麻辣的癖好；只因它有飛越崇山的渴望，就養育了一大批才思橫溢的文學家。」

你也許會愛上唐詩裡的成都。

來到這裡，無關成敗，只談風月，莫問前程，只爲生活。既然已經改變不了時代、逆轉不了命運，那就在有限的生命裡，做一些能讓自己開心的事情，如杜甫詩中說的，「報答春光知有處，應須美酒送生涯」。

這樣的日子，巴適得板。

高句麗
一個東北亞霸主的消亡

盛唐時期，資深「驢友」李白四處遊歷，有一次遇到了生活在中原的高句麗遺民。

金花折風帽，白馬小遲回。
翩翩舞廣袖，似鳥海東來。

李白這首〈高句麗〉，短短二十字，寫的是高句麗舞者的優美舞姿，卻盡顯盛唐氣象。高句麗人能歌善舞，高麗舞在唐朝風靡一時。據《舊唐書》記載，表演高麗舞時，「舞者四人，椎髻於後，以絳抹額，飾以金璫，二人黃裙襦，赤黃絝，二人赤褥絝，極長其袖，烏皮靴，雙雙並立而舞」。

但李白創作這首詩時，割據一方長達七百年之久的高句麗，已經亡國半個世紀，因此，詩人才與這些流落異鄉的舞者在中原不期而遇。考古學界目前出土的唐代高句麗遺民墓誌也記述了高句麗滅亡後，其民族逐漸分化解體，一部分遺民流向中原的史實。

這個曾經帶甲數十萬的「戰鬥民族」，怎麼說沒就沒了呢？

在詩仙還未降臨人世的唐高宗總章元年（六六八），名將李勣與薛仁貴率領唐軍東征，掃平了鴨綠江南北的高句麗城池，攻陷平壤，俘虜末代高句麗王寶藏王（一名高藏）與權臣淵氏一族。高句麗政權至此滅亡。

這場大勝來之不易，歷經了遼東戰火紛亂數十載，以及隋唐兩代五位帝王，大唐王朝才終於制服了這個對手。唐軍將士們該說一句：我眞的太難了。

壹

歷史學者王小甫認爲：「隋唐與高句麗的衝突，其實是此前中原王朝與高句麗矛盾衝突的繼續。」隋唐時期，在今中國東北及朝鮮半島地區並存著三個政權，即高句麗、百濟與新羅。這三個小兄弟不僅分分合合、互相攻伐，還經常給中原王朝製造麻煩。

三國中最強大的高句麗，早就趁著隔壁魏晉南北朝亂成一鍋粥不斷向西擴張。到西元六世紀，高句麗占領了漢時的遼東、玄菟、樂浪、帶方四郡土地，發展爲「東西二千里，南北千餘里」的軍事強國，與中原王朝隔遼河相望，虎視眈眈。據統計，到隋朝時，高句麗人口已達六十九・七萬戶，有五十萬人以上的常備軍，「民戶三倍於前魏時」。

與突厥等馬背上的民族不同，六世紀，東北到朝鮮半島一帶，氣候溫和濕潤，適宜耕作。高句麗以農業經濟爲主，境內二百多個城邑由國王直接派遣官員治理，是一個地區性的中央集權制國家，其制度確保了國內行政和軍事職能的統一。後來和唐太宗打仗，高句麗一下子就調動了十五萬大軍，組織能力不容小覷。

隋文帝楊堅在位時，高句麗聽到隋軍南下滅陳，趕緊備戰備荒（「治兵積穀，爲守拒之策」），怕隋朝大哥統一南北之後一激動就派兵來攻。之後，雙方還算客氣，沒有立馬兵戎相見，高句麗的國君嬰陽王乖乖認，遣使朝貢，接受隋朝的冊封。

此時的高句麗，表面很老實，其實不少耍心機。他們一面對隋朝稱臣，另一面卻還出兵寇邊（「嬰陽王九年，王率之眾萬餘侵遼西」）。隋文帝很生氣，後果很嚴重，命他兒子漢王楊諒，率領水陸大軍三十萬，去遼東挫挫高句麗的銳氣。

楊諒此次出征相當不走運。陸路隋軍出臨渝關（今山海關），不巧趕上北方雨季，道路泥濘，難以行軍，補給也跟不上，很多士兵還不幸染上疫病，一個傳染倆。到遼水時，大軍沒了一大半。水路的隋軍倒是沒染上瘟疫，也不怕下雨，但是遭遇大風，不少船隻沉沒。因此，隋軍未戰先退，草草收場。

不過，高句麗王還是大受震懾，趕緊遣使向隋朝謝罪，姿態也低了不少，上表自稱「遼東糞土臣元」（嬰陽王名高元），都自比糞土了，眞是個狠人。

貳

隋煬帝楊廣在位時，隋麗戰爭進入白熱化。

經過隋初的休養生息，隋煬帝即位後，國力更加強盛。有一次，隋煬帝北巡至突厥啟民可汗大營，遇到高句麗使者，他發話了，說遼東是殷商時箕子的封地，漢、晉時都為朝廷所轄的郡縣，命令使者轉告嬰陽王，速來朝見，不然他將率領大軍巡遊高句麗。隋煬帝霸氣外露，嬰陽王惹不起躲得起，就是不願前來朝見。

楊廣找到了開戰的理由，他拼了命要滅高句麗。從大業七年（六一一）到大業十年（六一四），隋煬帝三次御駕親征，對遼東大規模用兵，付出了慘重的代價，這甚至成為王朝覆滅的導火索之一。

遼東海北剪長鯨，風雲萬里清。
方當銷鋒散馬牛，旋師宴鎬京。
前歌後舞振軍威，飲至解戎衣。
判不徒行萬里去，空道五原歸。
秉旄仗節定遼東，俘馘變夷風。
清歌凱捷九都水，歸宴洛陽宮。

策功行賞不淹留，全軍藉智謀。

詎似南宮復道上，先封雍齒侯。

〈紀遼東二首〉是大業八年（六一二），隋煬帝在遼東城（今遼寧遼陽）大破高句麗後所作。從中讀到的，是他的自負與輕敵。詩中說：我不遠萬里征伐遼東，剪滅巨寇，讓風雲彌漫的戰場歸於平靜，現在正應該將兵器銷毀、牛馬放養的時候，待我班師回朝，大擺宴席。

這個文藝青年沉醉於一時的勝利中，卻不知，他對高句麗的戰爭終將無功而返。

隋煬帝第一次東征高句麗，下詔命天下士卒，不論遠近全部到河北集中，組織起一支號稱百萬之眾的大軍，各軍首尾相接、旌旗相連，長達千里。史載，「近古出師之盛，未之有也」。

隋煬帝幾乎懷著必勝的雄心，而他的將士們起初也並未讓他失望，接連取得了幾場勝利。

大業八年，數十萬隋朝大軍圍攻遼東城，隋煬帝親自督軍指揮，同時派宇文述（宇文化及之父）等九支軍隊，跨過鴨綠江，水陸並進攻打平壤，形勢一片大好。但是，高句麗採取誘敵深入的計策，當宇文述軍一日七勝，殺到了距平壤三十里處時，軍中糧盡，士卒疲憊不堪，高句麗假意求和，宇文述遂帶兵後撤。此時，高句麗軍趁機四面包抄，宇文述軍在渡河時遭高句麗軍半渡而擊之，諸軍潰敗，一路丟盔棄甲，退至遼東城時僅餘二千七百人。

另一支由大將來護兒率領的水軍，也在大勝一場之後一時輕敵，遭到高句麗埋伏，大敗而歸，還者不過數千人。

當年八月，隋煬帝不得不下令撤軍，第一次東征以失敗告終。楊廣還在詩中說，「判不徒行萬里去，空道五原歸」，不承想，最終果然空手而歸。

之後隋朝兩次東征高句麗，也都虎頭蛇尾地收場。儘管高句麗因連年作戰困頓不堪，最後遣使請降，但隋煬帝只是表面上挽回了顏面。另一場大變局，正在他執意東征時爆發。

隋煬帝第一次東征，吟了幾句詩。自稱「長白山前知世郎」的王薄，也作了一首〈無向遼東浪死歌〉，號召百姓起兵反抗隋朝暴政，不要做征高句麗的炮灰，去遼東送死，由此掀起了浩浩蕩蕩的隋末農民大起義。

忽聞官軍至，提刀向前蕩。
譬如遼東死，斬頭何所傷。

隋煬帝第二次東征，開國功臣楊素之子楊玄感趁亂起兵反叛，嚇得隋煬帝「懼見於色」，下詔「六軍即日並還」。至此，隋朝的統治集團也走向分裂。

天下大亂，隋煬帝醉生夢死，在江都享受生命最後的狂歡，直至被大臣宇文化及所殺。而楊廣的表哥李淵，成爲政權鼎革的最後贏家，開創了唐朝。

唐朝與高句麗的故事，才剛剛開始。

唐初，朝廷與高句麗的關係趨於緩和。高句麗新任國君榮留王高建武接受唐朝的安撫政策，多次遣使朝見，先後派人十一次入貢。唐高祖李淵見高句麗這麼主動，也夠義氣，放回了隋時擄掠的高句麗俘虜，榮留王見狀，也放回隋時俘虜萬餘人。

在唐高祖和榮留王身後，兩邊的鷹派繼承者正摩拳擦掌，準備接著隋朝的三次東征再幹一架。

唐太宗即位後，起初雙方依舊友好相處，李世民就派遣「廣州都督府司馬長孫師往收瘞隋時戰亡骸骨，毀高麗所立京觀」，解決一些前朝遺留問題。收掩喪亂骸骨歷來為新朝盛典，千千萬萬將士命喪遼東，該給他們一個體面的結局。但長孫師收葬隋朝陣亡將士，就必須毀了高句麗的京觀。

這個「京觀」，是由戰死隋軍屍體築成的紀念物，在高句麗看來，這是他們的勝利紀念碑，在唐朝看來，這是對前朝將士的不敬。京觀被毀後，高句麗人很慌，他們開始修築「長城」進行防備。這道防禦工事，東北自扶餘城（今吉林農安縣），西南至海，長達千里。

高句麗擴張領土的野心從未停止膨脹。到了貞觀十六年（六四二），高句麗權臣淵蓋蘇文弒殺對唐妥協的榮留王，盡殺大臣百餘人，擁立寶藏王為傀儡，自己獨攬軍政大權。

淵蓋蘇文是一個狂熱的軍事獨裁者。史書記載，他平時身佩五刀，「左右莫敢仰視」，更以殘暴的統治威嚇高句麗臣民，舉全國之力加強備戰，一時出現了「男役女耕」的場面。同時，淵蓋蘇文還攪動了朝鮮半島三國的格局，與百濟聯合侵占新羅，並斷絕與唐朝的通道。

新羅被揰了一頓後，找唐朝說理去。

如果放任高句麗入侵新羅，唐朝將失去一個重要盟友，其在朝鮮半島試圖構建的政權平衡秩序也會遭到破壞，這將爲東北邊境留下深深的隱患。於是，唐太宗派遣使者出面調停，對高句麗說：「新羅委質國家，朝貢不乏，爾與百濟，各宜戢兵。若更攻之，明年發兵擊爾國矣。」意思是說：你要是再打新羅，我就發兵攻打你。

淵蓋蘇文不聽勸阻，公開對抗大唐王朝，接著率兵攻下新羅二城。唐太宗得知後大怒，說：「淵蓋蘇文弑其君，賊其大臣，殘虐其民，今又違我詔命，侵暴鄰國，不可以不討！」李世民同樣是一個有著征服欲望的帝王，在平定東突厥後，他早已將目光投向了遼東。

貞觀十八年（六四四），唐太宗任命大將張亮、李勣率領水、陸十萬大軍出征高句麗，並於次年親赴遼東戰場。唐太宗爲此昭告天下，發出了那段著名的宣言：「遼東本中國之地，隋氏四出師不能得，朕今東征，欲爲中國報子弟之仇，高麗雪君父之恥耳。且方隅大定，惟此未平，故及朕之未老，用士大夫餘力以取之。」

在隋煬帝對遼東用兵的三十多年後，一代雄主唐太宗也揮師東進至漢時玄菟郡故地，攻克了遼東城，斬俘二萬餘人。在遼東城，李世民舉頭望月，只見夏秋之交，嬋娟輝照，一如前朝，他在戰爭間隙揮筆寫下了這首〈遼城望月〉：

玄菟月初明，澄輝照遼碣。
映雲光暫隱，隔樹花如綴。
魄滿桂枝圓，輪虧鏡彩缺。
臨城卻影散，帶暈重圍結。
駐蹕俯九都，停觀妖氛滅。

李世民在月下美景中感慨萬千，唐軍將士浴血奮戰，攻下遼東十城，高句麗全國震恐。

在安市城（今遼寧營口）包圍戰中，白袍小將薛仁貴一戰成名，他一馬當先，手持長戟，腰挎雙弓，在高句麗軍中左衝右突，撕開了高句麗軍的防線，唐朝大軍緊隨其後，發起進攻，高麗兵大潰，唐軍斬首二萬餘級。

半生戎馬的李世民也不由得驚呆了，問眾將：「先鋒白衣者為誰？」

在安市城之戰後，他立刻召見立功的薛仁貴，欣喜地稱讚道：「朕舊將並老，不堪受閫外之寄，每欲抽擢驍雄，莫如卿者。朕不喜得遼東，喜得卿也。」多年後，正是眼前這個小將，為結束隋朝以來的遼東戰事立下大功。

正史中所載唐太宗親征高句麗，過程十分順利，但實際上，隨著時近深秋，草枯水凍，唐軍傷亡慘重，也難以抵抗遼東酷寒，不得不放棄東進。在此次東征中，唐軍陣亡數千人，戰馬損失十之七八，斬殺了高句麗兵四萬餘人。

東征回師後，李世民寫下〈傷遼東戰亡〉一詩祭悼犧牲的將士，難掩失落之情：

> 鑿門初奉律，仗戰始臨戎。
> 振鱗方躍浪，騁翼正凌風。
> 未展六奇術，先虧一簣功。
> 防身豈乏智，殉命有餘忠。

李世民感歎，可惜自己未能像西漢謀臣陳平一樣，六出奇計，才使得眾多將士不幸捐軀，功虧一簣。歲月無情，唐太宗知道，自己恐怕再也無法踏上遼東的土地，當年與他一起打天下的弟兄們也都老了。

唐太宗與隋煬帝一樣付出了慘痛的代價，但他的征伐並未像隋朝一樣半途而廢。貞觀年間唐軍將士的苦戰，大大削弱了高句麗的有生力量，唐太宗也爲繼承者留下了足以徹底擊潰高句麗的精兵強將。

肆

邊烽警榆塞，俠客度桑乾。

柳葉開銀鏑，桃花照玉鞍。
滿月臨弓影，連星入劍端。
不學燕丹客，徒歌易水寒。

這首〈送鄭少府入遼共賦俠客遠從戎〉，以戰國刺客荊軻作比，訴說唐軍出征遼東的波瀾壯闊。這是初唐詩人駱賓王，在唐高宗在位時寫給從軍友人鄭少府（少府，唐時代指縣尉）的送別詩。

遼東硝煙再起，這一次，高句麗即將迎來隕落的黃昏。

唐高宗永徽、顯慶年間，唐軍多次東征，並一舉攻滅了高句麗的盟友百濟。唐高宗環視四宇，遼東一帶只有高句麗從未眞正臣服於大唐，一直陽奉陰違，該是爲這場曠日持久的戰爭畫上句號的時候了。

出來混，遲早要還。

淵蓋蘇文死後，高句麗統治集團出現了內訌。淵蓋蘇文病重時，還特意叮囑他的三個兒子：「汝兄弟當和如魚水，勿爭爵位。若不如此，則必爲鄰國所笑。」可他的三個兒子，淵男生、淵男建與淵男產，根本沒把老父親的話放心上，不僅沒有團結，還反目成仇。

淵男生繼承淵蓋蘇文的權力，自以爲政權鞏固，留下兩個弟弟留守平壤，自己出外巡視。結果沒過多久，淵男建與淵男產不服大哥，坐鎭平壤後挾國王以令眾臣，帶兵攻打淵男生，把大哥趕到了邊境。這回輪到淵男生找唐朝求援。唐朝立即命淵男生爲平壤道行軍總管，當「帶路黨」配合唐軍作戰，並於乾封元年（六六六），以大將李勣爲遼東道行軍大總管，率領猛將薛仁貴等，指揮對高句麗作戰。

經過數十載遼東戰事和淵氏暴政，高句麗土崩瓦解。唐軍雄赳赳，氣昂昂，過遼東城，追奔幾百里，所到之處高句麗軍望風披靡，不少人棄城逃走，甚至舉城而降。唐軍對頑抗的高句麗軍則進行毀滅性打擊，其中薛仁貴一路軍攻占南蘇、木底、蒼岩、扶餘等城，或「斬首五萬餘級，拔三城」，或「遇賊輒破，殺萬餘人」。

總章元年（六六八），唐軍圍攻平壤，城中的淵男建與淵男產出現分歧。淵男產以高句麗末代君主寶藏王的名義，向唐軍持白幡投降。淵男建卻還想固守城池，多次出兵抵抗唐軍，均遭失敗。他的親信看不下去了，派人與唐軍約爲內應，打開城門，放火燒城。眼見城中大亂，淵男建本想自殺，沒有得逞，最終與寶藏王一同爲唐軍所擒。

至此，唐朝滅高句麗，分其境爲九都督府四十二州一百縣，並於平壤設安東都護府，命薛仁貴、劉仁軌率軍鎮守，主持軍政要務。高句麗轄區被完全納入唐朝版圖。

唐朝滅高句麗後，採取羈縻政策安撫人心。薛仁貴與劉仁軌也展現了難得的政治才能，盡數推翻此前淵氏的暴政，一度使當地遺民「欣然忘亡」，得以安居樂業。

但在兩位名將被調回後，高句麗又亂了，先是舊貴族起兵叛唐。這次叛亂歷時四年，讓戰後的遼東地區再度陷入水深火熱之中。之後，唐朝把高句麗舊主寶藏王放回安東，讓他安撫遺民，結果寶藏王一回到平壤，就與靺鞨（中國古代居住在東北地區的民族）謀劃反唐。唐朝一看，你這寶藏王看起來老實巴交的，也學別人造反，就把他抓回來，流放到了邛州（今四川邛崍）。

高句麗復國無望，其遺民紛紛離去，有的湧入中原，有的轉投靺鞨、突厥、新羅、倭國，在與各民族的融合中走向新生。來到中原的一些高句麗舞者後代，在多年後與李白相遇，為大詩人表演了來自故鄉的舞蹈。

隨著高句麗這個尚武的遼東霸主退出歷史舞台，唐朝緩和了東北的壓力，東北亞的政治格局也悄然發生轉變。幾十年後，靺鞨人進入這裡，建立了渤海國。遼西的契丹也逐漸崛起，到了唐末五代時期，建立了統一政權——遼。

遼東山夜臨秋／李世民

煙生遙岸隱，月落半崖陰。

連山驚鳥亂，隔岫斷猿吟。

貞觀十九年秋，夜涼如水，唐太宗率軍在遼東山間駐紮，在淒涼的夜色中，即將放棄東進而還師回朝之時，心有戚戚焉。李世民也許想不到，在他去世後，大唐雄師的東征最終還是讓建國七百餘年的高句麗成為盛世的一塊拼圖，化作歷史中的一縷輕煙。

大唐滅亡前五年，南詔先說了再見

有一段時間，詩人白居易、元稹與李紳以相同的題目，分別作了三首〈蠻子朝〉。

這當然不是「新樂府運動」的三大高手閒著沒事寫命題作文，而是因爲貞元十年（七九四），唐朝發生了一件大事。

他們詩中的「蠻子」，指的是遠在蒼山洱海之邊的南詔國。這一年，南詔再次接受唐朝冊封，並派使者朝見，時隔四十多年後重歸大唐，史稱「蒼山會盟」。

白居易的〈蠻子朝〉，是一首以詩證史的傑作，不僅吟詠這一事件，還講述了西南邊疆的風土人情，以及南詔與唐朝的恩怨情仇。

> 蠻子朝，泛皮船兮渡繩橋，來自巂州道路遙。入界先經蜀川過，蜀將收功先表賀……

南詔使團遠道而來，他們從雲南泛舟渡橋，進入蜀地，鎮守此地的唐軍將領上表，將這一喜事告知朝廷。

開元皇帝雖聖神，唯蠻倔強不來賓。鮮于仲通六萬卒，征蠻一陣全軍沒。至今西洱河岸邊，箭孔刀痕滿枯骨……

南詔曾經也是大唐的小弟，後來背叛唐朝，直到四十多年後才重新歸順。這與唐玄宗在位時的一場大戰息息相關，那一仗，唐軍敗得慘兮兮。到白居易的那個年代，他聽說洱海邊還盡是箭孔、刀痕與將士的枯骨。

誰知今日慕華風，不勞一人蠻自通……蠻子導從者誰何，摩挲俗羽雙隈伽。清平官持赤藤杖，大將軍系金呿嗟。異牟尋男尋閣勸，特敕召對延英殿……

前方記者白居易還描寫了唐德宗接見南詔使者的場景。來的都有誰呢？手持赤藤的南詔清平官（相當於宰相），腰繫金帶的南詔大將軍，還有南詔王之子尋閣勸，其中才能出眾的尋閣勸有幸得到了皇帝的單獨召見。

一幅南詔使臣朝見圖躍然紙上，背後的歷史卻充滿曲折。白居易看到了過去與現在，卻看不到，大唐與南詔那註定走向滅亡的未來。

白居易在〈蠻子朝〉一詩中還寫道：「臣聞雲南六詔蠻，東連牂牁西連蕃。六詔星居初瑣碎，合為一詔漸強大。」這幾句說的是南詔統一之前的陳年往事。

隋末，在雲貴高原的蒼山洱海之間，有白蠻、烏蠻兩個民族。學術界一般認為，白蠻與近代白族有族源關係，而洱海地區的烏蠻是近代彝族的祖先。之後，隨著大大小小不同部落相互兼併，到了唐初，洱海地區已形成六大部落，史稱「六詔」：蒙巂詔，在今雲南巍山縣北部到漾濞縣中南；越析詔，在今雲南賓川縣；浪穹詔，在今雲南洱源縣；邆賧詔，在今雲南洱源縣鄧川；施浪詔，在今雲南洱源縣青索；蒙舍詔，在今巍山縣，位於六詔之南，故稱「南詔」。

詔，是當地少數民族對部落首領的稱呼。南詔的開創者細奴邏是烏蠻豪強，家裡原本從事遊牧業，後來他爹為躲避仇家，率領部落從哀牢山遷到了巍山。細奴邏長大後，當地的白蠻首領張樂進求看這小夥子是個人才，就讓出領導權，讓他集結烏蠻、白蠻，建立了南詔。

關於此事有很多神話傳說，比如說細奴邏祖先是哀牢山的巨龍之子，他的母親到江邊捕魚，觸碰到了龍化成的沉木，回家後有感而懷孕，生下這個孩子。還有張樂進求讓位於細奴邏，是因細奴邏受上天感召，以劍斬石，完成了一個類似於石中劍傳說般的預言。

剝開這些劇情雷同的神話外衣，實際上，南詔的建立，應該是巍山一帶烏蠻兼併白蠻的一個過程。

六詔的西、北方有兩個老大哥，一個是唐朝，另一個是崛起於青藏高原的吐蕃。其他五詔在唐朝與吐蕃之間反覆無常，看此長彼消，決定抱上哪邊大腿，時而歸順唐朝，時而叛唐投靠吐蕃，這些小夥伴「彼不得所即叛來，此不得所即叛去」。

此時的南詔，躲在六詔最南邊，弱小、可憐又無助，卻堅持了一貫的親唐政策，成了洱海諸部中大唐的頭號粉絲。

聽話的孩子有糖吃，唐朝試圖從六詔中找一個幫手，在唐蕃戰爭中助自己一臂之力。在這樣的歷史背景下，南詔被推上了西南歷史舞台的中心。

到唐玄宗李隆基在位時，南詔王皮邏閣在唐朝的支援下，於開元年間呑併洱海周圍各部，統一了六詔，並被唐朝冊封爲雲南王。南詔一躍成爲雲南群雄之首，在西南邊疆與吐蕃、唐朝鼎足而立，也在不經意間成了唐朝的心腹大患。史書記載，南詔開疆拓土，極盛時期領土北抵大渡河畔，南至今緬甸東部以及老撾、泰國境內。

南詔深受大唐文化的影響，歸順唐朝後更是加緊了學習步伐，「開三教，賓四門」，開展儒學教育，熱衷於圓領長袍，國內實行與唐朝相似的土地制度和官制。

在漢化的同時，南詔保留了一些民族特色，比如男性貴族喜披虎皮，女子習慣佩戴金銀飾品。南詔的飲食習慣也與中原大相徑庭，他們尤其喜好生食，「射豪豬，生食其肉」。

南詔的詩歌創作也深受唐詩影響，留下不少佳作，如段義宗的「繁影夜鋪方丈月，異香朝散講筵風」，還有布燮的「懸心秋夜月，萬里照關山」。

一位南詔王在六月二十五日的星回節，與清平官賦詩，寫下了〈星回節遊避風台與清平官賦〉：

避風善闡台，極目見藤越。
悲哉古與今，依然煙與月。
自我居震旦，翊衛類夔契。
伊昔頸皇運，艱難仰忠烈。
不覺歲雲暮，感極星回節。
元昶同一心，子孫堪貽厥。

星回節是南詔的一個重要節日，一說是現在火把節的前身。點點微光，如群星閃耀，幾千年來，正是多民族競相開放，匯成了中華文明的燦爛星河。

貳

《新唐書．四夷傳序》曰：「唐興，蠻夷更盛衰，嘗與中國亢衡者有四：突厥、吐蕃、回鶻、雲南是也。」沒有永遠的朋友，只有永恆的利益。南詔與唐朝的蜜月期十分短暫，在天寶年間就成了水火不容的對手。

唐朝與南詔這對戰略夥伴，怎麼好端端地就打起來了呢？這是因為，南詔在西南坐大後，開始向滇東、安南不斷擴張，違背了唐朝扶持其作為戰略緩衝地帶的初衷。

另外，面對已有幾分飄飄然的南詔國，唐朝採用了過激的民族政策。位於今雲南省內的姚州都督府，是唐朝為加強對西南地區統治所設。唐玄宗在位時，張虔陀就任姚州都督，他繼承前幾任都督的強硬措施，對南詔屢屢打壓，強令南詔進獻財物，對閣羅鳳提出過分要求。

張虔陀挑撥了南詔權貴敏感的神經，也打擊了閣羅鳳作為男人的尊嚴。氣憤不已的閣羅鳳，派兵攻陷姚州，逼得張虔陀服毒自盡，並侵占了大片土地。

既然已經兵戎相見，唐朝就不認這個小弟了。天寶十載（七五一）夏，唐朝派遣劍南節度使鮮于仲通為主帥遠征西南，企圖一舉消滅南詔。

面對鮮于仲通大軍壓境，閣羅鳳也很慌，就向唐軍解釋說自己叛唐也是迫不得已，都怪張虔陀這傢伙太不像話，表示只要唐朝罷兵，自己願意改過自新，並重新修築姚州城，釋放唐軍俘虜。在道歉之餘，閣羅鳳也進行了威脅，說：你們要是不答應我，我就歸順吐蕃，雲南就不是大唐的了。

閣羅鳳的談判果然起了反作用，性情急躁的鮮于仲通聽南詔這麼囂張，直接就扣押了使臣，繼續率領大軍挺進。李白的〈古風五十九首．其三十四〉，記載了這場改變了雙方關係，也讓多年後的白居易痛惜不已的慘烈大戰：

羽檄如流星，虎符合專城。
喧呼救邊急，群鳥皆夜鳴。
白日曜紫微，三公運權衡。
天地皆得一，澹然四海清。
借問此何為，答言楚徵兵。
渡瀘及五月，將赴雲南征。
怯卒非戰士，炎方難遠行。
長號別嚴親，日月慘光晶。
泣盡繼以血，心摧兩無聲。
困獸當猛虎，窮魚餌奔鯨。
千去不一回，投軀豈全生！
如何舞干戚，一使有苗平！

五月渡瀘，是因瀘水一帶有瘴氣，五月之後才逐漸散去。三國時諸葛亮平定南中，也是在這一季節出兵。不同的是，唐朝此次遠征，卻付出了慘痛的代價。

這一戰，八萬唐軍進逼南詔國都太和城（在今雲南大理），南詔各部族全力抵抗，唐軍大敗，死者多達六萬，屍骨被南詔築成京觀，就連鮮于仲通的兒子都戰死沙場。如此慘狀，對比同時期的怛邏斯之戰，有過之而無不及。

「千去不一回，投軀豈全生」，詩仙李白對這場窮兵黷武的戰爭發出了振聾發聵的批判。

天寶戰爭後，閣羅鳳叛唐投靠吐蕃，接受「贊普鐘」（意即吐蕃贊普的弟弟）的封號，南詔與吐蕃約爲兄弟之國，和唐朝說了再見。

唐軍失敗的原因至今眾說紛紜，若是比綜合國力，南詔對唐朝肯定是蚍蜉撼大樹，但在這場看似必勝的戰役中，鮮于仲通顯然高估了自己的勝算。

南詔人並不是軟柿子，他們驍勇善戰，且模仿唐朝建立了嚴密的政治制度，清平官以下設兵、戶、士、倉、刑、客六曹，類似於六部。南詔的兵器工藝在當時也是獨具一格，有不少獨特技術，如「削鐵如泥，吹毛透風」的浪劍，鑄造時在劍上淬毒，傷人即死；還有所謂的「鐸鞘」，一種狀如殘刃、刀身有孔的名刀，「所擊無不洞」。

鮮于仲通以爲自己的對手只是一群鄉巴佬，卻不知這是一支可怕的特種部隊，更何況唐軍還嚴重水土不服。

更可恨的是，腐敗無能的權臣還要將大唐的將士往火坑裡推。劍南道是楊貴妃族兄、宰相楊國忠的大本營，鮮于仲通則對楊國忠有舉薦之恩。楊國忠這個小機靈鬼，生怕這場失敗會牽連自己，採用了最無恥的方法——瞞報。他對唐玄宗隱瞞敗績，謊稱唐軍打了勝仗，罔顧命喪南詔的六萬唐軍將士，暫時掩飾了在南詔的失敗。

爲了維持這個謊言，楊國忠不想辦法與南詔議和，而是不斷地派兵出征南詔，強征百姓入伍。一些人爲了逃避這場不義的戰爭，甚至自殘肢體。後來白居易創作的〈新豐折臂翁〉，寫的是長安附近新豐的一位斷臂老人：

無何天寶大徵兵，戶有三丁點一丁。
點得驅將何處去，五月萬里雲南行。
聞道雲南有瀘水，椒花落時瘴煙起。
大軍徒涉水如湯，未過十人二三死。
……
是時翁年二十四，兵部牒中有名字。
夜深不敢使人知，偷將大石捶折臂。
張弓簸旗俱不堪，從茲始免征雲南。
骨碎筋傷非不苦，且圖揀退歸鄉土。
此臂折來六十年，一肢雖廢一身全。

天寶年間，他爲了逃避出征南詔的兵役，而砸斷了自己的手臂，儘管成了殘疾人，卻僥倖活到了耄耋之年。

我們難以想像，那些被強迫入伍的老百姓內心的憤恨。楊國忠的瘋狂之舉並沒有持續太久。天寶十四載（七五五），安史之亂爆發，一場席捲天下的大動亂讓大唐暫且忘記了來自西南的傷痛，而禍國殃民的楊國忠本人，在與唐玄宗逃往蜀地途中死於馬嵬驛之變。

參

南詔給吐蕃當了多年小弟後，發現吐蕃對自己的剝削更狠，伸手就要兵馬錢糧，兩相對比，唐朝還算有情有義，逐漸心生悔意，想著和唐朝「復合」。

到了閣羅鳳的孫子異牟尋在位時，南詔的清平官鄭回就對他說：「中國有禮義，少求責，非若吐蕃惏刻無極也。今棄之復歸唐，無遠戍勞，利莫大焉。」

這位鄭回，是天寶戰爭中南詔從唐朝帶回的俘虜。此人本是唐朝的一個小小縣令，卻學識淵博，入南詔擔任王室教師，多年後被任命爲清平官。鄭氏從此成爲南詔的世家大族，並在此後扮演了至關重要的角色。

同一時期，唐朝劍南西川節度使韋皋，也爲雙方結盟送上了給力助攻。韋皋沒有鮮于仲通那樣的暴力傾向，而是以柔克剛，寫了封信給南詔王異牟尋，說：我們大唐要和西北的回鶻聯手一起打吐蕃，你們南詔要不要加入？

異牟尋很是心動，決心拋棄吐蕃，由於擔憂消息被吐蕃軍隊攔截，一連派遣三個使團前往長安，向唐朝謝罪，獻上南詔地圖、方物土貢，請求再次歸附。

相逢一笑泯恩仇，唐朝欣然同意，冊封異牟尋爲南詔王，時隔四十三年，再次收了南詔當小弟。貞元十年（七九四），南詔王異牟尋與唐朝使臣在洱海之濱的蒼山神廟盟誓，並於當年派出使團進京朝見，也就是白居易〈蠻子朝〉中所描寫的那一幕。雙方至此結束了四十多年的敵對關係。

假如故事到此結束，皆大歡喜。但是，到了唐憲宗在位時期（八〇五—八二〇），主和派的節度使韋皋、南詔王異牟尋相繼逝世，唐朝與南詔的第二段蜜月期也隨之結束。

肆

守隘一夫何處在？長橋萬里只堪傷。
紛紛塞外烏蠻賊，驅盡江頭濯錦娘。

唐文宗太和三年（八二九），詩人徐凝在目睹一場殘酷的燒殺劫掠後，寫下了這首〈蠻入西川後〉。濯錦娘，即洗蜀錦的女子，代指的是被南詔掠奪而去的西川邊民。

這一年，南詔國一如往常向長安派出了使團，之後卻發起閃電進攻，大掠西川，甚至攻陷了成都。對於這一匪夷所思的行爲，南詔方面聲稱，此番興兵是爲了維護自身利益，報復貪婪殘暴的西川節度使杜元穎，即所謂「誅虐帥（杜元穎）也」。

原來，杜元穎在任期間，多次派兵越境騷擾南詔。這個暴虐的官員爲了斂財，連自己手下的士兵都不放過，剋扣軍餉、搜刮錢財的情況也是屢見不鮮。唐朝的戍邊將士甚至忍饑挨餓，不得不向南詔求助，史書中也有南詔爲唐軍士兵提供糧食的記載。

久居成都的女詩人薛濤，在〈籌邊樓〉一詩中譴責了這一時期西川官員的貪得無厭：

平臨雲鳥八窗秋，壯壓西川四十州。
諸將莫貪羌族馬，最高層處見邊頭。

南詔國對西川的這場劫掠前後持續了近兩個月，等到郭子儀之孫、唐文宗的舅老爺郭釗臨危受命，率領大軍趕來支援時，南詔幾乎已滿載而歸，「乃大掠子女、百工數萬人及珍貨而去」，不僅掠奪了大批財物，還俘虜了大量百姓，四川一帶一片狼藉。

史載，當南詔的軍隊即將渡過大渡河時，其將領對押回來的俘虜說：「往南即爲吾國邊境，現聽任爾等哭別故鄉。」數萬名蜀地俘虜齊聲痛哭，千餘人不願離去，投河自盡。

出生於成都的詩人雍陶，聽到山林中隱隱傳來的猿啼之聲，爲這些被迫遠離故鄉的蜀民創作了

〈哀蜀人爲南蠻俘虜五章〉，其中寫道：「錦江南度遙聞哭，盡是離家別國聲。」

伍

南詔劫掠成都後，與唐朝之間的關係仍以和平爲主流。直到三十年後，南詔與唐朝爆發的另一場戰爭，成爲這兩個相愛相殺的政權在隕落之前的最後一次針鋒相對，且充滿了戲劇性。

大中十三年（八五九），唐朝換了新的統治者唐懿宗，南詔王也迎來了繼任者蒙世隆。這兩個年輕的君主，沒見過面就幹上了。

蒙世隆當上南詔王，按照慣例應由唐朝冊封，可唐朝一看，這名字不行，拒不冊封。古代有君王避諱之說，蒙世隆一下子犯了唐朝兩代皇帝的名諱。唐太宗叫什麼？李世民。唐玄宗叫什麼？李隆基啊。你蒙世隆一個南蠻首領，居然敢用唐朝皇帝的名字，成何體統！

蒙世隆得知此事後大怒，乾脆也不給唐朝當小弟了，於是自立爲帝，改國號爲大禮（下文仍稱南詔），不再奉唐爲正朔，表現出與唐朝分庭抗禮的姿態。

值得一提的是，蒙世隆這個名字無論是對唐朝，還是對南詔，都是違背常理的。南詔國有父子連名制的有趣現象，即父親名字的最後一個字作爲子女名字的第一個字，看歷代南詔王名字可以發現其中規律：細奴邏——邏盛——盛邏皮——皮邏閣——閣羅鳳——鳳迦異（早逝，未繼承王位）——異牟尋——尋閣勸——勸龍晟——（弟）勸利晟——（弟）勸豐祐——世隆——隆舜——舜化貞。

蒙世隆這個名字就很非主流，他本來應該叫「蒙祐隆」。就這一件小事，導致唐朝與南詔關係更加惡化，至於嗎？一些史料告訴了我們眞正的答案。在後世文獻記載中，蒙世隆也有其他名字。他完全可以按照前朝的先例，在接受唐朝冊封和官方往來時用另外一個名字，而在南詔國內，他不管叫蒙世隆，還是蒙張三，唐朝都不會多加干涉。

因爲避諱與唐朝鬧到決裂，顯然是有人借題發揮。

唐朝與南詔的眞正矛盾，在於對安南的爭奪。別看唐朝已日薄西山，唐軍在南方戰場依舊活躍。唐朝的嶺南道轄境包括了今廣東全部、廣西大部、雲南東南、越南北部，阻隔了南詔通往安南的大門。

蒙世隆叛唐之後，與唐朝交戰的主要戰場之一也是嶺南道，他派兵從邕州（今廣西南寧）一直打到了交趾（今越南河內），雙方互有勝負，死傷慘重。直到八七七年，這個反唐情緒高漲的野心家，在向唐朝求和的過程中突然去世。

晚唐詩人胡曾在〈草檄答南蠻有詠〉一詩中，暗諷南詔叛唐是不自量力：「殘霜敢冒高懸日，秋葉爭禁大段風。爲報南蠻須屛跡，不同蜀將武侯功。」他不知，這場曠日持久的戰爭，已經將南詔與唐朝一同拖入了自我毀滅的深淵。

有學者認爲，正是因爲唐朝與南詔頻繁動武，戰爭損耗的物力人力，轉移到對老百姓的壓榨上，才點燃了唐末農民起義的導火索。在黃巢起義之前，敲響了大唐喪鐘的龐勳起義，起初就是由數百名戍守桂林、抵禦南詔的唐軍士兵發起。

此即宋祁所說的，「唐亡於黃巢，而禍基於桂林」。

陸

從彩雲之南的部落，到雄霸西南的強國，南詔幾乎與唐王朝相始終，其建立者細奴邏生於隋末，而南詔國亡於九〇二年，短短五年後，大唐王朝也走向覆滅，甚至就連滅亡的原因，兩者都有幾分相似，都是權臣篡位。

前文提到的那位親唐大臣鄭回，被南詔王委以重任，鄭氏世代爲南詔重臣，由此躋身權貴行列，傳到七世孫時，出了個權臣鄭買嗣。他見南詔國力漸衰，借機專權，殺末代南詔王舜化貞及王室成員八百餘人，建立了大長和國。

至此，南詔滅亡。

當中原陷入五代十國的紛爭時，蒼山洱海之邊的南詔故地也忙著爭權奪利，在大長和國之後，雲南又相繼建立了大天興國、大義甯國兩個割據政權。終結這一混亂局面的是南詔開國功臣段忠國的後代段思平，他在九三七年聯合東方的三十七蠻部推翻了大義寧政權，改國號爲「大理」，開啟了大理國的時代。

大唐是如何丟掉西域的？

唐貞觀年間，玄奘從長安出發，穿越河西走廊，一路西行。

歷史上，玄奘西行求法明顯帶有「偷渡」的性質。他「冒越憲章，私往天竺」，到河西一帶時就被當地官員攔下，並被迫令東歸。但玄奘堅定不移，之後晝伏夜行，繞過了戒備森嚴的玉門關和五座烽火台，在沙漠中陷入斷糧絕水的危機，歷經九死一生，才到達西域。

唐代西域佛教盛行，敦煌文書中就有玄奘所作的〈題西天舍眼塔〉、〈題尼蓮河七言〉、〈題半偈捨身山〉等描繪唐初西域佛跡的詩歌。唐朝人眞是把生命寫進詩裡，玄奘在艱難的旅程中也不忘賦詩打卡。

高昌國國君麴文泰是一個虔誠的佛教徒，得知高僧玄奘到來，激動不已，命人將他專程護送到了高昌城（在今新疆吐魯番），還盛情邀請玄奘留在高昌。玄奘當然不同意，執意西行。人如果沒有夢想，跟鹹魚有什麼分別。

麴文泰留不住玄奘，只好請他多住一個月講經弘法，並和他結爲兄弟。據史書記載，玄奘即將動身離開時，麴文泰依依不捨，剃度了幾個小沙彌做他的侍從，還送玄奘黃金、絹、馬匹等作爲旅行經費，並給沿途西域各國寫了介紹信。

這個劇情看著是不是有些眼熟？是的，《西遊記》將這個故事的主角換成了玄奘與唐太宗。

高昌王對玄奘這麼仗義，後來在《大唐西域記》中，玄奘講述西行之旅卻是以離開高昌作爲起點。這是因爲，玄奘回到大唐時，高昌已經滅亡了，當年給他留下美好回憶的高昌國都，成了大唐西州的高昌縣。

我們今天講唐朝西域，就從高昌這個小國說起。

壹

唐代的「西域」，廣義上指的是敦煌以西、天山南北，乃至今中亞、西亞、北非、東歐等地區；狹義上則是指東起玉門關、陽關，西到波斯（今伊朗），北抵阿爾泰山，南至喀什米爾的廣大地區，有時特指今新疆及其周邊地區。在古代，中、西亞的伊斯蘭教徒將中國人稱爲「唐家子」，足見唐朝在西域的影響力。

早在漢代，張騫開通西域，霍去病打通河西，漢武帝置河西四郡（武威、張掖、酒泉、敦煌），西域三十六國就隨著政治、經濟、文化的不斷交融，通過陸上絲綢之路與漢民族血脈相連。魏晉南北朝時，中原戰亂不休，但歷代政權依舊與西域保持聯繫。

到了隋朝統一，中原王朝再度經營西域。隋煬帝曾親自西巡河西，召集西域各國使臣，展示華服、車馬，一顯中原之繁榮，舉辦了一個盛況空前的隋朝版「萬國博覽會」，並於次年在伊吾（今新疆哈密）設郡，加強對西域的統治。隋末天下大亂，各國見老大哥要垮台了，趕緊趁機恢復故地，西域又成了一盤散沙。

至唐初，西域諸國林立，活躍於此的少數民族有羌、突厥、吐蕃、吐谷渾、回鶻、鐵勒、葛邏祿、吐火羅等，他們或臣服於唐朝，或對唐朝陽奉陰違，甚至與唐朝為敵。他們體貌各異，習俗不同，如岑參在詩中所說的，「蕃書文字別，胡俗語音殊」。

唐朝對西域的統一過程，始於唐太宗貞觀十四年（六四〇六四〇）征伐高昌。當時的高昌王不是別人，正是玄奘的老朋友麴文泰。麴文泰在政治上可不如對宗教那麼專一，史載，他經常扣留從西域前往中原的使者和商人。

唐太宗知道這小國不老實，就下詔要求麴文泰進京覲見。麴文泰不答應，還寫了封信給李世民，說：「您是天上的老鷹，我就是蒿草間的公雞，您是堂上的貓，我就是穴中的鼠。咱們各得其所，你別來管我。」

唐太宗生氣了，後果很嚴重，他以麴文泰「不軌」為由，派侯君集率領大軍討伐高昌。唐軍才到城下，麴文泰就因病而亡了。之後，高昌被滅。侯君集這一仗不僅打得漂亮，還為文藝愛好者唐太宗帶回了高昌樂。唐初依照隋制，宮廷宴會原本演奏九部樂，其中不少為胡樂，伐高昌後，增為十部樂。高昌的特產葡萄酒也傳到了長安，唐太宗將其賞賜給群臣，「京中始識其味」。從此，西域的葡萄酒在唐詩中煥發生機，成為詩人的心頭好，如王翰〈涼州詞〉所寫的：

葡萄美酒夜光杯，欲飲琵琶馬上催。
醉臥沙場君莫笑，古來征戰幾人回？

當然，最重要的是，唐滅高昌後，唐太宗將其地盤劃為西州（今新疆吐魯番），並在此設立了唐朝第一個駐守西域的行政機構——安西都護府，管理軍政要務。唐朝在西域實行與中原相同的州縣制外，還實行羈縻州制度。羈縻府州與都護府並存，用於安置歸降的少數民族部落，不改其當地舊俗，通過冊封酋長，由其首領進行管理，可謂恩威並施。高宗時期，唐朝所設羈縻府州已遠至蔥嶺以西，波斯以東及印度河以北。

到了貞觀二十二年（六四八），大唐的精兵強將先後擊敗了西突厥、焉耆與龜茲等對手，之後將安西都護府的治所由西州移至龜茲（今新疆庫車），設龜茲、疏勒（今新疆喀什）、焉耆（今新疆焉耆）、于闐（今新疆和田）四鎮，史稱「安西四鎮」。其中，龜茲位於西域中心的十字路口，成為唐朝在西域最大的屯田基地，作為安西都護府的治所管理西域達百年之久。與此同時，唐朝的軍防輻射到西域各地，遍布天山南北的軍、鎮、守捉等駐守在絲綢之路要道，默默地保衛著大唐的西北邊疆。

胡人前往中原朝見、經商，漢人來到西域戍邊、赴任，沿路密布的烽火台與驛站成爲詩人對西域的最初印象，一如岑參在詩中說：「曾到交河城，風土斷人腸。寒驛遠如點，邊烽互相望。」絲綢古道的聲聲駝鈴，成爲西域安定和平的象徵，一如張籍在詩中說：「邊城暮雨雁飛低，蘆筍初生漸欲齊。無數鈴聲遙過磧，應馱白練到安西。」

唐朝的西域故事到此就大團圓結局了？遺憾的是，這只是開始。

貳

唐朝西部邊疆有一個虎視眈眈的強鄰——吐蕃。雙方時戰時和，在西域、河隴甚至近到關中，爆發了多場邊境戰爭。

唐蕃也有過短暫的蜜月期，比如貞觀年間的文成公主和親。但這段甜蜜的時光只有十幾年，唐太宗和松贊干布相繼去世後，唐蕃重燃戰火。吐蕃不斷蠶食其北方的吐谷渾，並將觸手伸向西域，唐高宗也不是吃素的，立馬就與吐蕃兵戎相向。

唐朝派出兩路大軍，一路由薛仁貴率領，向青藏高原行軍，劍鋒直指吐蕃都城邏娑（今西藏拉薩）；另一路由突厥貴族阿史那忠率領，旨在收復失地，安撫受吐蕃威脅的西域各部。前往西域的這一路軍中有一個特別的人物，那便是以奉禮郎身分隨軍出征的駱賓王，他因此次西行成爲唐詩史上較早親歷西域，並留下相關作品的大詩人。

駱賓王出塞後，隨唐軍前往陌生的西域，一路上他既驚歎西域異於中原的景象，又感慨塞外行軍的艱難，「溪月明關隴，戎雲聚塞垣。山川殊物候，風壤異涼暄」。他因思念故鄉而輾轉反側，「鄉夢隨魂斷，邊聲入聽喧」；也爲奔赴前線而躊躇滿志，「不求生入塞，唯當死報君」。

理想很豐滿，現實很骨感，這場戰爭並未給駱賓王建功立業的機會。

咸亨元年（六七〇），由名將薛仁貴率領的主力部隊，在大非川（今青海中部）遭遇出乎意料的大敗，全軍被迫撤退。這場失敗不能全怪薛仁貴，他原本制定的計畫是由輜重部隊留守後方，自己率領輕裝部隊奇襲吐蕃軍。但副將郭待封不聽老將之言，輕敵冒進，最終盡失糧草軍械，遭受吐蕃大軍圍攻，薛仁貴不得不退兵。

得知主線戰場情況急轉直下，心憂國事的駱賓王無疑遭受沉重打擊。他在營地中遙望夕陽，悲愁湧上心頭，寫下這首〈夕次蒲類津〉：

二庭歸望斷，萬里客心愁。
山路猶南屬，河源自北流。
晚風連朔氣，新月照邊秋。
灶火通軍壁，烽煙上戍樓。
龍庭但苦戰，燕頷會封侯。

莫作蘭山下，空令漢國羞。

大非川之敗後，唐朝爲避吐蕃之鋒芒，不得不放棄西進，這造成了極其嚴重的後果。吐蕃在攻陷西域十八州後，又趁機占據了安西四鎮，迫使唐朝將安西都護府遷回西州。這一時期，蕃強唐弱，唐軍被迫轉入守勢，西域岌岌可危。

別看唐高宗暫時打不過吐蕃，他可還有個能幹的老婆。武則天時期，朝中針對是否收復安西四鎮展開了討論。

大臣崔融上書闡明利弊，力主收復安西四鎮：「四鎮無守，則狂胡益贍，必兵加西域，諸蕃氣羸，恐不能當長蛇之口。西域既動，自然威臨南羌，南羌樂禍，必以封豕助虐。蛇豕交連，則河西危，河西危，則不得救。」

崔融認爲，安西四鎮要是收不回來，吐蕃在西域更加氣焰囂張，打完西域他會再打河西。河西要是丟了，他們還不得跑到家門口來撒野。

武則天一聽，認爲崔融言之有理。正好當時吐蕃陷入內亂，她果斷發兵，於長壽元年（六九二）進軍西域，再戰吐蕃。此戰，武威軍總管王孝傑等率領軍隊在西域大破吐蕃，收復了龜茲、于闐等安西四鎮，並留下三萬唐軍駐守。

之後，武則天還有另一項重要舉措，就是將天山北麓的金山都護府改置爲北庭都護府，治所在庭州（今新疆吉木薩爾）。從此，安西與北庭南北相望，猶如屹立於西北絕域的旗幟，當來自世界各地的旅人踏上這片土地，他們也就來到了大唐。

這裡，就是大唐。

參

唐玄宗時期，無論是國力，還是詩歌，都洋溢著盛唐氣象。唐朝對西域的經營，也隨著開元盛世達到頂峰。此時，唐軍的對手不只是吐蕃，還有幅員遼闊的大食（阿拉伯帝國）、捲土重來的突厥等。唐玄宗要建立的，是橫跨亞洲的影響力。

這一時期的邊塞詩，也是氣吞萬里之勢，如王維在〈少年行〉中所寫：

一身能擘兩雕弧，虜騎千重只似無。
偏坐金鞍調白羽，紛紛射殺五單于。

「七絕聖手」王昌齡也懷著對西北戍邊將士的致敬，唱出了盛唐西域的英雄史詩，如〈從軍行〉：

青海長雲暗雪山，孤城遙望玉門關。

黃沙百戰穿金甲，不破樓蘭終不還。

天寶六載（七四七），來自高句麗的唐朝名將高仙芝，率唐軍攻打曾受吐蕃控制的小勃律，迫使其國王歸降，由此打通了唐朝前往吐火羅（今阿富汗北部）的道路，他因此次戰功升任安西節度使，也將唐朝對西域的控制推向了頂峰。

唐王朝在西域的擴張，驚動了中亞河中地區各國，尤其是天寶十載（七五一），高仙芝西進至石國（在今烏茲別克斯坦）採取的殘暴政策，造成反唐情緒在中亞蔓延。

《資治通鑑》記載，高仙芝攻打石國，「僞與石國約和，引兵襲之，虜其王及部眾以歸，悉殺其老弱。仙芝性貪，掠得瑟瑟十餘斛，黃金五六橐駝，其餘口馬雜貨稱是，皆入其家」。高仙芝在石國劫掠一番後，又將石國國王獻於朝廷斬首，嚇得石國王子出逃，向中亞各國控訴高仙芝的暴行，引發了眾怒。於是他們聯合大食，與唐軍在怛邏斯展開一場大戰。

詩人岑參一生兩度赴西域，此時正在高仙芝幕府。出於某些原因，他並沒有到前線參加怛邏斯之戰，而是目送同僚劉單隨高仙芝大軍西征，並爲他寫下了送別詩：「火山五月行人少，看君馬去疾如鳥。都護行營太白西，角聲一動胡天曉。」（〈武威送劉判官赴磧西行軍〉）

磧西行軍，即高仙芝的安西行營。詩中的火山，就是今新疆吐魯番的火焰山。

怛邏斯之戰中，高仙芝帶兵數萬孤軍深入七百里，與大食聯軍相持數日，但由於唐軍中的葛羅祿部眾臨陣倒戈，高仙芝軍陣腳大亂，最終還是敗於大食聯軍。這是盛唐經營西域遭遇的一場慘敗。高仙芝「七萬眾盡沒」，大敗而歸。

實際上，怛邏斯之戰並未讓大唐元氣大傷，僅僅兩年後，高仙芝的好戰友封常清升任安西節度使後，繼續向西攻略，兵鋒直指大勃律，「大破之，受降而還」。

大唐西域，依舊堅挺。

岑參作爲西域軍政幕府中的重要幕僚，先後給高仙芝、封常清兩任老闆打工。他的詩，成爲大唐西域鼎盛時期的最好寫照。

他寫西域的將士：「甲兵二百萬，錯落黃金光。揚旗拂昆侖，伐鼓振蒲昌。」

他寫西域的冰雪：「北風卷地白草折，胡天八月即飛雪。忽如一夜春風來，千樹萬樹梨花開。」

他寫西域的風沙：「君不見走馬川行雪海邊，平沙莽莽黃入天。」

泰極生否，巔峰之後，往往是衰落。

徹底改變大唐西域格局的確實是一場戰爭，但不是怛邏斯之戰，而是安史之亂。

肆

盛唐詩壇獨領風騷的詩仙李白，從小就與西域結下不解之緣，也對這片土地充滿了由衷的嚮往，可他的西域詩充滿了反戰意識，如這首〈戰城南〉：

去年戰，桑乾源；今年戰，蔥河道。
洗兵條支海上波，放馬天山雪中草。
萬里長征戰，三軍盡衰老。
匈奴以殺戮為耕作，古來唯見白骨黃沙田。
秦家築城避胡處，漢家還有烽火燃……

兵者，凶器也。唐朝無休止的邊境戰爭，耗費了多少財力，吞噬了多少生命。李白凝視著戰爭的深淵，心中滿是憂慮。李白當時也沒想到，災難並非來自西北邊疆，而是來自東北。

天寶十四載（七五五），「漁陽鼙鼓動地來，驚破〈霓裳羽衣曲〉」，安祿山、史思明當頭一棒，將大唐從盛世狠狠地敲落。在唐朝由盛轉衰之後，西域成爲中晚唐詩人筆下那一曲肝腸寸斷的悲歌。

安史之亂中，唐肅宗在靈武即位，調集西北邊兵勤王平叛。安史之亂歷時八年，隨著大量邊兵內調，大唐西域的軍事防禦迅速衰退，給了吐蕃可乘之機。

吐蕃人十分狡猾，他們不直接出兵侵占西域，而是先從河西走廊下手，切斷了中原與西域的聯繫。安史之亂的數年間，河西、隴右數十州盡皆失陷，吐蕃「盡盜河湟，薄王畿爲東境，犯京師，掠近輔，殘馘華人」，也就是一路燒殺劫掠，打到了長安。這才有了白居易在詩中所言「平時安西萬里疆，今日邊防在鳳翔」的局面。

安西、北庭還未失守，卻失聯了，變成眞正的「孤懸絕域」。

唐代宗永泰二年（七六六），名將郭子儀的侄子郭昕臨危受命，前往安西都護府協助西域唐軍，後來成爲末任安西都護。不承想，他這一出塞，從此就回不去了。

安西、北庭都護府相互呼應，「扼吐蕃之背以護蕭關」，與朝廷的聯繫卻愈發困難，到後來，甚至完全不知朝中皇帝是哪位。通古孜巴什古城遺址出土的兩張借契，揭示了這個令人心酸的史實。其中一張借糧契，上面日期寫爲「大曆十五年」。另一張「楊三娘借錢契約」更爲完整，落款時間爲「大曆十六年」。

大曆，是唐代宗的年號，但是這個年號只用了十四年。所謂的「大曆十五年」，是建中元年（七八〇），「大曆十六年」則是建中二年（七八一）。此時的皇帝，已經是唐德宗。

建中二年（七八一），郭昕派出的使臣終於與朝廷取得聯繫，唐德宗得知安西、北庭竟然還有唐軍將士駐守，大爲震驚，當即下詔稱讚其功：「二庭四鎮，統任西域五十七蕃、十姓部落，國朝以來，相奉率職。自關、隴失守，東西阻絕，忠義之徒，泣血相守，愼固封略，奉遵禮教，皆侯伯守將交修共理之所致也。」

西域將士得到的只是口頭獎勵，這不跟發好人卡一樣嗎。

實際上，唐德宗在對西域的態度上顯得模棱兩可。建中四年（七八三），他先是在清水會盟承認吐蕃對河西走廊的侵占，同年又趕上了涇原兵變，憤怒的涇原鎮士兵攻陷長安，把唐德宗趕出了京城。倉皇出逃的唐德宗爲了保命，甚至還向吐蕃示好，表示願意割讓安西、北庭之地，換取吐蕃出兵援助。

老臣李泌極力反對，毫不客氣地向唐德宗進言，說：「兩鎮之人，勢孤地遠，盡忠竭力，爲國家固守近二十年，誠可哀憐，一旦棄之以與戎狄，彼其心必深怨中國，它日吐蕃入寇，如報私仇矣。」您要是把安西、北庭讓給了敵人，以後誰幫忙防著吐蕃？唐德宗這才作罷。

西域唐軍依舊孤立無援，在漫漫黃沙中獨自堅守。到了貞元六年（七九〇），吐蕃發動三十萬大軍進攻北庭，末任北庭都護楊襲古所部寡不敵眾，壯烈殉國。北庭都護府，至此淪陷。

北庭失守之後，吐蕃大軍乘勝追擊，繼續攻打安西都護府。安西都護府的淪陷時間存在爭議，一說是北庭淪陷的次年，也有學者考證，安西最終陷落的時間應該是唐憲宗元和三年（八〇八）的一個冬夜，而其中的依據，就包括元稹的一首敘事詩〈縛戎人〉。這是一篇安西都護府老兵的「口述歷史」。

自安西四鎮淪陷後，常有邊將捕獲從西域來投唐的漢人充當吐蕃俘虜，以此邀功請賞。其中一個從吐蕃人手中逃回的唐軍老兵，也被當作俘虜押解回中原，機緣巧合下與詩人元稹相遇。元稹耐心地聽他講述一路的遭遇，並寫下了〈縛戎人〉。這位所謂的「戎人」，根本就是漢人。

萬里虛勞肉食費，連頭盡被氈裘暍。
華裀重席臥腥臊，病犬愁鴞聲咽嗢。
中有一人能漢語，自言家本長城窟。
少年隨父戍安西，河渭瓜沙眼看沒。

這個老兵先是向元稹訴苦，說自己的老家本來長城腳下，從小隨父親戍邊，一口流利的鄉音未改，在安西陷落後，他又是如何顛沛流離，才回到中原。

半夜城摧鵝雁鳴，妻啼子叫曾不歇。
陰森神廟未敢依，脆薄河冰安可越。

這四句說的是，苦守多年的安西將士及其家屬，在一個冬夜遭到吐蕃大軍突襲，走投無路，四處逃散。據歷史學者薛宗正考證，此處的「陰森神廟」應是庫木土拉千佛洞，「脆薄河冰」則是渭干河，這兩個地方正是地處當時的安西都護府。

五六十年消息絕，中間盟會又猖獗。
眼穿東日望堯雲，腸斷正朝梳漢髮。
近年如此思漢者，半為老病半埋骨。
常教孫子學鄉音，猶話平時好城闕。

自安史之亂後，西域與中原多次失聯，唐朝和吐蕃幾度交涉。戰至最後，安西都護府的士卒，有的垂垂老矣，青絲熬成白髮，有的早已離世，屍骨埋在異鄉。可老人還不忘教孫子們學家鄉話，念念不忘故鄉的好風光。

安史之亂後，中央朝廷已經基本放棄了對西域的控制，以郭昕、楊襲古等爲代表的成千上萬名大唐將士，卻在絕境中堅守了數十年，年復一年，日復一日，捍衛著大唐在西域的最後一絲榮光。

伍

從貞觀十四年唐太宗滅高昌開始，到安西都護府陷落結束，唐朝對西域的經略共經過了一個半世紀左右。

大唐失去了西域，可西域早已印刻在大唐的記憶中。

安西、北庭如擎天之柱傲立於天山南北，羈縻州府如點點繁星分布在蔥嶺東西。侯君集、高仙芝、封常清、郭昕、楊襲古……那是鎭守西域邊陲的名臣戰將，他們統領著千軍萬馬，縱橫捭闔，旌旗漫捲入夢來。駱賓王、李白、岑參、王昌齡、王翰……那是書寫大唐情懷的遷客騷人，他們讚頌著山川關隘、胡樂胡姬，飲酒賦詩踏歌行。

季羨林先生認爲：「世界上歷史悠久、地域廣闊、自成體系、影響深遠的文化體系只有四個。中國、印度、希臘、伊斯蘭，再沒有第五個，而這四個文化體系匯流的地方只有一個，就是中國的敦煌和西域地區，再沒有第二個。」

有人說，世間所有相遇，都是久別重逢。那麼暫時的分別，一定是爲了更好地相逢。

盛唐夢已遠，西域今仍在。

我們一定不可辜負，每一個時代的英雄對西域的守護。

西出陽關無故人

陽關到底是個什麼關？

被唐詩捧紅的地方很多，但從來沒有一個地方像陽關這樣：老早老早就湮沒廢棄了，卻突然在唐詩裡「復活」，隨後經過歷代吟詠傳唱，未曾間斷，迄今仍是旅遊打卡勝地。

這一切，要歸功於詩人王維的經典送別詩〈送元二使安西〉：

渭城朝雨浥輕塵，客舍青青柳色新。
勸君更盡一杯酒，西出陽關無故人。

好詩總是超越具體的情境，而在任何時候都能直戳人心。明朝人評論這首詩說，「唐人別詩，此為絕唱」。唐朝人寫了許多著名的送別詩，但這一首堪稱「絕唱」。而這首經典之作的誕生，可能源於一個「錯誤」。

壹

從古到今，到陽關的路都是一樣的寂寞荒涼。這個著名的關隘，位於如今的敦煌市西南七十公里處，每年吸引很多驢友去尋訪漢唐時光。當然，歷史的痕跡已經很少了，但大漠荒沙還能感受到。僅有的歷史遺跡，是一座漢代的烽燧遺址，聳立在墩墩山上。最晚在清代雍正年間，這座殘存的烽火台便被遷居到此的移民稱爲「墩墩兒」，山因此才被叫作「墩墩山」。一九四四年，著名歷史學家向達到陽關訪古，將這座烽火台形容爲「陽關眼目」。

那裡，還有一個被當地人稱爲「古董灘」的地方。據說在古董灘沙丘之間，散布著許多古代的錢幣、陶片、兵器等遺物，隨手可撿，所以當地人說「進了古董灘，空手不回還」。

一九七二年，文物普查隊曾對古董灘進行考古勘察，發現了大片版築土牆遺址。經過挖掘，挖出了排列整齊的房屋基礎，以及城牆基礎。從遺址、文物分布判斷，考古學家認爲，古董灘就是古代陽關的關城所在地，曾經是一座繁華邊城。但陽關古城是什麼時候湮沒的，迄今沒有定論，眾說紛紜。

一般認爲，陽關古城是唐代後期湮沒的。從大趨勢來看，由於唐宋海上絲綢之路的興起，陸上絲綢之路不再是東西交往的唯一通道，陽關作爲關隘的重要性日益下降。更重要的是，安史之亂後，吐蕃崛起，並占據了河西走廊，這條傳統的交通要道就此被切斷，陽關此後被徹底廢棄。

從歷史文獻來看，陽關的廢棄可能發生得更早。盛唐詩人王維寫〈送元二使安西〉說「西出陽關」，但他的朋友元二不可能走陽關赴安西都護府。

陽關設立於漢武帝元鼎年間（前一一六年—前一一一），跟玉門關一樣，都是因應漢代疆域的西拓而設置的關隘。《漢書．西域傳》把西漢以前中國疆域的西界變遷寫得很清楚：「自周衰，戎狄錯居涇渭之北。及秦始皇攘卻戎狄，築長城，界中國，然西不過臨洮（今屬甘肅定西）。漢興至於孝武，事征四夷，廣威德，而張騫始開西域之跡，其後驃騎將軍擊破匈奴右地，降渾邪、休屠王，遂空其地，始築令居以西，初置酒泉郡，後稍發徙民充實之，分置武威、張掖、敦煌，列四郡，據兩關焉。」

西漢與匈奴的百年戰爭，到漢武帝時才迎來逆轉。張騫通西域後，漢朝開始籌畫反擊歷年侵擾邊郡的匈奴。元狩二年（前一二一），名將霍去病在河西重創匈奴，此後十年間，漢朝先後設置酒泉、武威、張掖、敦煌四郡，並將長城從酒泉修到了敦煌以西，在敦煌郡的西邊，北、南兩面分設玉門關和陽關，扼守西域進入河西的大門，完成「列四郡，據兩關」的軍政布局。

四郡兩關的布局，基本確定了西漢疆域的西北角，不過，這裡長期都是漢族與少數民族爭奪交戰的地帶，有些年代曾將領土西拓到蔥嶺以西，設置西域都護府，有些年代則收縮到陽關以東。所以，這裡並不是領土意義上的邊界，而是文化意義上的邊界——陽關和玉門關是塞外與中原的分界，更是中華文化與異族文化的分界。

王維說「西出陽關無故人」，是在文化意義上強調，出了陽關便不再是中國傳統的家國、鄉關，而是完全陌生、難逢「故人」的異質文化區域。陽關，在這裡只是文化上的一種譬喻，歷史典故的運用，並不是眞的說唐人赴安西都護府要走陽關出關。

貳

眞實的情況是，傳說中的絲綢之路南路起點——陽關，可能在東漢永平末年（七十五年左右）就徹底廢棄了。而這跟當時漢朝領土的復擴有關。

兩漢時期，長安通往西域有兩條路：一條出玉門關西行，沿北山（今天山山脈）南麓經伊吾（今新疆哈密）、龜茲（今新疆庫車東）、疏勒（今新疆喀什）等地，越過葱嶺，到大宛（今烏茲別克費爾干納一帶）、康居（今哈薩克），稱天山北路；另一條出陽關，沿南山（今昆侖山脈）北麓，經鄯善（今新疆若羌附近）、于闐（今新疆和田西南）、莎車（今新疆塔里木盆地西部），越過葱嶺，向西到大月氏（在阿富汗境內）、安息（今伊朗）等地，稱爲天山南路。這便是舉世聞名的絲綢之路。

在海路未開通以前，中西交往無不仰賴這兩條道路，因而，玉門關和陽關也就成爲中西交通的鎖鑰之地。但經過西漢末年的內亂，東漢初年，朝廷沒有能力顧及邊事，下詔「罷諸邊郡亭候吏卒」，敦煌郡遭到裁撤，陽關廢棄，整個國家的防線收縮東移到了酒泉郡嘉峪山玉門關。到了漢明帝永平十六年（七三），竇固出兵打北匈奴，並命班超出使西域，這才在斷絕了六、七十年後，重新恢復了絲路通行。第二年，擊敗車師，恢復設置西域都護府。這時，嘉峪山玉門關已變成帝國腹地，無須設防，於是西遷到了敦煌西北九十公里小方盤城（即現在的玉門關遺址），作為通西域道路的共同起點。不論是東漢，還是後來的曹魏，從敦煌入西域，南、中、北三道都是從玉門關出發。陽關消失了。

西晉有陽關縣的建制，轄區大致是西漢的龍勒縣，涵蓋原來的陽關關隘。唐代改設壽昌縣。這應該就是陽關古城的所在。但作為西漢邊關的陽關，在隋唐時期已成為沙丘中的古跡，只剩下基址，無聲訴說一段遠去的歷史。到了晚唐，則連陽關基址都不存在了。這說明，陽關在東漢以後，關隘廢棄不存，但陽關所在的地區已發展出一座古城。這座古城何時湮沒，史無記載，一般認為宋元以後就消失在漫漫黃沙之中。

參

陽關再被世人頻繁提起，已經成為一個代表「家國」和「鄉關」的歷史典故。最早將陽關寫入詩中的人，不是王維，而是南北朝時期大文學家庾信（五一三—五八一）。

庾信現在在一般人中沒有什麼知名度，但在中國文學史上是一個重要人物。葉嘉瑩說，庾信是「在杜甫之前一個小型的集大成的人物」，唐朝有很多人推崇庾信。杜甫就曾在詩中多次讚美庾信，說「庾信文章老更成，凌雲健筆意縱橫」，還以「清新庾開府（庾信），俊逸鮑參軍（鮑照）」來形容李白。可見在唐朝人心中，庾信是大神級的人物，他寫的詩不能不在唐朝激起強烈的迴響。

燕歌行（節錄）

屬國征戍久離居，陽關音信絕能疏。

原得魯連飛一箭，持寄思歸燕將書。

重別周尚書（其一）

陽關萬里道，不見一人歸。

唯有河邊雁，秋來南向飛。

庾信的經歷比較複雜。他原是梁朝的官員，侯景之亂後，奉命出使西魏，因西魏在江陵之戰中大敗南梁，遂居留長安為官。北周代魏後，陳朝與北周通好，要求北周放還當年被俘或滯留長安的南朝官員。看到其他人都陸續遣歸金陵了，但庾信卻不得南歸，內心痛苦憤懣。

他在詩裡寫到「陽關」，並不是眞正意義上的陽關，而是用陽關來指代邊塞。他想回金陵，卻羈留長安多年，這種感覺，就跟身處陽關之外的塞外之地一樣，苦寒寂寥。

庾信為陽關賦予的邊塞、別離的文化內涵，深深影響了唐代詩人的書寫。唐詩中有四、五十首專門寫到陽關，基本都是在用庾信的詩意。區別在於，在唐代的不同時期，由於國家實力強弱變化，詩人採用的敘述基調也不一樣。

在初唐和盛唐，國家處於上升期，主動經略西域。貞觀十四年（六四〇），唐太宗以高昌國國王綺文泰勾結西突厥阻斷絲綢之路爲名，派侯君集率軍進攻高昌國，綺文泰憂懼而死，其子開城投降。高昌國被滅後，唐朝便在故地置西州，並於同年創設安西都護府。到唐高宗時期，朝廷曾派名將蘇定方、蕭嗣業率大軍長驅直入，攻取石國，唐朝的版圖在此時達到頂點。大體上，這時寫到陽關的詩，仍以陽關作爲邊塞的代名詞，但詩中往往充斥著立功邊塞的豪情。「初唐四傑」之一的駱賓王，寫他奉命出使蜀地的情景：

疇昔篇（節錄）

陽關積霧萬里昏，劍閣連山千種色。
蜀路何悠悠，岷峰阻且修。
回腸隨九折，迸淚連雙流。
寒光千里暮，露氣二江秋。
長途看東馬，平水且沉牛。

實際上，到唐朝時陽關已廢棄了幾百年，駱賓王從長安到四川，也根本不經過陽關。陽關作爲一個經典意象，在這裡只是詩人的一個想像，強化了詩人追求功名遠赴邊塞的決心。

送平澹然判官／王維

不識陽關路，新從定遠侯。
黃雲斷春色，畫角起邊愁。
瀚海經年到，交河出塞流。
須令外國使，知飲月氏頭。

送張將軍征西／錢起

長安少年唯好武，金殿承恩爭破虜。
沙場烽火隔天山，鐵騎征西幾歲還。
戰處黑雲霾瀚海，愁中明月度陽關。
玉笛聲悲離酌晚，金方路極行人遠。
計日霜戈盡敵歸，回首戎城空落暉。
始笑子卿心計失，徒看海上節旄稀。

在安史之亂以前，唐人有不少送人從軍、送人出塞、送人西征的離別詩，這跟當時國家開疆拓土的歷史背景是吻合的。邊塞苦寒，但建功立業的豪情未減，這就是盛唐氣象。

但安史之亂成爲歷史的轉捩點，《資治通鑑》記載：「及安祿山反，邊兵精銳者皆徵發入援，謂之行營，所留兵單弱，胡虜稍蠶食之。數年間，西北數十州相繼淪沒，自鳳翔以西，邠州以北，皆為左衽矣。」也就是說，安史之亂發生後，吐蕃強勢崛起，不僅侵吞西域，還占據河西，今陝西鳳翔以西、今陝西彬州以北的國土都淪陷了。西漢雄關陽關所在之地，此時已是唐朝失地。

隴西行／耿湋

雪下陽關路，人稀隴戍頭。
封狐猶未翦，邊將豈無羞。
白草三冬色，黃雲萬里愁。
因思李都尉，畢竟不封侯。

邊將無能，失地未復，成為此時詩人吟詠陽關的主調。在這些哀戚的詩中，詩人們通通在感歎，曾經的大唐盛世一去不返了。

隨邊使過五原／儲嗣宗

偶逐星車犯虜塵，故鄉常恐到無因。
五原西去陽關廢，日漫平沙不見人。

在儲光羲曾孫、晚唐詩人儲嗣宗筆下，陽關連同古城早已湮沒在茫茫絕域之中。

此後歷經西夏、蒙元的邊族統治，沙州（今敦煌）、瓜州（今酒泉）漸次湮滅。明朝朱元璋時期，以嘉峪關爲疆界，後曾西進，但到明英宗時，沙州又被廢。嘉靖初年，閉嘉峪關，其以西之地盡爲吐魯番所占。

肆

在相當長的歷史時期裡，陽關早已不具備邊關的功能，甚至連其所在之地都不在中原政權疆域之內，但這並不妨礙文人對陽關寄予思古幽情。

正如同爲西漢雄關的玉門關有王之渙的〈涼州詞〉代言，陽關則在接近一千三百年的時光裡，靠了王維一首〈送元二使安西〉，揚名至今。

這是一首神奇的詩。它的詩題〈送元二使安西〉經常被人遺忘，人們更習慣稱它爲〈渭城曲〉〈陽關曲〉或〈陽關三疊〉。那是因爲，在王維寫出這首詩後，它就被譜成樂曲傳唱開來，一舉成爲中國音樂史上最流行、傳唱最久的古曲。它是眞正的唐代送別名曲。

據記載，王維「偶於路旁，聞人唱此詩（指〈陽關曲〉），爲之下淚」。活躍在唐玄宗時期的宮廷樂師李龜年三兄弟中，李鶴年以善唱〈渭城曲〉出名。

到了中晚唐，這首歌的傳唱就更廣泛了。白居易很喜歡此曲，不管心情好不好，不管什麼場合，都要讓人唱〈陽關曲〉，他在詩中記錄了這些聽歌的場景：「相逢且莫推辭醉，聽唱陽關第四聲。」、「更無別計相寬慰，故遣陽關勸一杯。」、「最憶陽關唱，珍珠一串歌。」、「高調管色吹銀字，慢拽歌詞唱渭城。不飲一杯聽一曲，將何安慰老心情。」……

戴叔倫、張祜、李商隱等人也是〈陽關曲〉的超級粉絲。據唐人筆記記載，連一個賣餅的小攤販，都天天哼唱這首歌。到了宋代，這首已經傳唱了兩、三百年的經典老歌，依然高居「點歌台」排行榜榜首。凡是送別的場合，基本都會唱〈陽關曲〉：

一曲陽關情幾許。知君欲向秦川去。白馬皂貂留不住。回首處。孤城不見天霖霧。——蘇軾

千萬縷、藏鴉細柳，為玉尊、起舞回雪。想見西出陽關，故人初別。——薑夔

唱徹陽關淚未乾，功名餘事且加餐。浮天水送無窮樹，帶雨雲埋一半山。——辛棄疾

……

直到明清時期，這首歌雖然不像唐宋時期那麼流行了，但仍未被遺忘，而且被改成了古琴曲。〈陽關曲〉流行之廣、歷時之長，絕對連王維本人都想像不到。王維當年在長安渭水畔送別友人元二的時候，他對安西都護府的位置和絲綢之路的線路恐怕是不太瞭解的。正常從長安西行到沙州後，應出玉門關，而不是走早已廢棄的陽關，然後繼續西行可抵安西（今新疆庫車一帶）。但也

正是王維犯下的這個「美麗的錯誤」，才使得陽關之名成爲永恆的地理符號和文化符號。

這首詩以深摯的情誼，寫出了普天下離人的共同感受，自古迄今都能引起人們的情感共鳴。明朝人李東陽說：「王摩詰『陽關無故人』之句，盛唐以前所未道。此辭一出，一時傳誦不足，至爲三疊歌之。後之詠別者，千言萬語，殆不能出其意之外。」而這恰是經典的魅力。

現在很多人貶低文學的功用，看不起唐詩宋詞，認爲文人無用。在他們眼裡，只有帝王將相才是歷史的推動力，只會寫幾首「破詩」、「破詞」的李白、杜甫、王維、杜牧、李商隱、蘇軾、秦觀、李清照……都不值一提。眞是如此嗎？

如前面所說，陽關作爲一代雄主漢武帝開疆拓土的功績象徵，在東漢以後因爲帝國西界的擴張或收縮而廢棄，此後，還長期因帝國與少數民族政權的拉鋸而失陷。但是，千百年來，中國人仍對這個湮沒於歷史風塵中的小地方念念不忘，歸根到底並不是帝王將相的功勞，而是唐詩宋詞的功勞。

往小了說，我們認同陽關是家國邊關，往大了說，我們認同自己是中國人，認同腳下的土地是中國，這些本質上都是對本民族文化親切感和歸屬感的體現。而這正是文化建構的結果。如果我們沒有共同的語言、共同的文學作品打底，再大的功業和疆土，也都只是一盤散沙，無法產生認同感。

我們說自己是中國人，不是因爲生活在這片土地上，自動就成爲中國人；而是因爲我們接受了共同的文化，從詩經楚辭到唐詩宋詞，從論語孟子到史記漢書，是這些文本塑造了我們的歷史和文化記憶，才使我們成爲中國人。

我們經常說，幾千年的歷史中，凡是征服中國的，最後都被中國同化。爲什麼？帝王將相都不行了，硬實力幹不過人家了，爲什麼中國還能夠實現反征服？這就是文化的力量啊！

黃鶴樓燒了那麼多次，爲什麼我們還對重建的「贗品」情有獨鍾？還不是因爲崔顥的「黃鶴一去不復返，白雲千載空悠悠」？

岳陽樓毀了那麼多次，爲什麼我們還對它抱有執念？還不是因爲范仲淹的「先天下之憂而憂，後天下之樂而樂」？

赤壁就是一面峭壁，懷古還容易找錯地方，爲什麼我們還對它的內涵深信不疑？還不是因爲蘇軾的「大江東去，浪淘盡，千古風流人物」？

陽關都湮沒了，現在只能看到黃沙戈壁和新建的景區，爲什麼我們還要執著地穿越千里去打卡？還不是因爲王維的「勸君更盡一杯酒，西出陽關無故人」？

是非功名轉頭空，只有經典永流傳。

如果有機會，請一定要去陽關走一走。不是爲了別的，只是爲了這一首傳唱了近一千三百年、從小就能倒背如流的〈送元二使安西〉。

寒冷、乾旱與蝗災

被極端氣候摧毀的帝國

當第一場雪降臨長安城的時候，唐玄宗和所有人都覺得，這個冬天，似乎來得比較早。

這是大唐開元二十九年九月丁卯日（七四一年十月二十一日），這場初雪，相比長安城的往年，提前了約三十八天。

唐玄宗沒有意識到的是，大唐帝國在從六一八年建國後，持續一百多年的暖濕氣候，將以這場初雪作爲標誌，此後逐漸走入冷乾氣候，並掀起一場帝國的劇變。

隨著開元盛世進入最後一年的尾聲，寒冷的氣候，也給北方遊牧的契丹和奚族帶來了劇烈的衝擊，他們開始頻繁南下衝擊大唐帝國的邊疆，於是，就在這場比往年明顯提早的初雪之後的第二年，大唐天寶元年（七四二），四十歲的安祿山被正式任命爲東北邊疆的平盧節度使，十五年後（七五五），在東北掌權多年的安祿山，將帶領手下的兵士和契丹、奚族的叛胡，掀起一場幾乎摧毀大唐帝國的動盪。沒有人意識到氣候轉型的隱性效應和巨大威力，但大唐帝國，即將因爲氣候轉冷和諸多綜合因素，逐漸進入毀滅的冬天。

壹

在中國的歷史性氣候迴圈中，曾經出現過四個寒冷期，分別是東周（春秋戰國）、魏晉南北朝、五代十國兩宋、明末至清朝共四個氣候冷乾時期，而與之相對應，則是中國的王朝動盪以及北方遊牧民族在天災人禍之下、不斷南下衝擊農業民族的領地。

研究唐代氣候變化的專家指出，中國第三個寒冷期的分界點，如果仔細追溯，開元盛世最後一年（七四一）的這一場明顯提前一個多月的初雪，顯然是值得關注的標誌性事件，在此後，大唐帝國逐漸進入冷乾寒冷期，儘管中間有短暫的暖濕回溫，但並未改變此後整體的寒冷趨勢。

此前在隋末時期，中國氣候在南北朝末期暖濕多年後，再次轉入乾冷時期，先是五八二年，突厥由於北方乾冷天災入侵，隋軍組織反擊，「士卒多寒凍，墮指者千餘人」；到了五八九年，當年楊廣被立爲皇太子，「其夜烈風大雪，地震山崩」；到了六百年，「京師大風雪」；六〇九年，隋煬帝至青海攻吐谷渾，「士卒凍死者太半」；六一二年，「（隋煬）帝親征高麗，六軍凍餒，死者十八九」。

儘管隋煬帝濫用民力激發民變，但仔細考察隋朝末年的氣候記載，可以發現，隋朝末年的氣候明顯屬於乾冷時期，以致來自東北和西北的少數民族爲了生存不斷南侵，迫使隋朝必須主動出擊；而內外的自然災害和政治應對失措，種種壓力疊加之下，最終導致了隋朝的滅亡。

六一八年唐朝建立後，得益於此後持續一百多年的氣候暖濕時期，加上李淵父子的經營，大唐得以逐漸平定四方勢力，建立起了一個統一帝國，這時期，荔枝在四川的多點廣泛種植和進貢長安，是唐朝前期氣候暖濕、帝國平穩安樂的重要表現。

對於大唐帝國初期這種暖濕的氣候，多次吃過荔枝的詩人杜甫深有體會。就在戎州（今四川宜賓）的一次宴會中，杜甫寫道：

座從歌妓密，樂任主人為。
重碧拈春酒，輕紅擘荔枝。

對此，中唐詩人盧綸（七三九—七九九）也對盛產荔枝的四川印象很深刻，在〈送從舅成都縣丞廣歸蜀〉詩中，盧綸寫道：「晚程椒瘴熱，野飯荔枝陰。」

由於毗鄰關中長安城的唐代四川盛產荔枝，這就使得楊貴妃擁有了吃荔枝的可能。因爲以當時的交通和保鮮條件，遙遠的兩廣嶺南地區的荔枝，根本難以保質保鮮地送到長安，所以當大唐帝國逐漸衰落以後，中晚唐詩人杜牧還感慨地想像唐玄宗當年興師動眾爲楊貴妃進獻荔枝的場景：「一騎紅塵妃子笑，無人知是荔枝來。」

實際上，由於唐朝前期氣候溫暖，因此有十九個冬天，大唐帝國的長安城是不下雪的。

那時候由於氣候溫暖，長安城中還種植柑橘，而在今天，關中地區寒冷的氣候，使得最低只能經受零下八度寒溫的柑橘，早已無法適應生存。《酉陽雜俎》就曾經記載，天寶十載（七五一），長安皇宮中的橘子樹結了一百五十多顆大橘子，唐玄宗爲此還吩咐將橘子都分送給大臣們。

但大唐帝國的氣候正在逐漸逆轉，以梅花爲例，唐代的長安和華北、西北一帶廣泛種植梅花，詩人元稹就曾經在和好友白居易遊覽曲江池後，賦詩〈和樂天秋題曲江〉：

長安最多處，多是曲江池。
梅杏春尚小，芰荷秋已衰。

梅花最低只能經受零下十五度的寒溫，在安史之亂前暖濕的氣候中，梅花開遍了長安城，但隨著氣候的逐漸轉冷，進入五代十國兩宋的寒冷期後，到了北宋時期，北方很多人已經不認識梅花了，以致大才子、江西人王安石曾經寫詩笑話說，北方人到了南方，第一次看見梅花不認識，還以爲是杏花：「北人初不識，渾作杏花看。」

擁有荔枝、柑橘和梅花的大唐長安城是幸福的，而這種幸福，即將因爲氣候的逐漸逆轉而消失。

貳

根據氣候學家推算，大概在六五〇年的唐朝初期，至中唐時期的八〇〇年，這一時期唐朝的平均氣溫，約比今天高攝氏一．二度；八〇〇年以後，唐朝總體平均氣溫低於現今平均溫度，其中在唐朝末期的八八〇年，更是比今天低了攝氏〇・六度。

安史之亂前夕的唐人，沒有現今記錄氣候的先進技術，但他們從長安城不斷提前來到的大雪中感受到，氣候，確實明顯變冷了。

在氣候變化的反覆影響下，自從東漢初期王景治理黃河後，已經相對平靜了七百多年的黃河，洪水氾濫的次數也在不斷增加。

以七四一年的這場早到一個多月的初雪爲標誌，唐朝的氣候開始逐漸進入了冷乾時期，由於人口劇增、砍伐森林、水土流失等因素的多重作用，到了唐朝中期以後，黃河氾濫的次數日益增加。

根據史料統計，在唐朝初期的七世紀，黃河的決溢是六次，到了中唐時期的八世紀是十九次，到了晚唐時期的九世紀是十三次，在唐代人口劇增、不斷砍伐森林導致水土流失加劇的背景下，唐朝紊亂的氣候變化，也使得黃河在進入唐代後洪水氾濫明顯加劇，其中從七四六年到九〇五年，黃河大概每十年就會決溢一次，對此主要生活在安史之亂以後的詩人孟郊（七五一—八一四）就在〈泛黃河〉中寫道：

誰開昆侖源，流出混沌河。
積雨飛作風，驚龍噴為波。
湘瑟颼飀弦，越賓嗚咽歌。

有恨不可洗，虛此來經過。

詩人劉禹錫（七七二—八四二）對於頻繁的河患也印象深刻，爲此他在〈浪淘沙〉中寫道：「九曲黃河萬里沙，浪淘風簸自天涯。」

頻繁的河患使得大唐帝國疲於奔命，但唐人不知道的是，氣候之手的運轉，正在逐漸摧毀大唐帝國的國運，與氣候變化導致黃河頻繁氾濫相對應，在東北的邊疆，冷濕氣候導致的頻繁大雪和自然災害，也使得遊牧的契丹和奚族爲了度過寒冬，開始不斷南下入侵大唐帝國。

帝國的東北邊疆壓力不斷劇增，與此同時，受到唐玄宗信任的安祿山則倚靠著東北的局勢不斷增加勢力，到了安史之亂前夕，在東北邊疆擁兵二十萬的安祿山，已經身兼平盧、范陽和河東三鎮節度使，儘管不斷有人提醒唐玄宗說安祿山很有可能叛亂，但唐玄宗都置之不理。

大唐天寶十四載（七五五）農曆十一月，借助大唐不斷轉冷的冬天，安祿山帶領著十五萬不同民族的騎兵、步兵從東北的范陽起兵造反，從而掀開了改變大唐國運的安史之亂的序幕。

到了天寶十五載（七五六），唐玄宗在安史叛軍的凌厲攻勢下倉皇逃亡四川。史書記載說，這一年九月十九日，四川已經「霜風振厲，（朝臣們）朝見之時，皆有寒色」。看到大臣們農曆九月就已被凍得瑟瑟發抖，唐玄宗下令改變舊制，允許朝臣們穿著衣袍上朝。

根據史料記載，從七四一年提前到來的初雪開始，大唐帝國的平均氣溫，大概比此前的一百年下降了攝氏一度。在農業時代，不要小看這小小的攝氏一度，它的結果就是造成北方嚴寒，對草原等植被造成重大損害，從而導致牲畜承載能力降低、人地關係不斷趨於緊張。在這種情況下，畜牧業難以維持的北方遊牧民族，其必然的選擇，就是南下入侵農業民族的領地。

葛全勝等氣候學家則認爲：「安祿山所轄三鎮（平盧、范陽、河東）由於地處中國農牧交錯帶，其農牧業生產對氣候變化極端敏感，當季風強盛，雨帶北移，所轄區內雨水豐盈，農耕有依。反之則旱災連片，農業歉收。天寶年間，平盧、范陽、河東三鎮乾濕變率明顯偏高，旱災頻發，導致民眾生存環境持續惡化，這可能使得安祿山得以藉口中央政府賑災不力而公開反叛朝廷。於是羈縻於幽州、營州界內無所役屬的東北降胡甘心受其驅使，南下爲禍中原。」

到了七六三年，儘管安史之亂平息，但大唐帝國的氣溫還在不斷緩慢下降。史書記載，七六五年正月，長安城「雪盈尺」；七六六年正月，「大雪平地二尺」；七六七年十一月，長安城「紛霧如雪，草木冰」；七六九年夏天，長安城「六月伏日，寒。」

就在這種氣候不斷逆轉的寒冬中，詩人杜甫，也走到了生命的盡頭。

臨死前一年，七六九年，杜甫流落到了潭州。起初，他以爲潭州並不下雪，還高興地寫詩說：

「湖南冬不雪，吾病得淹留。」

但實際上，當時就連長沙也不斷大雪了，於是到了七六九年冬天，杜甫又寫詩說：

朔風吹桂水，朔雪夜紛紛。

燭斜初近見，舟重竟無聞。

……

北雪犯長沙，胡雲冷萬家。

隨風且間葉，帶雨不成花。

在南方，大唐帝國不斷轉冷的氣候加上病困，最終徹底擊倒了詩人杜甫，就在到達長沙後的第二年，七七〇年，杜甫最終死在了由潭州前往岳陽的一艘小船上。

盛唐最後的榮光，最終也死於嚴寒之中。

參

對於這種不斷轉冷的氣候，唐德宗也感覺到了異常。

貞元年間（七八五—八〇五），唐德宗就下令將唐朝此前定下的月令「九月衣衫，十月始裘」提前一個月。

隨著氣候的轉冷，部分原來分布北方的野生動物，也在不斷退卻。在唐代以前，犀牛是曾經廣布中國北方的大型哺乳動物，然而隨著人類的獵殺和森林的砍伐減少，加上氣候的轉變，犀牛從中唐時期開始，已經難以在北方見到了。

當時，位元處今天東南亞地區的環王國，特地向唐朝進獻了一隻犀牛，對此詩人白居易（七七二—八四六）就曾經在〈馴犀——感爲政之難終也〉詩中寫道：

馴犀馴犀通天犀，軀貌駭人角駭雞。
海蠻聞有明天子，驅犀乘傳來萬里。
一朝得謁大明宮，歡呼拜舞自論功。

曾經是北方地區平常之物的犀牛，如今轉眼成了蠻夷進獻的珍稀野獸，但就是這隻犀牛，也難以抵擋長安不斷變冷的冬天。貞元十二年（七九六）十二月，唐德宗「甚珍愛之」的這隻犀牛最終被凍死。那個月，長安城內「大雪甚寒，竹、柏、柿樹多死」。

七九六年的歷史記載中，關於竹子被凍死的記錄也不可忽略。在唐朝的中前期，由於氣候相對暖濕，因此中原地區仍然存有大規模的竹林，唐朝甚至設有專門的司竹監管理竹林事務。但隨著氣候不斷轉冷和人類亂砍濫伐，到了北宋初期，竹子在北方已經難以存活，大規模竹林在北方趨於消失。最終，司竹監這個政府機構，在北宋時被撤銷。

喜歡暖濕氣候的動植物在北方不斷退卻，反映的正是唐朝時氣候不斷趨於變冷的事實，在這種背景下，詩人白居易寫下了〈放旅雁〉：

九江十年冬大雪，江水生冰樹枝折。
百鳥無食東西飛，中有旅雁聲最饑。
雪中啄草冰上宿，翅冷騰空飛動遲。

酷雪寒冬，大雁覓食艱難饑聲動人，與此同時，因為氣候轉入冷濕、天災頻發、國力虛弱的大唐帝國，內亂也持續不斷。

唐代宗寶應元年（七六二），由於洪水氾濫過後，「江東大疫，死者過半」，在饑荒、瘟疫和軍需物資極度緊張的情況下，唐軍內部爆發了王元振之亂。到了唐代宗廣德二年（七六四），由於大旱過後蝗災爆發，以致「米斗千錢」，此時唐朝中央徵發河中地區兵士討伐吐蕃，由於軍需沒有到位，士兵們又發動了河中之亂。

氣候轉變導致災害頻發，而中央國力衰弱，賑災不力，唐朝的內部動亂不斷演化。到了唐德宗建中四年（七八三），涇原鎮士兵被徵發前往平定藩鎮叛亂，結果唐朝中央由於財力困窘，沒有好好招待，以致涇原鎮士兵一怒之下攻入長安，唐德宗不得不狼狽逃出長安，史稱涇原兵變。

而在受到氣候變化影響最為明顯的黃河中下游、淮河下游和長江下游，兵亂也不斷發生。據統計，從八五〇年到八八九年，隨著自然災害不斷增加，唐朝的兵變不斷發生。這一時期，唐朝共有多達二十六次兵變發生，這裡面，都有著氣候變化的推波助瀾作用。

肆

在氣候變化，冷濕氣候與冷乾氣候的交織影響下，大唐帝國在河患嚴重之外，旱災和蝗災也相繼而起。

八八四年，黃巢起義失敗。但幾乎縱貫中國南北，從山東一直打到廣東，又轉入陝西、占領長安的黃巢軍隊，使得一度迴光返照的大唐王朝轉入了徹底的動盪和衰敗。此後，藩鎮割據更加肆無忌憚，人民四散流離，帝國哀號之聲不斷。

咸通八年（八六七），也就是龐動起義的前一年，終於考中進士的詩人皮日休，在帝國的哀號聲中，無意中碰到了一位以撿拾橡果謀生的老婦人。在〈橡媼歎〉中，他寫道：

秋深橡子熟，散落榛蕪岡。
傴僂黃髮媼，拾之踐晨霜。
移時始盈掬，盡日方滿筐。
幾曝復幾蒸，用作三冬糧。

……

自冬及於春，橡實誑饑腸。

吾聞田成子，詐仁猶自王。

吁嗟逢橡媼，不覺淚沾裳。

在人民生路日益窘迫的艱難中，詩人皮日休一度參加了黃巢的軍隊，西元八八四年黃巢兵敗後，皮日休不知去向。與皮日休的晚唐哀歌相互印證，大唐帝國關於氣候寒冷、「米斗錢三千」、「人相食」的記錄也不斷見於書籍。到了唐朝的倒數第二年（九〇六），這一年閏十二月乙亥日，史書記載洛陽城中在「震電」之後「雨雪」。

第二年，九〇七年，原本為黃巢部將、後來投降唐朝的野心家朱溫，以武力逼迫唐哀帝李柷禪位，並改國號為梁。

而仔細追究，儘管氣候變化並非唐朝滅亡的唯一原因，但通過唐詩這個視角，我們仍然可以看到在一個朝代興衰起落的過程中，氣候變化所起到的推波助瀾的作用。這不能作為決定性的因素去看待，卻不失為一個發人深思的視角。

假如興衰起落皆有天意，那麼，為何有的政權能在天災人禍中崛起，有的卻因此而亡？從這個角度而言，唐詩裡的氣候記錄，或許也是一曲晚唐的帝國哀歌。

參考文獻

一、古籍、資料彙編

1（唐）吳兢。貞觀政要（M）上海：上海古籍出版社，二〇〇九。
2（唐）張九齡。曲江集（M）廣州：廣東人民出版社，一九八六。
3（唐）陳子昂。陳子昂集（修訂本）（M）徐鵬，校點。上海：上海古籍出版社，二〇一三。
4（唐）王昌齡。王昌齡詩注（M）李雲逸，注。上海：上海古籍出版社，一九八四。
5（唐）王維。王右丞集箋注（M）（清）趙殿成，箋注。上海：上海古籍出版社，二〇〇七。
6（唐）李白。李白集校注（M）瞿蛻園，朱金城，校注。上海：上海古籍出版社，二〇〇七。
7（唐）杜甫。杜甫全集（M）上海：上海古籍出版社，一九九六。
8（唐）元結。元次山集（M）孫望，校。北京：中華書局，一九六〇。
9（唐）孟郊。孟郊集校注（M）韓泉欣，校注。浙江古籍出版社，二〇一二。
10（唐）柳宗元。柳河東集（M）上海：上海古籍出版社，二〇〇八。
11（唐）劉禹錫。劉禹錫集箋證（M）瞿蛻園，箋證。上海：上海古籍出版社，一九八九。
12（後晉）劉昫。舊唐書（M）北京：中華書局，一九七五。

13 （宋）歐陽修，宋祁。新唐書（M）北京：中華書局，一九七五。
14 （宋）司馬光。資治通鑒（M）北京：中華書局，二〇〇九。
15 （元）辛文房。唐才子傳（M）瀋陽：遼寧教育出版社，一九九八。
16 （清）王夫之。讀通鑒論（M）北京：中華書局，二〇〇四。
17 （清）彭定求。全唐詩（M）北京：中華書局，一九六〇。
18 中華書局編輯部。全唐詩（M）北京：中華書局，二〇〇八。
19 蕭滌非等。唐詩鑒賞辭典（M）上海：上海辭書出版社，一九九九。
20 周嘯天。唐詩鑒賞辭典（M）北京：商務印書館，二〇一九。

二、專著、論文

1 陳寅恪。隋唐制度淵源略論稿・唐代政治史述論稿（M）北京：生活・讀書・新知三聯書店，二〇〇一。
2 陳寅恪。元白詩箋證稿（M）北京：生活・讀書・新知三聯書店，二〇〇一。
3 呂思勉。隋唐五代史（M）上海：上海古籍出版社，二〇〇五。
4 向達。唐代長安與西域文明（M）北京：商務印書館，二〇一五。
5 嚴耕望。嚴耕望史學論文集（M）上海：上海古籍出版社，二〇〇九。
6 嚴耕望。唐代交通圖考（M）上海：上海古籍出版社，二〇〇七。
7 黃永年。唐史十二講（M）北京：中華書局，二〇〇七。

8 寧欣等。唐史十二講（M）北京：中國國際廣播出版社，二〇〇九。
9 杜文玉。唐代宮廷史（M）天津：百花文藝出版社，二〇一〇。
10 聶石樵。唐代文學史（M）北京：中華書局，二〇〇八。
11 聞一多。唐詩雜論（M）上海：上海古籍出版社，一九九八。
12 鄭臨川述評。聞一多論古典文學（M）重慶：重慶出版社，一九八四。
13 葉嘉瑩。葉嘉瑩說中晚唐詩（M）北京：中華書局，二〇〇八。
14 莫礪鋒。杜甫評傳（M）南京：南京大學出版社，一九九三。
15 周勳初。李白評傳（M）南京：南京大學出版社，二〇〇五。
16 麻天祥等。中國宗教史（M）武漢：武漢大學出版社，二〇一二。
17 杜繼文，魏道儒。中國禪宗通史（M）南京：江蘇人民出版社，二〇〇七。
18 韓茂莉。中國歷史地理十五講（M）北京：北京大學出版社，二〇一五。
19 鄒逸麟。中國歷史地理概述（M）上海：上海教育出版社，二〇〇七。
20 楊軍，高廈。怛邏斯之戰——唐與阿拉伯帝國的交鋒（M）北京：商務印書館，二〇一六。
21 程薔，董乃斌。唐帝國的精神文明（M）北京：中國社會科學出版社，一九九六。
22 劉維治。元白研究（M）北京：人民教育出版社，一九九九。
23 蹇長春。白居易評傳（M）南京：南京大學出版社，二〇〇二。
24 莫礪鋒。莫礪鋒評說白居易（M）合肥：安徽文藝出版社，二〇一〇。
25 莫礪鋒。莫礪鋒講唐詩課（M）南京：江蘇鳳凰文藝出版社，二〇一九。

26 袁行霈。唐詩風神及其他（M）合肥：黃山書社，二〇一七。
27 羅宗強。唐詩小史（M）北京：中華書局，二〇一九。
28 葛曉音。唐詩宋詞十五講（M）北京：北京大學出版社，二〇一三。
29 陳鐵民。高適岑參詩選評（M）上海：上海古籍出版社，二〇一八。
30 侯玉梅。唐詩人簡史（初盛唐卷）（M）西安：三秦出版社，二〇一八。
31 張志勇。唐詩性格（M）北京：中國青年出版社，二〇一九。
32 酈波。唐詩簡史（M）上海：學林出版社，二〇一八。
33 李廷先。唐代揚州史考（M）南京：江蘇古籍出版社，二〇〇二。
34 易中天。易中天中華史：禪宗興起（M）杭州：浙江文藝出版社，二〇一六。
35 孫昌武。禪宗十五講（M）北京：中華書局，二〇一六。
36 周裕鍇。中國禪宗與詩歌（M）上海：復旦大學出版社，二〇一九。
37 王樹海。禪魄詩魂（M）北京：知識出版社，二〇〇〇。
38 馬奔騰。禪境與詩境（M）北京：中華書局，二〇一〇。
39 張文木。氣候變遷與中華國運（M）北京：海洋出版社，二〇一七。
40 傅璿琮。唐代科舉與文學（M）西安：陝西人民出版社，二〇〇七。
41 鄭曉霞。唐代科舉詩研究（M）上海：復旦大學出版社，二〇〇六。
42 王勳成。唐代銓選與文學（M）北京：中華書局，二〇〇一。
43 洪業。杜甫：中國最偉大的詩人（M）曾祥波，譯。上海：上海古籍出版社，二〇一四。

44 胡戟。武則天本傳（M）北京：北京大學出版社。，二〇一一。
45 陳鐵民。王維新論（M）北京：北京師範學院出版社，一九九〇。
46 孫望。元次山年譜（M）北京：中華書局，一九六二。
47 孫昌武。柳宗元評傳（M）南京：南京大學出版社，一九九八。
48 卞孝萱，卞敏。劉禹錫評傳（M）南京：南京大學出版社，一九九六。
49 畢士奎。王昌齡詩歌與詩學研究（M）南昌：江西人民出版社，二〇〇八。
50 李珍華。王昌齡研究（M）西安：太白文藝出版社，一九九四。
51 顧建國。張九齡研究（M）北京：中華書局，二〇〇七。
52 文潔若。萬葉集精選（M）錢稻孫，譯。上海：上海書店出版社，二〇一二。
53 張步雲。唐代中日往來詩輯注（M）西安：陝西人民出版社，一九八四。
54 余恕誠，劉學鍇。李商隱詩歌集解（M）北京：中華書局，一九九八。
55 劉學鍇。李商隱傳論（M）合肥：黃山書社，二〇一三。
56 葉嘉瑩。美玉生煙：葉嘉瑩細講李商隱（M）北京：北京大學出版社，二〇一八。
57 董乃斌。李商隱的心靈世界（M）上海：上海古籍出版社，二〇一二。
58 王小甫主編。盛唐時代與東北亞政局（M）上海：上海辭書出版社，二〇〇三。
59 榮新江。歸義軍史研究——唐宋時代敦煌歷史考索（M）上海：上海古籍出版社，二〇一五。
60 余秋雨。文化苦旅（M）長江文藝出版社，二〇一四。
61 石墨林。唐安西都護府史事編年（M）烏魯木齊：新疆人民出版社，二〇一二。

62 薑維東，鄭春穎，高娜。正史高句麗傳校注（M）長春：吉林人民出版社，二〇〇六。

63 孫玉良，孫文范。簡明高句麗史（M）長春：吉林人民出版社，二〇〇八。

64 李並成，張力仁。河西走廊人地關係演變研究（M）西安：三秦出版社，二〇一一。

65 方國瑜。雲南民族史講義（M）昆明：雲南人民出版社，二〇一三。

66 谷躍娟。南詔史概要（M）昆明：雲南大學出版社，二〇〇七。

67 梁曉強。南詔史（M）北京：中國社會科學出版社，二〇一三。

68 厲聲，等。中國新疆歷史與現狀（M）北京：五洲傳播出版社，二〇一三。

69 馮廣宏，肖炬。成都詩覽（M）北京：華夏出版社，二〇〇八。

70 〔英〕崔瑞德。劍橋中國隋唐史（M）北京：中國社會科學出版社，一九九〇。

71 〔美〕宇文所安。盛唐詩（M）賈晉華，譯。北京：生活．讀書．新知三聯書店，二〇〇四。

72 〔美〕宇文所安。晚唐：九世紀中葉的中國詩歌（M）賈晉華，等，譯。北京：生活．讀書．新知三聯書店，二〇一一。

73 杜海斌。唐代糧食安全問題研究（D）。西安：陝西師範大學，二〇一三。

74 楊辰宇。唐代邊疆與詩歌（D）。長春：吉林大學，二〇一九。

75 李軍。災害危機與唐代政治（D）。北京：首都師範大學，二〇〇四。

76 海濱。唐詩與西域文化（D）。上海：華東師範大學，二〇〇七。

77 姚春梅。唐代西域詩研究（D）。武漢：華中師範大學，二〇〇六。

78 王昊。環境變遷與作物選擇——唐宋時期河北平原的水稻種植（D）。石家莊：河北師範大學，二〇一五。

79 周智。甘露之變對晚唐文人影響研究（D）。西寧：青海師範大學，二〇一二。
80 生力剛。唐代揚州交通與詩歌創作研究（D）。桂林：廣西師範大學，二〇一二。
81 張正明。兩條中軸線的重合——長江文明的歷史和現實（A）。長江流域經濟文化初探（C），一九九七。
82 史念海，史先智。長安和洛陽（A）。唐史論叢（第七輯）（C），一九九八。
83 張萍。武則天時期的洛陽城市建設（A）。中國古都研究（第二十三輯）（C），二〇〇七。
84 閻琦，張淑華。永貞「革新」與中唐文人劉禹錫、柳宗元及韓愈（J）。唐都學刊，二〇一三（6）。
85 賈二強。唐永王李璘起兵事發微（J）。陝西師大學報（哲學社會科學版），一九九一（1）。
86 張冬雲。論李白的精神困境及其成因（J）。杜甫研究學刊，二〇一八（3）。
87 鄧小軍。永王璘案眞相——並釋李白〈永王東巡歌十一首〉（J）。文學遺產，二〇一〇（5）。
88 潘竟虎，潘發俊。陽關興廢時間初考（J）。克拉瑪依學刊，二〇一七（6）。
89 王兆鵬。千年一曲唱〈陽關〉——王維〈送元二使安西〉的傳唱史考述（J）。文學評論，二〇一一（2）。
90 湯擎民。元結和他的作品（J）。中山大學學報，一九五七（1）。
91 楊承祖。元結作品反映的政治認知A。唐代文學研究（第九輯）C，二〇〇二。
92 沈家莊，蔣安全。詩人的悲劇和悲劇的詩——論苦吟詩人孟郊和他的創作（J）。浙江大學學報，一九九二（3）。
93 范新陽，顧建國。孟東野早年生活考略（J）。江西師範大學學報（哲學社會科學版），二〇〇七（6）。
94 蔣寅。孟郊創作的詩歌史意義（J）。華南師範大學學報（社會科學版），二〇〇五（2）。
95 陳剩勇。長江文明的歷史意義（J）。史林，二〇〇四（4）。

96 周宏偉。長江流域森林變遷的歷史考察（J）。中國農史，一九九九（4）。
97 查屏球。微臣、人父與詩人——安史之亂初杜甫行跡考論（J）。安徽大學學報（哲學社會科學版），二〇一八（2）。
98 王輝斌。李白與王維未交遊原因探析（J）。寧夏師範學院學報（社會科學版），二〇〇七（5）。
99 魏耕原。杜甫：從日常來的詩史（A）。杜甫研究論集（C），二〇一二。
100 許總。論陳子昂人生心態與詩風演變（J）。四川大學學報（哲學社會科學版），二〇〇一（2）。
101 許總。文化與心理座標上的王維詩（J）。東南大學學報（社會科學版），一九九九（1）。
102 陶文鵬。論李商隱詩的幻象與幻境（J）。文學遺產，二〇〇二（5）。
103 藍勇。唐代氣候變化與唐代歷史興衰（J）。中國歷史地理論叢，二〇〇一（1）。
104 馬亞玲等。杜詩記載的唐代荊湘地區寒冬及其古氣候意義（J）。古地理學報，二〇一五（1）。
105 周書燦，李翠華。唐詩與歷史地理學（J）。殷都學刊二〇〇七（1）。
106 葉美蘭。近代揚州城市現代化緩慢原因分析（J）。揚州大學學報（人文社會科學版），二〇〇四（4）。
107 戴永新。唐詩中的大運河（J）。文史新義，二〇一一（10）。
108 朱雲瑛。隋煬帝與揚州（J）。檔案與建設，二〇一四（11）。
109 劉惠敏。大運河對城市文明興起與經濟發展的作用（J）。生產力研究，二〇一一（6）。
110 王明德。論中國都城的東漸。殷都學刊（J），二〇〇七（3）。
111 楊文秀。唐長安城的衰敗——從唐詩窺其一斑（J）。唐都學刊，二〇〇五（5）。
112 檀新林。以詩證史——從唐詩看唐都長安的繁華（J）。歷史教學問題，二〇一三（2）。

113 蔡雲輝。戰爭與古代中國城市衰落的歷史考察（J）。中華文化論壇，二〇〇五（3）。
114 吳賓，黨曉虹。中國古代糧食流通與糧食安全（J）。安徽農業科學，二〇一一（6）。
115 吳賓，黨曉虹。歷史時期自然災害對古代糧食安全的影響（J）。農業考古，二〇〇八（4）。
116 王軍，李捍無。面對古都與自然的失衡——論生態環境與長安、洛陽的衰落（J）。城市規劃彙刊，二〇〇二（3）。
117 謝元魯。論「揚一益二」（A）。唐史論叢（第三輯）（C），一九八七。
118 陳尚君。賀知章的文學世界（J）。杭州師範大學學報（社會科學版），二〇一二（3）。
119 薛宗正。郭昕主政安西史事鉤沉（J）。西域研究，二〇〇九（4）。
120 莫礪鋒。韓偓〈惜花詩〉是唐王朝的挽歌嗎？（J）。古典文學知識，二〇一七（6）。
121 謝亞鵬。花間鼻祖溫庭筠的性格和人生際遇（J）。文史天地，二〇一八（8）。
122 賈發義，王洋。「白馬驛之禍」與唐末幕府文人心理（J）。中州學刊，二〇一六（2）。
123 方堅銘。白馬驛事件與相關詩歌作品（J）。浙江工業大學學報（社會科學版），二〇〇六（1）。
124 石樹芳。天寶三載的詩學意義（J）。浙江學刊，二〇一五（5）。

知識叢書 1116

詩裡的大唐・下

作　　者—最愛君
主　　編—李筱婷
封面設計—兒日設計
總 編 輯—胡金倫
董 事 長—趙政岷
出 版 者—時報文化出版企業股份有限公司
一〇八〇一九台北市和平西路三段二四〇號七樓
發行專線—（〇二）二三〇六—六八四二
讀者服務專線—〇八〇〇—二三一—七〇五
（〇二）二三〇四—七一〇三
讀者服務傳真—（〇二）二三〇四—六八五八
郵撥—一九三四四七二四時報文化出版公司
信箱—一〇八九九台北華江橋郵局第九九信箱
時報悅讀網—http://www.readingtimes.com.tw
時報出版臉書—http://www.facebook.com/readingtimes.fans
法律顧問—理律法律事務所　陳長文律師、李念祖律師
印　　刷—勁達印刷有限公司
初版一刷—二〇二二年五月二十日
定　　價—新台幣四〇〇元
（缺頁或破損的書，請寄回更換）

時報文化出版公司成立於一九七五年，
並於一九九九年股票上櫃公開發行，於二〇〇八年脫離中時集團非屬旺中，
以「尊重智慧與創意的文化事業」為信念。

詩裡的大唐／最愛君著 . -- 初版 . -- 台北市 : 時報文化出版企業股份有限公司, 2022.05
兩冊 ; 14.8*21 分 . -- (知識叢書 ; 1115-1116)

ISBN 978-626-335-397-8(上冊 : 平裝)
ISBN 978-626-335-398-5(下冊 : 平裝)

1.CST: 中國文學史 2.CST: 唐詩 3.CST: 詩評 4.CST: 傳記

820.9104　　　111006620

ISBN 978-626-335-398-5
Printed in Taiwan